(Marivaux) 1

BIBLIOTHÈQUE DES DAMES

(LA VIE)

(DE)

MARIANNE) 2

TOME PREMIER

IOVAVST

PARIS

LIBRAIRIE DES BIBLIOPHILES

Rue Saint-Honoré, 338

M DCCC LXXXII

BIBLIOTHÈQUE DES DAMES

V

LA VIE DE MARIANNE

TIRAGE A PETIT NOMBRE

Il a été tiré en outre vingt exemplaires sur papier de Chine (n°s 1 à 20) et vingt sur papier Whatman n°s 21 à 40), accompagnés d'une *triple épreuve* du frontispice.

La Vie de Marianne Tome I

cessant. Ed.

Imp. A. Salmon.

LA VIE

DE

MARIANNE

PAR MARIVAUX

PRÉCÉDÉE D'UNE NOTICE

PAR

M. DE LESCURE

TOME PREMIER

IOV AVST

PARIS

LIBRAIRIE DES BIBLIOPHILE

Rue Saint-Honoré, 338

M DCCC LXXXII

MARIVAUX ROMANCIER

I

A vie de Marivaux compte peu d'événements. D'Alembert a dit que le principal fut sa réception à l'Académie française, et rien, dans ce que nous savons de Marivaux, ne contredit ce témoignage qu'il a plus d'une fois confirmé par son aveu. C'est de lui-même, en effet, que nous tenons que son existence, sans les malheurs domestiques qui le frappèrent, eût été toute simple, tout unie, comme la grand'route. Il eût été heureux, et peut-être n'eût-il pas eu d'histoire.

Car, chose étrange, chez cet artiste de style, la vocation littéraire n'apparaît à aucun signe absolu. Ce sont des revers de fortune qui l'obligèrent à travailler pour le théâtre et à chercher un profit là où il eût aimé à ne trouver qu'un plaisir. Il a essayé de tous les genres, tenté toutes les voies, même celle du journalisme. Il n'a rien achevé, pas même ses romans.

C'est là qu'on reconnaît qu'il eût mieux aimé lire les ouvrages des autres qu'écrire les siens, et demeurer simplement un homme que de devenir un auteur.

Nous y aurions perdu, et peut-être n'y eût-il pas gagné : car son esprit curieux et inquiet trouva, à réfléchir et à observer, un aliment pour son activité qui, sans cela, se fût peut-être nourrie d'occupations frivoles ; et, comme il avait beaucoup de talent, il eut, par-dessus le marché, une réputation longtemps florissante et triomphante. On peut en juger par ce fait qu'il personnifia tout un genre qu'il avait créé sans s'en douter, et qu'on appela de son nom la petite révolution morale, littéraire, sociale, que résume ce mot : le Marivaudage.

L'histoire de la vie de Marivaux étant toute entière ou à peu près dans celle de ses ouvrages, c'est donc l'écrivain en lui qu'il convient surtout d'étudier, sans négliger ce qui se rapporte à l'homme : car, enfin, il a trop bien fait parler les femmes pour n'avoir pas eu volontiers commerce avec elles ; il a trop bien peint les passions pour ne pas les avoir éprouvées ; il est trop tendre pour n'avoir pas aimé, trop triste pour n'avoir pas souffert. Ce que nous avons pu apprendre de sa vie ne nuira certainement pas au succès de son meilleur roman auprès de ce public féminin, délicat et fin comme lui, qui était son public de prédilection, auquel nous nous adressons en son nom, et qui nous aidera à restaurer cette aimable mémoire.

II

Pierre Carlet de Chamblain de Marivaux, d'une famille parlementaire normande descendue, dit d'Alembert, de la robe à la finance, était né à Paris, le 4 février 1688, l'année même de la publication des CARACTÈRES de La Bruyère. Son père fut successivement directeur de la Monnaie à Riom (en 1694) et à Limoges.

C'est ainsi que Marivaux passa son enfance en Auvergne, sa jeunesse en Limousin, et qu'il traversa, pour n'y plus revenir, les milieux provinciaux. Il se fixa en effet de bonne heure à Paris, où il choisit ses modèles de prédilection et dont il subit spécialement l'influence. C'est en effet une première remarque à faire, qu'il est peu d'écrivains d'un goût et d'un esprit aussi essentiellement parisiens.

Son éducation et surtout son instruction paraissent avoir été assez négligées, soit par la faute de parents insoucieux envers lesquels il s'est cru, sans doute, dispensé de reconnaissance, car il n'en parle jamais ; soit par la faute d'un caractère rebelle aux disciplines classiques ; soit plutôt par suite de ce préjugé trop ancien qui exempte d'études approfondies les jeunes gens que leur fortune semble dispenser à jamais de la nécessité du travail.

C'est là une présomption que les événements contredisent trop souvent et dont des revers imprévus devaient bientôt faire sentir la vanité à Marivaux lui-même. A peine en effet avait-il, après des essais très inattendus de tragédie, de parodie, de philosophie morale (dans le MERCURE), vraiment débuté au théâtre par le succès d'ARLEQUIN POLI PAR L'AMOUR et dans le monde par son mariage, qu'il dut payer par la perte prématurée de sa femme et de sa fortune un double et cruel tribut à la nature et à l'expérience.

C'est en octobre 1720 que, malgré le prestige du talent de Baron rentré peu avant sur la scène d'où il s'était longtemps retiré, la tragédie d'ANNIBAL tomba pour ne se relever que vingt-sept ans plus tard, par la plus imprévue des revanches. Le succès presque immédiat d'ARLEQUIN POLI PAR L'AMOUR corrigea cet échec et consola Marivaux, qui, l'année suivante, fit un mariage selon ses vœux. Il devait en attendre le bonheur de toute sa vie ; sa courte durée ne lui permit de goûter ce bonheur qu'un instant. Il épousa, en 1721, une demoiselle Martin, qui n'eut pas le temps de laisser trace dans sa biographie, sinon dans son cœur, et dont on sait seulement qu'elle était d'une bonne famille de Sens et d'un mérite distingué [1].

Malheureusement pour Marivaux, le lendemain de son mariage se trouva être la veille de la débâcle du

---

1. *Essai historique sur Marivaux*, en tête de l'édition de 1781.

fameux système de Law et de cet agio des actions qui
ruina encore plus de gens qu'il n'en enrichit. Riche
par la fortune dont il avait hérité de son père et par
celle que lui avait apportée sa femme, Marivaux se
laissa séduire par la tentation de devenir plus riche
encore. Il n'y eût pas songé de lui-même, étant de sa
nature désintéressé et insouciant en affaires. Mais il
n'était pas seul. Il avait beaucoup d'amis. Le bonheur en donne tant qui payent leur écot en conseils!
Le bonheur aussi rend ambitieux pour ceux qu'on
aime, et crédule à des espérances qui flattent la générosité. Il est doux d'avoir beaucoup, ce qui permet de
beaucoup donner. Marivaux fit ce rêve de toutes les
lunes de miel. Quel réveil fut le sien!

Dès 1722 il avait tout perdu, ce qu'il possédait et
ce qu'il avait un moment cru posséder : car le jeu des
actions, comme tous les autres, a de ces moments
heureux qui ne rendent la déveine que plus opiniâtre
et plus complète. Il était ruiné, et sa ruine probable-
ment avait tué sa femme, dont l'âme douce et tendre,
mais faible, succomba à une épreuve que Marivaux
devait courageusement traverser. Il lui demeurait une
fille, fleur épargnée de ce mariage sitôt tranché par
la mort; il lui demeurait le talent, et le courage, qui
ne le donne pas, mais qui l'anime et l'ennoblit. Et
c'est en deuil, près du berceau de son enfant, que
Marivaux écrivit pour les Italiens, où il avait trouvé
à point, dans Sylvia, l'actrice la plus capable de les
jouer, ces pièces charmantes de finesse, de délicatesse,

de gaieté et de fantaisie, qui devaient lui rapporter plus de gloire que d'argent, mais qui fournirent du moins au pain quotidien en attendant la ressource des pensions. La SURPRISE DE L'AMOUR *est du 3 mai 1722. C'est le 6 avril 1723 que la* DOUBLE INCONSTANCE *fut applaudie pour la première fois.*

Mais ce n'est pas le théâtre de Marivaux qui est l'objet de cette NOTICE; *ce sont ses romans, et surtout* MARIANNE, *son chef-d'œuvre. Nous devons donc glisser très superficiellement sur la partie dramatique de ses œuvres, nous bornant à esquisser en quelques traits la physionomie de l'auteur du* JEU DE L'AMOUR ET DU HASARD *et du* LEGS, *surtout en ce qui touche cet art de tracer des caractères, de mettre en action des passions, que nous trouvons à un égal degré, quoique avec des formes différentes, dans ses comédies et dans ses romans.*

Réduit, par la perte de sa fortune et le deuil de son foyer, à une existence inquiète, laborieuse, mercenaire, le cœur désœuvré, le cœur mort, comme il fait dire plusieurs fois si tristement et si gentiment à MARIANNE, *Marivaux dépensa les prémices et comme la fleur de son esprit dans ce théâtre dont le jeu ingénieux et léger le consolait en amusant les autres, dans ce théâtre trouvé original de son temps et qui l'est demeuré pour le nôtre.*

Un siècle et demi a passé sur ses grâces sans les trop faner. Le coloris des figures a un peu pâli, mais on y trouve encore cette précision légère des lignes et ce je ne sais quel reste de vie souriante qui fait le charme voilé des pastels de la Rosalba. Les personnages s'agitent, en costume de roman, dans un décor de féerie, dans une intrigue d'amour, fragile et ondoyante comme eux, que dénoue toujours le mariage. Ils parlent plus qu'ils n'agissent, mais ils parlent si bien que le spectateur se fait illusion sur les difficultés qu'ils traversent, et trouve assez de mouvement pour s'y intéresser dans des péripéties qui ne sont guère que les vicissitudes de sentiment d'un drame tout intérieur.

La recherche, la poursuite et la conquête du bonheur conjugal à travers les obstacles, plus apparents que réels, d'une passion qui n'est le plus souvent contrariée que par elle-même : tel est le but de presque toutes ces aimables agitations. Le renversement passager des conditions, par suite d'un déguisement qui fait du maître le valet et réciproquement : tel est le plus ordinairement le moyen employé pour ménager l'intrigue et préparer le dénouement.

C'est ici le lieu de remarquer combien les valets de Marivaux ont de l'esprit. Ils en ont même trop pour leur état, et ce serait à faire tort aux maîtres, si ceux-ci n'en avaient encore davantage. Tout cela est certainement un peu factice, et, bien que nous soyons dans le siècle de l'esprit par excellence, il serait difficile d'y trouver beaucoup de salons où on eût pu entendre le langage que Marivaux prête à ses marquis et à ses comtesses. Il serait encore plus difficile d'y trouver

beaucoup d'antichambres où ne seraient pas dépaysés
ses valets et ses cameristes.

Cette étonnante et amusante livrée du théâtre de
Marivaux se dédommage d'ailleurs de la noblesse du
langage par la bassesse des sentiments, et de ce côté
elle demeure subalterne.

Mais il faut entendre de quel air elle s'en excuse

Écoutons, par exemple, Lépine, du LEGS, *répon-*
dant à la comtesse qui s'offense d'être trouvée par Li-
sette plus lucrative à l'état de veuve qu'à celui de
femme :

Cette prudence ne vous rit pas, elle vous répugne ; votre belle âme de comtesse s'en scandalise
mais tout le monde n'est pas comtesse ; c'est une
pensée de soubrette que je rapporte. Il faut excuser la servitude. Se fâche-t-on qu'une fourmi
rampe ? La médiocrité de l'état fait que les pensées
sont médiocres. Lisette n'a point de biens, et c'est
avec de petits sentiments qu'on en amasse.

C'est Marivaux qui a découvert le valet philo-
sophe. Plusieurs de ses personnages à galon et à co-
carde sont de vrais types de la race et des ancêtres
de ce Figaro, le plus impertinent des domestiques
raisonneurs, qui chassera le valet du théâtre, en ren-
dant après lui le rôle impossible pour l'avoir poussé
aux dernières limites de l'audace et de la gouail-
lerie.

Il n'y a rien à redire, par exemple, aux pères de
Marivaux : il n'y a qu'à les admirer, qu'à les aimer.

Quelles excellentes natures ! Combien leur raison est tendre ou leur tendresse raisonnable ! Quel brave homme que ce M. Orgon, du JEU DE L'AMOUR ET DU HASARD ! *On n'en trouve de pareils que chez Sedaine. Et encore n'ont-ils pas aussi bon air. Nul ne dirait, comme M. Orgon à sa fille :*

Eh bien ! abuse. Va, dans ce monde, il faut être un peu trop bon pour l'être assez.

Ce qui diminue peut-être le mérite des pères de Marivaux, c'est qu'ils ont des filles si charmantes que vraiment il n'y a pas de peine à les gâter.

Un personnage que Marivaux ne gâte point, en revanche, c'est celui des mères. Comme s'il avait eu à se plaindre de sa mère, dont il ne parle jamais, Marivaux ne flatte point les mères de son théâtre. Il les peint uniformément laides, vaines, impérieuses, avares, entichées de préjugés. Il ne pare pas du moindre rayon de coquetterie leurs maussades et aca-riâtres personnes. Il a de la peine à ne pas céder, quand il s'agit d'elles, à la tentation de la caricature. On dirait qu'il se venge. Il leur laisse à toutes le même nom, le même caractère et presque la même figure. Sa Mme *Argante paraît tour à tour trois fois sur la scène de l'*ÉCOLE DES MÈRES, *des* FAUSSES CONFIDENCES, *de l'*ÉPREUVE, *et jamais à son avan-tage; c'est décidément le personnage repoussoir du théâtre de Marivaux, celui qui est destiné à faire endéver et à faire valoir tous les autres.*

Mais là où Marivaux excelle et triomphe, c'est

quand il s'agit de personnifier dans une jolie fille ou une jolie femme les diverses variétés de l'ingénuité ou de la coquetterie. Ce sont là les créations de prédilection de ce monde enchanté. Quelle galerie de figures exquises ! quelle série d'adorables portraits qu'on se plaît à croire ressemblants, bien qu'on n'en ait jamais rencontré les originaux !

III

Marivaux adora toujours la société des femmes, et avait été mis dans sa jeunesse, s'il faut en croire d'Alembert, à l'épreuve de plus d'une passion, dont il a soigneusement effacé les traces par une discrétion qu'il est permis d'attribuer à la pudeur du souvenir des jours heureux, ou au fier pardon d'un homme qui ne croit pas avoir acheté trop cher l'expérience au prix de quelques déceptions. Quoi qu'il en soit, Marivaux avait plus d'une fois rencontré, sans les éviter, les femmes sur son chemin : car il se flatte de peindre d'après nature, et il n'est pas permis de méconnaître, jusque dans les portraits où garde sa part une certaine fantaisie éprise d'idéal, le caractère parfois saisissant de ressemblance qu'ils doivent à une observation patiente de la réalité. Sa Marianne, par exemple, est non seulement une créature vivante, mais *le type même ou tout au moins un des types de la jeune fille et de la jeune femme de son temps.*

Mais nous arrivons, par cette remarque, à l'étude de Marivaux romancier, qui est le propre de notre sujet, et nous sommes tout d'abord conduit à examiner, pour en tenir juste compte, les circonstances qui lui firent préférer, à certains moments, cette forme littéraire, afin de mieux apprécier ensuite par quels procédés nouveaux il en rajeunit les traditions un peu surannées.

Tel que nous le connaissons, Marivaux ne devait point se dépenser tout entier au théâtre, où il poursuivit jusqu'à l'épuiser, de 1720 à 1755, à travers vingt-huit pièces, avec un succès qui s'éteignit dans l'indifférence, la veine qu'il avait ouverte. Il n'était pas homme à ne pas expérimenter son système sous toutes les formes, à ne pas considérer sous tous ses aspects la nature humaine, à refuser au roman intime et même au journal philosophique le tribut de ce trésor accumulé d'observations, de cette récolte d'idées qu'il trouvait moyen de faire partout, jusque dans la rue.

Nous ne nous étendrons pas ici sur ces recueils périodiques, bientôt intermittents, trop tôt interrompus par l'indifférence ou le découragement, et beaucoup plus goûtés en Angleterre qu'en France, dont le principal est le Spectateur français. La critique de nos jours y a signalé plus d'une vue neuve, d'un fin aperçu, d'un tableau pathétique ou piquant. Mais le caractère fragmentaire d'une telle œuvre est peu favorable à une appréciation d'ensemble. Or, ce ne sont pas les menus détails, mais les traits caractéristiques de la physionomie de Marivaux, que nous recherchons.

Pour en trouver sans peine de nouveaux, il n'y a qu'à sortir de ce théâtre aux péripéties purement psychologiques, à la langue mièvre, aux moyens subtils, aux dénouements uniformes, d'un auteur dramatique qui avait le tort de ne pas goûter Molière. Il n'y a qu'à feuilleter ces romans dont s'est délecté et inspiré le talent de Richardson (Paméla, c'est une Marianne anglaise), mais dont l'abbé Prévost blâmait, non sans quelque raison, l'action languissante et les récits décousus.

Tels qu'ils sont, avec leurs qualités et leurs défauts, ces deux romans : LA VIE DE MARIANNE et LE PAYSAN PARVENU, ont mérité d'ajouter à la renommée de Marivaux et sont lus encore avec plaisir, quoique la critique varie sur leur valeur. Si un maître illustre trouve que là est la belle innovation, là est le génie de Marivaux [1], un autre n'hésite pas à dire que ses romans n'ont point fait de tort à ses pièces [2], qu'il semble leur préférer. Sainte-Beuve [3] partage sur ce

---

1. VILLEMAIN. Tableau de la littérature au XVIIIᵉ siècle, I, 329.
2. NISARD. Histoire de la littérature française, III, 223
3. Causeries du lundi, IX, 296.

point, *contre l'avis de Villemain, celui de M. Nisard :*
Le théâtre de Marivaux est resté sa gloire ; ses
cadres ne sont pas étendus, mais ils sont neufs,
et il a été vraiment poète, il a créé quelque chose
de ce côté.

Nous ne nous hasarderons point à cette compa-
raison des diverses parties de l'œuvre, à cette confron-
tation de Marivaux avec lui-même. Ce sont là jeux de
maîtres, au-dessus de nos forces. Mais nous dirons
qu'il y a bien de la finesse, de la grâce, de la malice
et de la gaieté, bien du charme, en somme, dans les
bons endroits de MARIANNE *et du* PAYSAN PARVENU,
et que, là aussi, l'auteur a fait preuve d'un talent
neuf et montre d'une incontestable originalité.

Et d'abord, il n'a pas reculé devant ces vérités qui
eussent passé avant lui pour des invraisemblances.
Il n'a pas cherché dans le monde idéal ses modestes
héros ; il les a pris dans la réalité des milieux ordi-
naires, des conditions communes. Il n'est pas sans
intérêt non plus de remarquer que ni MARIANNE *ni*
LE PAYSAN PARVENU *ne sont des œuvres de jeunesse,*
mais de maturité. La première partie de MARIANNE,
qui fut originairement publiée par fragments, est de
1731. La onzième est de 1741. LE PAYSAN PARVENU
est postérieur. Marivaux avait donc plus de quarante
ans quand il commença son premier roman et plus
de cinquante quand il l'acheva, ou plutôt renonça à
l'achever, car la douzième et dernière partie n'est pas
de lui.

Le choix de la thèse qu'il développe correspond aussi aux pensées de l'âge mûr, qui sont des pensées de désenchantement. Elle a la simplicité et l'amertume, cette thèse, de toutes les leçons de l'expérience. Elle s'inspire des contrastes et des ironies de la vie. Il lui a semblé curieux d'écrire deux histoires en complète opposition l'une avec l'autre. Dans la seconde, un jeune homme arrive à tout, dit le meilleur des biographes contemporains de Marivaux, le regrettable Edouard Fournier, là où, dans la première, une pauvre honnête fille, avec le même point de départ, n'est arrivée à rien. Elle se perd à Paris, et tout lui est funeste ; il s'y retrouve, et tout lui est favorable. Voilà le roman de MARIANNE, et voilà celui du PAYSAN PARVENU.

Marianne est une jeune fille bien née, dont les parents sont morts dans un accident tragique et qui se trouve, après avoir perdu ses protecteurs, jetée sur le pavé de Paris, presque sans ressources, en proie à tous les dangers et à tous les affronts : car elle est fière d'une naissance qu'elle ne saurait prouver et d'une éducation qui ne peut que la faire supposer ; elle est jolie, et ne l'ignore pas ; elle est vertueuse, et prétend le demeurer. Elle le demeure, en effet, et malgré cela finit par trouver le bonheur dans un mariage longtemps contrarié, au bout de cette longue avenue d'épreuves, au fond de laquelle on entrevoit enfin le château où elle vivra en paix et trouvera du plaisir à se souvenir du passé et à raconter ses malheurs.

Le Paysan parvenu, lui, n'est pas l'histoire de cette victoire peu à peu remportée sur l'isolement et la pauvreté ; de cet apaisement final de la fortune irritée épargnant, non sans l'avoir blessée, une victime de choix ; de cette arrivée au port, après maint écueil et mainte tempête, d'une destinée aventureuse et contrariée. C'est l'histoire du bonheur imperturbable, — insolent, s'il ne l'excusait par la naïveté avec laquelle il en jouit, et ne le justifiait même par le bon usage qu'il en fait, — d'un rustique débutant qui, sans s'en douter, ne fait que des coups de maître, apprend tout à la fois, se déniaise en une aventure, se polit en deux conversations, monte quatre à quatre les degrés d'une fortune inouïe, et, en quelques sauts, où il trébuche à peine, arrive de l'antichambre au salon, de derrière la voiture dans la voiture elle-même.

Comment Marianne, la petite-fille du duc de Kilmare, réduite d'abord à la condition de fille de boutique chez une lingère, devient la marquise de Valville ; comment Jacob, de valet de traitant, devient fermier général et épouse la veuve du comte de Vambures : voilà ce que nous apprend Marivaux, après nous avoir fait prendre, aux vicissitudes qui amènent de tels changements, un intérêt qu'il partage lui-même.

C'est qu'il ne s'agit plus ici de ces thèses tout impersonnelles, toutes désintéressées, des comédies où Marivaux met aux prises des passions si légèrement

contrariées qu'on s'amuse plus du plaidoyer qu'on
ne s'inquiète du procès : il ne s'agit plus ici de ces
paradoxes en un, deux ou trois actes, où il semble
que l'auteur n'ait eu d'autre objet que de corriger, en
lui montrant un idéal supérieur, en lui fournissant
modèle de jolies manières et de dialogues exquis, la
décadence du langage et des mœurs de l'amour de
son temps.

Dans ses romans, le philosophe s'engage person-
nellement plus à fond qu'il ne le voudrait. A certains
moments, on voit tomber le masque et apparaître
celui qui s'est flatté « d'être le plus humain de tous
les hommes »; celui à qui aucun des problèmes de la
vie n'est étranger et qu'agite surtout celui qui nous
tourmente tous : l'art d'être heureux, d'arriver à la
fortune malgré les obstacles et à la paix en dépit des
passions.

Cet art difficile, Marivaux, pour son compte, s'y
exerça en vain toute sa vie. Ce problème irritant, il
en chercha la solution sans la trôuver. Il eut toujours le double honneur, le double malheur d'être
pauvre et d'être fier. C'est lui qui a dit ce mot plein
de ressouvenirs amers : Quand on demande des
grâces aux puissants de ce monde et qu'on a le
cœur bien placé, on a toujours l'haleine courte.
Nul n'a parlé plus éloquemment que lui de ces mala-
dresses d'un bienfaiteur qui gâtent et enveniment le
bienfait. Il connut dans toute leur tristesse l'inutile
regret de la fortune perdue, et cette gêne, ce supplice

de la vie trop étroite pour le cœur trop large, le res angusta domi.

Ce n'est pas, car il ne faut rien exagérer, surtout quand il s'agit d'un homme qui s'est flatté de tout sacrifier à la vérité (tout, hormis les grâces sans doute dont il n'a pu se refuser à la parer parfois), ce n'est pas que Marivaux fût pauvre dans le sens strict du mot. Un autre que lui se fût même trouvé riche de ce qu'il avait. Mais, avec son insouciance et sa générosité qui souvent frisa la prodigalité, ses goûts de luxe et de bien-être, ses profusions de charité, Marivaux aurait eu besoin, pour joindre les deux bouts, d'être millionnaire d'argent comme il l'était de cœur et d'esprit.

Les profits du théâtre n'étaient pas, il y a un siècle, ce qu'ils sont aujourd'hui. Il fallait compter avec la parcimonie des comédiens, dispensateurs absolus de la part de l'auteur (maigre comme la part de l'absent), et les vicissitudes de la fortune dramatique, qui comptait plus d'échecs que de succès. Ces derniers étaient vite épuisés par l'inconstance du public et son petit nombre. Aujourd'hui, le théâtre est le plaisir de tout le monde; autrefois, il ne l'était que d'une classe et d'une élite. Les auteurs dramatiques n'ont commencé à être sérieusement payés que depuis la révolution opérée, par l'initiative hardie et persévérante de Beaumarchais, dans les règles abusives qui présidaient à l'évaluation de leurs droits; et ils n'ont commencé à être riches que depuis que cette révolution a vu sa charte, désormais inviolable, confiée à la vigilance de la Société des auteurs dramatiques.

Du temps de Marivaux, ni le théâtre ni le journalisme dans le goût du MERCURE ou du SPECTATEUR FRANÇAIS (qui ne dura guère au delà d'une année) ne pouvaient enrichir leur homme. Le roman même ne le nourrissait qu'à la condition d'une production abondante, comme celle de l'abbé Prévost, qui ajoutait à ses salaires de ce genre ceux de compilations mercenaires.

Marivaux n'aurait donc jamais joint les deux bouts, comme on dit vulgairement, s'il n'avait émargé au budget de la libéralité royale ou princière, ou même amicale, et s'il n'avait eu, pour tenir sa maison et le préserver des surprises de son imprévoyance, une vieille amie, Mlle de Saint-Jean, qui vécut trente ans avec lui, comblant de sa bourse les déficits et n'acceptant à sa mort d'autre legs que celui de payer ses dettes.

Il recevait pourtant des pensions du duc d'Orléans, de son riche et généreux confrère le fermier général Helvétius, et de Mme de Pompadour, qui avait eu la délicatesse, pour ménager son honorable susceptibilité, de déguiser sous le nom du roi la provenance de ce tribut d'admiration payé sur sa propre cassette. Tout cela n'avait pu permettre à Marivaux de vivre exempt de bien des soucis, indépendant de bien des nécessités, dont la main d'une Mme de

Tencin ou d'une Mme Lallemand de Betz s'ingéniait à fermer et à panser la plaie. Il n'avait pu établir sa fille dans le monde, et avait dû s'en séparer pour la laisser entrer au couvent et prendre le voile : destinée habituelle de tant de jeunes filles bien nées, mais pauvres, dont cette absence de fortune faisait souvent toute la vocation.

Il est impossible de ne pas remarquer à ce propos combien Marivaux a peint avec finesse et avec un piquant mélange de bienveillance et de sévérité les mœurs des couvents de son temps. On sent, à la fidélité de ses tableaux, qu'il les a faits d'après nature ; à la ressemblance de ses portraits, que les originaux ont posé devant lui. On sent qu'il aime ces cloîtres parce que sa fille y vit, et qu'il les hait parce qu'ils la lui ont enlevée. Elle avait pris le voile à l'abbaye du Trésor, et, comme elle était trop pauvre pour payer une dot même à Jésus-Christ, c'est encore la charité du duc d'Orléans, le fils pieux de l'incrédule Régent, qui avait subvenu aux frais de sa profession.

Toutes ces épreuves, toutes ces tristesses, avaient rendu Marivaux susceptible, inquiet, et l'agitaient au point de lui rendre difficile tout travail suivi, toute persévérante action vers un but. Indécis, irrésolu, observateur, flâneur, savourant jusqu'à la satiété les paresseuses délices de la curiosité, Marivaux se dégoûta tour à tour du théâtre, du journal, du roman et de la philosophie. Il n'acheva rien, excepté ses pièces, et, quand il devint dévot sur la fin, il ne put prendre sur lui de le devenir complètement, et garda plus d'une arrière-pensée profane. Ces dispositions morales influant sur ses dispositions d'esprit, il se dégoûtait de chaque entreprise avant d'arriver au but. Son talent, facile à débaucher par toute nouveauté et que tentait toute diversion, avait l'haleine courte, comme son cœur oppressé par tant de déceptions.

Il se fatiguait vite, doué qu'il était d'une de ces sensibilités exquises pour qui tout est blessure dans la vie, et qu'offense le pli même d'une rose. Enfin, il ne travaillait que lorsqu'il ne pouvait faire autrement, trouvant toujours plus beau ce qu'il se proposait de faire que ce qu'il faisait. Le trait qui nous le montre incapable de résister à l'aveu dénué d'artifice qu'un mendiant lui fait de sa paresse, et dans la main duquel, transporté d'aise par cette franchise si naturelle, il verse sa bourse, est bien de lui et le peint à merveille ; il traitait en confrère ce mendiant héroïquement sincère, incurablement paresseux, qui sollicitait son aumône par cet aveu de pauvreté par fainéantise qui eût rebuté toute autre charité que la sienne. La requête de ce cynique besacier, victime volontaire du far-niente, eût été encore plus hardie s'il eût su à qui il s'adressait. Bien que ses ŒUVRES COMPLÈTES atteignent le chiffre respectable de douze volumes in-octavo, il est impossible de ne pas remarquer que, hormis le théâtre, le recueil n'est composé que d'œuvres inachevées.

Pour ne parler que des romans, MARIANNE a été abandonnée par Marivaux à la onzième partie, et la douzième, qui fournit au lecteur, demeuré en suspens, la satisfaction d'un dénouement selon ses vœux, n'est pas de l'auteur des précédentes. LE PAYSAN PARVENU n'a pas été terminé, et le pied manque brusquement au lecteur dans le vide, au sortir du mariage de Jacob avec Mme de Vambures. Ce dernier ouvrage n'a pas rencontré de continuateur, et il est demeuré interrompu. Pour MARIANNE, il n'en fut pas de même. Marivaux avait mis dix ans à publier les onze premières parties (1731-1741). La douzième est un pastiche très ingénieux et très heureux, de l'aveu même de Marivaux, dû à la plume compétente de Mme Riccoboni. Il semble qu'elle n'ait pas tenté seule ce tour de force de restauration, car il existe, paraît-il, une autre FIN DE MARIANNE, publiée à l'étranger, et mise sous les yeux de l'Académie française lorsqu'elle a jugé le concours institué par elle en 1880 pour l'ÉLOGE DE MARIVAUX. Mais l'anonyme a sans doute échoué obscurément là où Mme Riccoboni a réussi pleinement et publiquement. « Il ne s'agissait plus, dit M. Duvicquet, que de corriger Valville de son infidélité, d'expliquer l'événement tragique qui commence le roman, de faire retrouver à Marianne la famille illustre à laquelle elle se montre constamment digne d'appartenir, et de mettre fin à l'épisode de cette bonne et sensible religieuse qui, par le récit de ses propres malheurs, empêche Marianne de rendre irréparables ses propres infortunes. »

Si peu que ce fût, Marivaux n'a pas jugé à propos de le faire, et l'a laissé faire à un autre, quoique plus de vingt ans aient séparé la publication de la onzième partie de MARIANNE de la mort de son auteur. Ce n'est donc point le temps qui lui a manqué. Est-ce le courage? Cette absence de dénouement, de conclusion, est-elle une ironie, une épigramme? Point, si ce n'est pour ceux qui, voyant dans Marivaux de l'esprit partout, ont pensé qu'il en mettait jusque dans cette habitude de ne pas terminer ses romans. Est-ce lassitude du moraliste que ses héros, devenus heureux, n'intéressent plus, ayant perdu au port du mariage le prestige que leur donnait la tempête? Est-ce dégoût de l'artiste, mécontent d'une œuvre toujours inférieure à son idéal et à ses moyens? Peut-être. Peut-être aussi n'y a-t-il là qu'une imitation trop fidèle de la réalité. La réalité, en effet, abonde en heureux commencements qui n'aboutissent pas, en charmants débuts qui n'arrivent pas à la conclusion, en romans, enfin, inachevés et brisés. Peut-être aussi ne faut-il attribuer cette lacune qu'à la crainte d'imiter la réalité jusqu'au bout : car il est à remarquer que le plus souvent ces romans, que la réalité ébauche si bien, elle les gâte précisément en voulant les finir. En ce cas, l'abstention de Marivaux mettant à son œuvre le signet avant la fin ne serait qu'un souvenir superstitieux de ces avortements, qu'un trait de plus d'observation, qu'un mélancolique hommage à la vérité.

Quoi qu'il en soit des mobiles mystérieux et com-plexes de cette détermination qui ne sera sans doute jamais bien expliquée, Marivaux ayant dédaigné ou négligé de le faire, ce qui demeure intact et achevé suffit largement pour faire apprécier sous cette forme nouvelle son originalité, et pour donner raison à ceux qui aiment ses romans, sinon à ceux qui les préfèrent à ses pièces.

Il est impossible de ne pas goûter dans MARIANNE *la pénétrante saveur des observations dont l'héroïne assaisonne le récit de ses aventures, et d'échapper à la séduction du style dans lequel elle les raconte. Ce style est d'une finesse et d'une délicatesse toutes fémi-nines, et bien dignes de l'écrivain qui disait, au rap-port de Chamfort, « que le style a un sexe, et qu'on reconnaissait les femmes à une phrase ». Il y a plus d'une de ces phrases dans l'œuvre du romancier qui a le mieux connu les femmes, et qui a le mieux su les faire parler.*

Ce qu'il faut y admirer surtout, c'est la variété, la ressemblance, la vie des portraits. MARIANNE *en con-tient toute une galerie, telle que Watteau, La Tour et Chardin pourraient seuls en offrir dans leur art de pareille.*

Marivaux, qu'on se figurerait volontiers toujours coquet, pimpant, brodant ses canevas élégants avec l'habit à manchettes de M. de Buffon, ne dédaigne pas les spectacles populaires ni les sujets bourgeois, et ne croit pas que sa plume déroge en retraçant les

scènes de la boutique et de la rue. Il y a de lui, dans
MARIANNE, sur le peuple de Paris, telle page qui est
d'un observateur plein de son sujet pour l'avoir cu-
rieusement et minutieusement étudié d'après nature et
sur le vif. Le personnage de Mme Dutour, la marchande lingère, est campé avec une hardiesse de lignes,
touché avec une vigueur de pinceau qui donnent l'illusion de la réalité. La scène de la querelle avec le
cocher qui reconduit Marianne chez sa maîtresse
semblerait copiée sur le rapport d'un commissaire et
reproduite d'après la déposition des témoins, si on ne
sentait à la mesure, au goût, au choix des traits, à
l'absence de toute crudité brutale, qu'on a affaire à
un artiste. Or Marivaux, fidèle en cela aux règles de
l'art, pense que la perfection ne consiste pas à tout
dire, mais à dire seulement ce qui convient ; et, selon
lui, la vérité, pour n'être point travestie, ne doit pas
forcément être nue. Marivaux, non seulement dans
MARIANNE, mais encore dans LE PAYSAN PARVENU, est
plein de ces tableaux et de ces portraits dont le natu-
ralisme, s'il nous est permis de nous servir d'un mot
dont on abuse tant aujourd'hui, est toujours libre et
sincère, tout en demeurant sobre et décent. Joubert a
écrit avec une humeur injuste et un dédain outré
« qu'on peut dire des romans de Le Sage qu'ils ont
l'air d'avoir été écrits dans un café, par un joueur
de dominos, en sortant de la Comédie ». Il n'eût pas
dit la même chose de Marivaux, qui prend partout,
même dans la rue, des notes au crayon, mais dont

la plume ne les traduit que dans un cabinet élégant comme un salon, et parfumé de la bonne odeur de cette bonne compagnie pour laquelle il écrit.

Il y a à faire, à propos des sujets de prédilection et des personnages favoris de Marivaux en matière de roman, deux remarques qui ajouteront un double trait à sa physionomie littéraire et morale. Ses sujets de prédilection sont la lutte contre le vice, ou le malheur d'une jolie femme ou d'un bel homme, dénués à leur début dans la vie de toute autre ressource que celle d'une jolie figure ; et leur triple initiation à l'expérience, la triple épreuve de leur vertu triomphante à travers les pièges et les écueils du monde de la finance, de la galanterie et de la dévotion, lui fournit l'occasion de faire parler ou de faire agir ses types favoris, ceux dont on trouve des études poussées à des degrés divers dans tous ses ouvrages : le financier, le valet, la religieuse, la dévote, la femme à directeur, et le confesseur en pied, le maître de sa conscience, celui auquel elle donne le titre d'ange.

Marivaux excelle à parler la langue de la galanterie et celle de la dévotion avec toutes leurs nuances, avec toutes leurs souplesses, leurs finesses, leurs délicatesses, leurs grâces, leurs malices. Il pousse même parfois assez loin la liberté de ses tableaux ; mais ses contemporains lui rendaient cette justice qu'il a su peindre les mœurs de son temps sans être immoral, indiquer à l'innocence, sans offenser la pudeur, les dangers

d

qu'elle rencontre dans un monde corrupteur, et qu'il a pu flétrir les crimes commis au nom de la religion, les intrigues du tartufisme, sans être jamais irréligieux.

Bien loin de là, Marivaux devait mourir dévot lui-même, ramené à la religion par les leçons du malheur et par le mépris de ceux qui se disaient philosophes autour de lui au mépris de la philosophie. Il eut l'honneur d'être loué pour l'honnêteté de sa vie et la probité de ses ouvrages, où le vice peut être peint d'une façon parfois trop ressemblante, mais jamais flattée, par l'archevêque de Sens, Languet de Gergy, qui le reçut en 1743 à l'Académie française, où, par un hasard non moins singulier, l'auteur de MARIANNE succédait à un prêtre, le controversiste et apologiste célèbre, l'abbé de Houteville. Il eut l'honneur d'être haï et persiflé par Crébillon fils, l'auteur du SOPHA, qui se déclara l'adversaire d'un romancier que les honnêtes femmes pouvaient lire sans se cacher ou sans rougir, et qui a fait en cela le plus bel éloge de Marivaux, celui sur lequel il nous plaît de finir.

De tout temps Marivaux a obtenu cette faveur du public féminin, le plus difficile en fait de bienséance, de finesse, et au besoin de malice. Comment pourrait-il refuser son suffrage à celui qui a su si bien le peindre, si bien lui faire parler le langage qui lui convient le mieux, celui de l'amour et de la bonté; qui a ajouté tant d'observations aussi fines que pro-

*fondes à la connaissance du cœur humain, et tant de
délicatesses raffinées à la langue du sentiment ?*

*Comme ils sont d'un observateur pénétrant et
malin, d'un juge expert en coquetterie, d'un virtuose
de la galanterie et de ses variations infinies, d'un dilet-
tante de l'expérience et de ses amères douceurs, les
quelques extraits qui suivent et qui donnent si bien
l'idée de sa manière !*

— Les âmes excessivement bonnes sont volontiers imprudentes par excès de bonté même, et,
d'un autre côté, les âmes prudentes sont rarement
bonnes.

— On croit souvent avoir la conscience délicate,
non pas tant à cause des sacrifices qu'on lui fait,
mais à cause de la peine qu'on prend pour se dispenser de lui en faire.

— Dans la vie nous sommes plus jaloux de la
considération des autres que de leur estime, et par
conséquent de notre innocence, parce que c'est
précisément nous que leur considération distingue,
et que ce n'est qu'à nos mœurs que leur estime
s'adresse.

— Nous sommes bien près de nous consoler
quand nous nous affectionnons aux gens qui nous
consolent.

— Elle m'avait recommandé de prier Dieu, et je n'y manquai pas ; je le priai même plus qu'à l'ordinaire, car on aime tant Dieu quand on a besoin de lui !

— Qu'une femme soit un peu laide, il n'y a pas grand malheur si elle a la main belle ; il y a une infinité d'hommes plus touchés de cette beauté-là que d'un visage aimable ; et la raison de cela, vous la dirai-je ? Je crois l'avoir sentie : c'est que ce n'est point une nudité qu'un visage, quelque aimable qu'il soit ; nos yeux ne l'entendent pas ainsi ; mais une belle main commence à en devenir une ; et, pour fixer de certaines gens, il est bien aussi sûr de les tenter que de leur plaire ; le goût de ces gens-là, comme vous le voyez, n'est pas le plus honnête ; c'est pourtant, en général, le goût le mieux servi de la part des femmes, celui à qui leur coquetterie fait le plus d'avances.

Tout ce que l'on vient de lire fait l'éloge de l'esprit de Marivaux ; mais voici qui fait l'éloge de son cœur et le montre capable des viriles fiertés autant que des féminines tendresses. C'est d'une blessure de cœur que mourut Marivaux. Un gai conteur, le triste abbé de Voisenon, nous a révélé, sans en sentir la beauté, ce trait de pudeur héroïque qui achève de nous peindre Marivaux. Honneur à ceux dont la mort couronne dignement l'image telle qu'elle résulte de leur vie ! Marivaux, pauvre et dévot, âgé de soixante-quinze ans, assistant tristement à la décadence d'un genre gâté par les imitateurs, et à la déchéance de sa gloire qu'avait osé menacer le ridicule, fut amené un jour à faire confidence des causes de sa tristesse et de sa détresse à cet égoïste et insoucieux ami, si peu fait pour comprendre ses scrupules et pour adoucir ses regrets, l'abbé de Voisenon. C'était son voisin à l'Académie, et ce voisinage avait provoqué et trahit la confiance de Marivaux. Il pria son confrère, mieux en cour que lui, de s'intéresser à la sollicitation d'une augmentation de la pension qu'il recevait du roi. Voisenon promit son concours, et ne tint que trop parole, car il apprit sans ménagements à Marivaux ce qu'il avait appris lui-même, à savoir : que toute démarche était vaine, la pension de 1,500 livres qu'il recevait du roi, ayant, depuis longtemps, été portée à 3,000, par une libéralité spontanée de Mme de Pompadour, qui en avait gardé jusque-là et eût bien dû en garder jusqu'au bout le secret : car Marivaux mourut de la blessure de cette révélation indiscrète qui lui apprenait sa qualité de pensionnaire de la favorite. Il eût bien volontiers accepté les bienfaits du roi, et même de la reine, cette honnête femme, cette épouse, cette mère exemplaire, mais il ne put supporter l'affront d'avoir reçu sans le savoir l'argent qu'il eût certainement refusé de la maîtresse du roi, de celle dont il n'avait jamais été le flatteur ni le parasite, de la seule femme de France à laquelle il jugeât qu'un honnête homme comme lui ne pouvait faire sa cour.

Voilà de quoi et comment mourut Marivaux, le 12 février 1763, à l'âge de soixante-quinze ans.

M. DE LESCURE.

LA VIE DE MARIANNE

LA VIE

DE

MARIANNE

PREMIÈRE PARTIE

AVANT que de donner cette histoire au public, il faut lui apprendre comment je l'ai trouvée.

Il y a six mois que j'achetai une maison de campagne à quelques lieues de Rennes, qui, depuis trente ans, a passé successivement entre les mains de cinq ou six personnes. J'ai voulu faire changer quelque chose à la disposition du premier appartement, et, dans une armoire pratiquée dans l'enfoncement d'un mur, on y a trouvé un manuscrit en plusieurs cahiers contenant l'histoire qu'on va lire, et le tout d'une écriture de femme. On me l'apporta ; je le lus avec deux de mes amis qui étoient chez moi, et qui, depuis ce jour-là, n'ont cessé de me dire qu'il falloit le faire imprimer. Je le veux bien, d'autant plus que cette histoire n'intéresse personne. Nous voyons par la date, que nous avons trouvée à la fin du manuscrit, qu'il y a quarante ans qu'il est écrit ; nous en avons changé le nom de deux personnes dont il y est parlé, et qui sont mortes. Ce qui y est dit d'elles est pourtant très indifférent ; mais n'importe : il est toujours mieux de supprimer leurs noms.

Voilà tout ce que j'avois à dire ; ce petit préambule m'a paru nécessaire, et je l'ai fait du mieux que j'ai pu : car je ne suis point auteur, et jamais on n'imprimera de moi que cette vingtaine de lignes-ci.

Passons maintenant à l'histoire. C'est une femme qui raconte sa vie : nous ne savons qui elle étoit. C'est la *Vie de Marianne* ; c'est ainsi qu'elle se nomme elle-même au commencement de son histoire ; elle prend ensuite le titre de comtesse ; elle parle à une de ses amies dont le nom est en blanc, et puis c'est tout.

Quand je vous ai fait le récit de quelques accidens de ma vie, je ne m'attendois pas, ma chère amie, que vous me prieriez de vous la donner tout entière et d'en faire un livre à imprimer. Il est vrai que l'histoire en est particulière, mais je la gâterai, si je l'écris : car où voulez-vous que je prenne un style ?

Il est vrai que dans le monde on m'a trouvé de l'esprit; mais, ma chère, je crois que cet esprit-là n'est bon qu'à être dit, et qu'il ne vaudra rien à être lu.

Nous autres jolies femmes (car j'ai été de ce nombre), personne n'a plus d'esprit que nous quand nous en avons un peu; les hommes ne savent plus alors la valeur de ce que nous disons : en nous écoutant parler, ils nous regardent, et ce que nous disons profite de ce qu'ils voient.

J'ai vu une jolie femme dont la conversation passoit pour un enchantement. Personne au monde ne s'exprimoit comme elle; c'étoit la vivacité, c'étoit la finesse même qui parloit : les connoisseurs n'y pouvoient tenir de plaisir. La petite vérole lui vint, elle en resta extrêmement marquée; quand la pauvre femme reparut, ce n'étoit plus qu'une babillarde incommode. Voyez combien auparavant elle avoit emprunté d'esprit de son visage! Il se pourroit bien faire que le mien m'en eût prêté aussi dans le temps qu'on m'en trouvoit beaucoup. Je me souviens de mes yeux de ce temps-là, et je crois qu'ils avoient plus d'esprit que moi.

Combien de fois me suis-je surprise à dire des choses qui auroient eu bien de la peine à passer toutes seules! Sans le jeu d'une physionomie friponne qui les accompagnoit, on ne m'auroit pas

applaudi comme on faisoit, et, si une petite vérole
étoit venue réduire cela à ce que cela valoit, franchement, je pense que j'y aurois perdu beaucoup.

Il n'y a pas plus d'un mois, par exemple, que
vous me parliez encore d'un certain jour (et il y a
douze ans que ce jour est passé) où, dans un repas,
on se récria tant sur ma vivacité ; eh bien ! en
conscience, je n'étois qu'une étourdie. Croiriez-
vous que je l'ai été souvent exprès pour voir jusqu'où va la duperie des hommes avec nous? Tout
me réussissoit, et je vous assure que, dans la bouche d'une laide, mes folies auroient paru dignes
des Petites-Maisons, et peut-être que j'avois besoin
d'être aimable dans tout ce que je disois de mieux:
car, à cette heure que mes agrémens sont passés,
je vois qu'on me trouve un esprit assez ordinaire,
et cependant je suis plus contente de moi que je
ne l'ai jamais été. Mais enfin, puisque vous voulez
que j'écrive mon histoire et que c'est une chose
que vous demandez à mon amitié, soyez satisfaite ;
j'aime encore mieux vous ennuyer que de vous
refuser.

Au reste, je parlois tout à l'heure de style, je
ne sais pas seulement ce que c'est. Comment fait-
on pour en avoir un? Celui que je vois dans les
livres, est-ce le bon ? Pourquoi donc est-ce qu'il
me déplaît tant le plus souvent? Celui de mes
lettres vous paroît-il passable? J'écrirai ceci de
même.

N'oubliez pas que vous m'avez promis de ne

jamais dire qui je suis ; je ne veux être connue que
de vous.

Il y a quinze ans que je ne savois pas encore si
le sang d'où je sortois étoit noble ou non, si j'étois
bâtarde ou légitime. Ce début paroît annoncer un
roman : ce n'en est pourtant pas un que je raconte ; je dis la vérité comme je l'ai apprise de
ceux qui m'ont élevée.

Un carrosse de voiture qui alloit à Bordeaux fut,
dans la route, attaqué par des voleurs ; deux hommes qui étoient dedans voulurent faire résistance,
et blessèrent d'abord un de ces voleurs ; mais ils
furent tués avec trois autres personnes ; il en coûta
aussi la vie au cocher et au postillon, et il ne restoit plus dans la voiture qu'un chanoine de Sens
et moi, qui paroissois n'avoir tout au plus que deux
ou trois ans. Le chanoine s'enfuit, pendant que,
tombée dans la portière, je faisois des cris épou-
vantables, à demi étouffée sous le corps d'une
femme qui avoit été blessée, et qui, malgré cela,
voulant se sauver, étoit retombée dans la portière,
où elle mourut sur moi, et m'écrasoit.

Les chevaux ne faisoient aucun mouvement, et
je restai dans cet état un bon quart d'heure, toujours criant et sans pouvoir me débarrasser.

Remarquez qu'entre les personnes qui avoient
été tuées, il y avoit deux femmes : l'une belle et
d'environ vingt ans, et l'autre d'environ quarante ;
la première fort bien mise, et l'autre habillée
comme le seroit une femme de chambre.

Si l'une des deux étoit ma mère, il y avoit plus d'apparence que c'étoit la jeune et la mieux mise, parce qu'on prétend que je lui ressemblois un peu, du moins à ce que disoient ceux qui la virent morte, et qui me virent aussi, et que j'étois vêtue d'une manière trop distinguée pour n'être que la fille d'une femme de chambre.

J'oubliois à vous dire qu'un laquais, qui étoit un des cavaliers de la voiture, s'enfuit blessé à travers champs, et alla tomber de foiblesse à l'entrée d'un village voisin, où il mourut sans dire à qui il appartenoit; tout ce qu'on put tirer de lui, un moment avant qu'il expirât, c'est que son maître et sa maîtresse venoient d'être tués; mais cela n'apprenoit rien.

Pendant que je criois sous le corps de cette femme morte qui étoit la plus jeune, cinq ou six officiers qui couroient la poste passèrent, et, voyant quelques personnes étendues mortes auprès du carrosse qui ne bougeoit, entendant un enfant qui crioit dedans, s'arrêtèrent à ce terrible spectacle, ou par la curiosité qu'on a souvent pour les choses qui ont une certaine horreur, ou pour voir ce que c'étoit que cet enfant qui crioit et pour lui donner du secours. Ils regardent dans le carrosse, y voient encore un homme tué, et cette femme morte tombée dans la portière, où ils jugeoient bien par mes cris que j'étois aussi.

Quelqu'un d'entre eux, à ce qu'ils ont dit depuis, vouloit qu'ils se retirassent; mais un autre, ému de compassion pour moi, les arrêta, et, mettant le premier pied à terre, alla ouvrir la portière où j'étois, et les autres le suivirent. Nouvelle horreur qui les frappe : un côté du visage de cette dame morte étoit sur le mien, et elle m'avoit baignée de son sang. Ils repoussèrent cette dame, et toute sanglante, me retirèrent de dessous elle.

Après cela, il s'agissoit de savoir ce qu'on feroit de moi, et où l'on me mettroit : ils voient de loin un petit village, où ils concluent qu'il faut me porter, et me donnent à un domestique qui me tenoit enveloppée dans un manteau.

Leur dessein étoit de me remettre entre les mains du curé de ce village, afin qu'il me cherchât quelqu'un qui voulût bien prendre soin de moi ; mais ce curé, chez qui tous les habitans les conduisirent, étoit allé voir un de ses confrères ; il n'y avoit chez lui que sa sœur, fille très pieuse, à qui je fis tant de pitié qu'elle voulut bien me garder, en attendant l'aveu de son frère ; il y eut même un procès-verbal de fait sur tout ce que je vous ai dit, et qui fut écrit par une espèce de procureur fiscal du lieu.

Chacun de mes conducteurs ensuite donna généreusement pour moi quelque argent, qu'on mit dans une bourse dont on chargea la sœur du curé ; après quoi tout le monde s'en alla.

C'est de la sœur de ce curé de qui je tiens tout ce que je viens de vous raconter.

Je suis sûre que vous en frémissez ; on ne peut,

en entrant dans la vie, éprouver d'infortune plus
grande et plus bizarre. Heureusement je n'y étois
pas quand elle m'arriva, car ce n'est pas y être que
de l'éprouver à l'âge de deux ans.

Je ne vous dirai point ce que devint le carrosse,
ni ce qu'on fit des voyageurs tués ; cela ne me regarde point.

Quelques-uns des voleurs furent pris trois ou
quatre jours après, et, pour comble de malheur,
on ne trouva, dans les habits des personnes qu'ils
avoient assassinées, rien qui pût apprendre à qui
j'appartenois. On eut beau recourir au registre
qui est toujours chargé du nom des voyageurs,
cela ne servit de rien ; on sut bien par là qui ils
étoient tous, à l'exception de deux personnes,
d'une dame et d'un cavalier, dont le nom assez
étranger n'instruisit de rien, et peut-être qu'ils
n'avoient pas dit le véritable. On vit seulement
qu'ils avoient pris cinq places, trois pour eux et
pour une petite fille, et deux autres pour un laquais et une femme de chambre qui avoient été
tués aussi.

Par tout cela, ma naissance devint impénétrable,
et je n'appartins plus qu'à la charité de tout le
monde.

L'excès de mon malheur m'attira d'assez grands
secours chez le curé où j'étois, et qui consentit,
aussi bien que sa sœur, à me garder.

On venoit pour me voir de tous les cantons
voisins : on vouloit savoir quelle physionomie

j'avois, elle étoit devenue un objet de curiosité; on s'imaginoit remarquer dans mes traits quelque chose qui sentoit mon aventure, on se prenoit pour moi d'un goût romanesque. J'étois jolie, j'avois l'air fin; vous ne sauriez croire combien tout cela me servoit, combien cela rendoit noble et délicat l'attendrissement qu'on sentoit pour moi. On n'auroit pas caressé une petite princesse infortunée d'une façon plus digne; c'étoit presque du respect que la compassion que j'inspirois.

Les dames surtout s'intéressoient pour moi au delà de ce que je puis vous dire; c'étoit à qui d'entre elles me feroit le présent le plus joli, me donneroit l'habit le plus galant.

Le curé, qui, quoique curé de village, avoit beaucoup d'esprit et étoit un homme de très bonne famille, disoit souvent, depuis, que, dans tout ce que ces dames avoient alors fait pour moi, il ne leur avoit jamais entendu prononcer le mot de *charité;* c'est que c'étoit un mot trop dur et qui blessoit la mignardise des sentimens qu'elles avoient.

Aussi, quand elles parloient de moi, elles ne disoient point *cette petite fille;* c'étoit toujours *cette aimable enfant.*

Étoit-il question de mes parens, c'étoient des étrangers, et sans difficulté de la première condition de leur pays; il n'étoit pas possible que cela fût autrement, on le savoit comme si on l'avoit vu : il couroit là-dessus un petit raisonnement que chacune d'elles avoit grossi de sa pensée, et qu'ensuite elles croyoient comme si elles ne l'avoient pas fait elles-mêmes.

Mais tout s'use, et les beaux sentimens comme autre chose. Quand mon aventure ne fut plus si fraîche, elle frappa moins l'imagination. L'habitude de me voir dissipa les fantaisies qui me faisoient tant de bien, elle épuisa le plaisir qu'on avoit à m'aimer : ce n'avoit été qu'un plaisir de passage, et au bout de six mois cette aimable enfant ne fut plus qu'une pauvre orpheline, à qui on n'épargna pas alors le mot de *charité*; on disoit que j'en méritois beaucoup. Tous les curés me recommandèrent chez eux, parce que celui chez qui j'étois n'étoit pas riche ; mais la religion de ces dames ne me fut pas si favorable que me l'avoit été leur folie, je n'en tirai pas si bon parti, et j'aurois été fort à plaindre sans la tendresse que le curé et sa sœur prirent pour moi.

Cette sœur m'éleva comme si j'avois été son enfant. Je vous ai déjà dit que son frère et elle étoient de très bonne famille : on disoit qu'ils avoient perdu leur bien par un procès, et que lui, il étoit venu se réfugier dans cette cure, où elle l'avoit suivi, car ils s'aimoient beaucoup.

Ordinairement, qui dit nièce ou sœur de curé de village dit quelque chose de bien grossier et d'approchant d'une paysanne.

Mais cette fille-ci n'étoit pas de même : c'étoit une personne pleine de raison et de politesse, qui joignoit à cela beaucoup de vertu.

Je me souviens que souvent, en me regardant,
les larmes lui couloient des yeux au souvenir de mon
aventure ; et il est vrai qu'à mon tour je l'aimois
comme ma mère. Je vous avouerai aussi que j'avois
des grâces et de petites façons qui n'étoient point
d'un enfant ordinaire ; j'avois de la douceur et de
la gaieté, le geste fin, l'esprit vif, avec un visage
qui promettoit une belle physionomie ; et ce qu'il
promettoit, il l'a tenu.

Je passe tout le temps de mon éducation dans
mon bas âge, pendant lequel j'appris à faire je ne
sais combien de petites nippes de femme, industrie
qui m'a bien servi dans la suite.

J'avois quinze ans, plus ou moins (car on pouvoit s'y tromper), quand un parent du curé, qui
n'avoit que sa sœur et lui pour héritiers, leur fit
écrire de Paris qu'il étoit dangereusement malade,
et cet homme, qui leur avoit souvent donné de ses
nouvelles, les prioit de se hâter de venir l'un ou
l'autre, s'ils vouloient le voir avant qu'il mourût.
Le curé aimoit trop son devoir de pasteur pour
quitter sa cure, et fit partir sa sœur.

Elle n'avoit pas d'abord envie de me mener
avec elle ; mais, deux jours avant son départ,
voyant que je m'attristois beaucoup et que je soupirois : « Marianne, me dit-elle, puisque vous
craignez tant mon absence, consolez-vous ; je veux
bien que vous ne me quittiez point, et j'espère
que mon frère le voudra bien aussi. Il me vient
même actuellement des vues pour vous : j'ai des-

sein de vous faire entrer chez quelque marchande,
car il est temps de songer à devenir quelque
chose ; nous vous aiderons toujours pendant que
nous vivrons, mon frère et moi, sans compter ce
que nous pourrons vous laisser après notre mort ;
mais cela ne suffit pas, nous ne saurions vous
laisser beaucoup : le parent que je vais trouver et
dont nous sommes héritiers, je ne le crois pas fort
riche, et il vous faut choisir un état qui puisse con-
tribuer à vous établir. Je vous dis cela parce que
vous commencez à être raisonnable, ma chère
Marianne, et je souhaiterois bien, avant que de
mourir, avoir la consolation de vous voir mariée à
quelque honnête homme, ou du moins en situation de l'être avantageusement pour vous : il est
bien juste que j'aie ce plaisir-là. »

Je me jetai entre ses bras après ce discours, je
pleurai et elle pleura : car c'étoit la meilleure personne que j'aie jamais connue ; et de mon côté
j'avois le cœur bon, comme je l'ai encore.

Le curé entra là-dessus. « Qu'est-ce ? dit-il à sa
sœur ; je crois que Marianne pleure. » Elle lui dit
alors ce dont nous parlions, et le dessein qu'elle
avoit de me mener à Paris avec elle. « Je le veux
bien, dit-il ; mais, si elle y reste, nous ne la verrons donc plus, et cela me fait de la peine, car je
l'aime, la pauvre enfant : nous l'avons élevée, je
suis bien vieux, et ce sera peut-être pour toujours
que je lui dirai adieu. »

Il n'y avoit rien de si touchant que cet entre-

tien, comme vous le voyez. Je ne répondis point
au curé ; mais, en revanche, je me mis à sangloter
de toute ma force ; cela les attendrit encore davantage, et le bonhomme alors, s'approchant de
moi : « Marianne, me dit-il, vous partirez avec
ma sœur, puisque c'est pour votre bien et que je
dois le préférer à tout. Nous vous avons tenu lieu
de vos parens, que Dieu n'a pas permis que vous
connussiez, non plus que personne de votre famille : ainsi, ne faites jamais rien sans nous con-
sulter pendant que nous vivons ; et, si ma sœur
vous laisse bien placée à Paris, sans quoi il faut
que vous reveniez, écrivez-nous dans toutes les
occasions où vous aurez besoin de nos conseils ;
pour nous, nous ne vous manquerons jamais. »

Je ne vous rapporterai point tout ce qu'il me
dit encore avant que nous partissions. J'abrège,
car je m'imagine bien que toutes ces minuties de
mon bas âge vous ennuient ; cela n'est pas fort
intéressant, et il me tarde d'en venir à d'autres
choses ; j'en ai beaucoup à dire, et il faut que je
vous aime bien pour m'être mise en train de vous
faire une histoire qui sera très longue : je vais bar-
bouiller bien du papier ; mais je ne veux pas songer
à cela, il ne faut pas seulement que ma paresse le
sache : avançons toujours.

Nous partîmes donc, la sœur du curé et moi, et
nous voilà à Paris ; il falloit presque le traverser
tout entier pour arriver chez le parent dont j'ai
parlé.

Je ne saurois vous dire ce que je sentis en voyant
cette grande ville, et son fracas, et son peuple, et
ses rues. C'étoit pour moi l'empire de la lune : je
n'étois plus à moi, je ne me ressouvenois plus de
rien ; j'allois, j'ouvrois les yeux, j'étois étonnée,
et voilà tout.

Je me retrouvai pourtant dans la longueur du
chemin, et alors je jouis de toute ma surprise : je
sentis mes mouvemens, je fus charmée de me
trouver là, je respirai un air qui réjouit mes esprits ; il y avoit une douce sympathie entre mon
imagination et les objets que je voyois, et je devinois qu'on pouvoit tirer de cette multitude de
choses différentes je ne sais combien d'agrémens
que je ne connoissois pas encore ; enfin il me sembloit que les plaisirs habitoient au milieu de tout
cela. Voyez si ce n'étoit pas là un vrai instinct de
femme, et même un pronostic de toutes les aventures qui devoient m'arriver.

Le destin ne tarda pas à me les annoncer : car,
dans la vie d'une femme comme moi, il faut bien
parler du destin. Le parent que nous allions
trouver étoit mort quand nous arrivâmes ; il y
avoit, dit-on, vingt-quatre heures qu'il étoit expiré.

Ce n'est pas là tout, c'est qu'on avoit mis le
scellé chez lui : cet homme avoit été dans les affaires, et on prétendoit qu'il devoit plus qu'il n'a-
voit vaillant.

Je ne vous dirai point comment on justifioit
cela, c'est un détail qui me passe ; tout ce que je

sais, c'est que nous ne pûmes loger chez lui, que tout étoit saisi, et qu'après bien des discussions, qui durèrent trois ou quatre mois, on nous fit voir qu'il n'y avoit pas le sou à espérer de la succession, et que c'étoit dommage qu'elle ne fût pas plus grande, parce qu'elle en auroit mieux payé ses dettes.

N'étoit-ce pas là un beau voyage que nous étions venues faire ? Aussi la sœur du curé en prit-elle un si grand chagrin qu'elle en tomba malade dans l'auberge où nous étions.

Hélas ! ce fut à cause de moi qu'elle s'affligea tant : elle avoit espéré que cette succession la mettroit en état de me faire du bien ; et, d'ailleurs, ce voyage inutile l'avoit épuisée d'argent ; ce qu'elle en avoit apporté diminuoit beaucoup ; et son frère, qui n'avoit que sa cure, auroit bien de la peine à lui en envoyer encore. Pour comble d'embarras, elle étoit malade : quelle pitié !

Je l'entendois soupirer : jamais cette chère fille ne m'aima tant, parce qu'elle me voyoit plus à plaindre que jamais ; et moi, je la consolois, je lui faisois mille caresses, et elles étoient bien vraies, car j'étois remplie de sentiment : j'avois le cœur plus fin et plus avancé que l'esprit, quoique ce dernier ne le fût déjà pas mal.

Vous jugez bien qu'elle avoit informé le curé de toute notre histoire ; et, comme il y a des temps où les malheurs fondent sur les gens avec furie (car on ne sauroit le penser autrement), cet honnête homme, en allant voir ses confrères, avoit fait une chute six semaines après notre départ, accident dangereux pour un homme âgé ; il n'avoit pu se lever depuis, et il ne faisoit que languir ; et, les fâcheuses nouvelles qu'il reçut de sa sœur venant là-dessus, il tomba dans des infirmités qui l'obligèrent de se faire nommer un successeur, et dont son esprit se ressentit autant que son corps. Il eut cependant le temps de nous envoyer quelque argent ; après quoi il ne fut même plus question de le compter parmi les vivans.

Je frissonne encore en me ressouvenant de ces choses-là ; il faut que la terre soit un séjour bien étranger pour la vertu, car elle ne fait qu'y souffrir.

La guérison de la sœur étoit presque désespérée, quand nous apprîmes l'état du frère. A la lecture de la lettre qui nous en informoit, elle fit un cri et s'évanouit.

De mon côté, toute en pleurs, j'appelai à son secours : elle revint à elle, et ne versa pas une larme. Je ne lui vis plus, dès ce moment, qu'une résignation courageuse ; son cœur devint plus ferme : ce ne fut plus cette amitié toujours inquiète qu'elle avoit eue pour moi, ce fut une tendresse vertueuse qui me remit avec confiance entre les mains de celui qui dispose de tout.

Quand son évanouissement fut passé et que nous fûmes seules, elle me dit d'approcher, parce qu'elle avoit à me parler. Laissez-moi, ma chère amie, vous dire une partie de son discours : le ressouvenir m'en est encore cher, et ce sont les dernières paroles que j'ai entendues d'elle :

« Marianne, me dit-elle, je n'ai plus de frère ; quoiqu'il ne soit pas encore mort, c'est comme s'il ne vivoit plus et pour vous et pour moi. Je sens aussi que vous me perdrez bientôt. Mais Dieu le veut, cela me console de l'état où je vous laisse : tout triste qu'il est, il a ses vues pour vous qui valent mieux que les miennes. Peut-être languirai-je encore quelque temps, peut-être mourrai-je dans la première foiblesse qui me prendra. » Elle ne disoit que trop vrai. « Je n'oserois vous donner l'argent qui me reste ; vous êtes trop jeune, et l'on pourroit vous tromper : je veux le remettre entre les mains du religieux qui me vient voir ; je le prierai d'en disposer sagement pour vous : il est notre voisin ; s'il ne vient pas aujourd'hui, vous irez le chercher demain, afin que je lui parle. Après cette unique précaution qui me reste à prendre pour vous, je n'ai plus qu'une chose à vous dire : c'est d'être toujours sage. Je vous ai élevée dans l'amour de la vertu ; si vous gardez votre éducation, tenez, Marianne, vous serez héritière du plus grand trésor qu'on puisse vous laisser : car, avec lui, ce sera vous, ce sera votre âme qui sera riche. Il est vrai, mon enfant, que cela n'empêchera pas que vous ne soyez pauvre du côté de la fortune et que vous n'ayez encore de la peine à vivre ; peut-être aussi Dieu récompensera-

t-il votre sagesse dès ce monde ! Les gens vertueux sont rares ; mais ceux qui estiment la vertu
ne le sont pas, d'autant plus qu'il y a mille occasions dans la vie où l'on a absolument besoin des
personnes qui en ont. Par exemple, on ne veut se
marier qu'à une honnête fille : est-elle pauvre, on
n'est point déshonoré en l'épousant ; n'a-t-elle que
des richesses sans vertu, on se déshonore, et les
hommes seront toujours dans cet esprit-là ; cela est
plus fort qu'eux, ma fille : ainsi vous trouverez
quelque jour votre place ; et, d'ailleurs, la vertu
est si douce, si consolante dans le cœur de ceux
qui en ont ! fussent-ils toujours pauvres, leur indigence dure si peu, la vie est si courte ! Les hommes
qui se moquent le plus de ce qu'on appelle sagesse
traitent pourtant si cavalièrement une femme qui
se laisse séduire, ils acquièrent des droits si inso-
lens avec elle, ils la punissent tant de son désordre, ils la sentent si dépourvue contre eux, si
désarmée, si dégradée, à cause qu'elle a perdu
cette vertu dont ils se moquoient, qu'en vérité, ma
fille, ce n'est que faute d'un peu de réflexion qu'on
se dérange : car, en y songeant, qui est-ce qui voudroit cesser d'être pauvre à condition d'être infâme ? »

Quelqu'un de la maison, qui entra alors, l'em-
pêcha d'en dire davantage ; peut-être êtes-vous
curieuse de savoir ce que je lui répondis. Rien, car
je n'en eus pas la force. Son discours et les idées
de sa mort m'avoient bouleversé l'esprit : je lui
tenois son bras que je baisai mille fois, voilà tout.

Mais je ne perdis rien de tout ce qu'elle me dit ; et, en vérité, je vous le rapporte presque mot pour mot, tant j'en fus frappée ; aussi avois-je alors quinze ans et demi pour le moins, avec toute l'intelligence qu'il falloit pour entendre cela.

Venons maintenant à l'usage que j'en ai fait. Que de folies je vais bientôt vous dire ! Faut-il qu'on ne soit sage que quand il n'y a point de mérite à l'être ! Que veut-on dire en parlant de quelqu'un, quand on dit qu'il est en âge de raison ? C'est mal parler ; cet âge de raison est bien plutôt l'âge de la folie. Quand cette raison nous est venue, nous l'avons comme un bijou d'une grande beauté, que nous regardons souvent, que nous estimons beaucoup, mais que nous ne mettons jamais en œuvre. Souffrez mes petites réflexions ; j'en ferai toujours quelqu'une en passant : mes foiblesses m'ont bien acquis le droit d'en faire. Poursuivons. J'ai été jusqu'ici à la charge d'autrui, et je vais bientôt être à la mienne.

La sœur du curé m'avoit dit qu'elle craignoit de mourir dans la première foiblesse qui lui prendroit, et elle prophétisoit. Je ne voulus point me coucher cette nuit-là ; je la veillai, elle reposa assez tranquillement jusqu'à deux heures après minuit ; mais alors je l'entendis se plaindre : je courus à elle, je lui parlai, elle n'étoit plus en état de me répondre. Elle ne fit que me serrer la main très légèrement, et elle avoit le visage d'une personne expirante.

La frayeur alors s'empara de moi, et ce fut une frayeur qui me vint de la certitude de la perdre : je tombai dans l'égarement ; je n'ai de ma vie rien senti de si terrible ; il me sembla que tout l'univers étoit un désert où j'allois rester seule : je connus combien je l'aimois, combien elle m'avoit aimée ; tout cela se peignit dans mon cœur d'une manière si vive que cette image-là me désoloit.

Mon Dieu ! combien de douleur peut entrer dans notre âme ! jusqu'à quel degré peut-on être sensible ! Je vous avouerai que l'épreuve que j'ai faite de cette douleur dont nous sommes capables est une des choses qui m'a le plus épouvantée dans ma vie, quand j'y ai songé ; je lui dois même le goût de la retraite où je suis à présent.

Je ne sais point philosopher, et je ne m'en soucie guère, car je crois que cela n'apprend rien qu'à discourir : les gens que j'ai entendus raisonner là-dessus ont bien de l'esprit assurément ; mais je crois que sur certaines matières ils ressemblent à ces nouvellistes qui font des nouvelles quand ils n'en ont point, ou qui corrigent celles qu'ils reçoivent quand elles ne leur plaisent pas. Je pense, pour moi, qu'il n'y a que le sentiment qui nous puisse donner des nouvelles un peu sûres de nous, et qu'il ne faut pas trop se fier à celles que notre esprit veut faire à sa guise, car je le crois un grand visionnaire.

Mais reprenons vite mon récit ; je suis toute honteuse du raisonnement que je viens de faire, et

j'étois toute glorieuse en le faisant; vous verrez
que j'y prendrai goût : car dans tout il n'y a, dit-
on, que le premier pas qui coûte. Eh! pourquoi
n'y reviendrois-je pas? Est-ce à cause que je ne
suis qu'une femme et que je ne sais rien? Le bon
sens est de tout sexe; je ne veux instruire personne, j'ai cinquante ans passés; et un honnête
homme très savant me disoit l'autre jour que, quoique je ne susse rien, je n'étois pas plus ignorante
que ceux qui en savoient plus que moi. Oui, c'est
un savant du premier ordre qui a parlé comme
cela : car ces hommes, tout fiers qu'ils sont de
leur science, ils ont quelquefois des momens où la
vérité leur échappe d'abondance de cœur, et où
ils se sentent si las de leur présomption qu'ils la
quittent pour respirer en francs ignorans comme ils
sont; cela les soulage ; et moi, de mon côté,
j'avois besoin de dire un peu ce que je pensois
d'eux.

Je fus donc frappée d'une douleur mortelle en
voyant que cette vertueuse fille, à qui je devois
tant, se mouroit; elle avoit eu beau me parler de
sa mort, je n'avois point imaginé que sa maladie
la conduisît jusque-là.

Mes gémissemens firent retentir la maison, ils
réveillèrent tout le monde; l'hôte et l'hôtesse, se
doutant de la vérité, se levèrent et vinrent frapper
à la porte de notre chambre; je l'ouvris sans savoir
que je l'ouvrois : ils me parlèrent, et je faisois
des cris pour toute réponse; ils furent bientôt in-

struits de la cause de ma désolation, et voulurent
secourir cette fille expirante, et peut-être déjà ex-
pirée, car elle n'avoit plus de mouvement ; mais
une demi-heure après on vit qu'elle étoit morte.
Les domestiques arrivèrent ; il se fit un fracas pendant lequel je perdis connoissance, et on me porta
dans une chambre voisine sans que je le sentisse.
De l'état où je fus ensuite, je n'en parlerai point ;
vous le devinez bien, et moi-même ce récit-là
m'attriste encore.

Enfin me voilà seule, et sans autre guide qu'une
expérience de quinze ans et demi, plus ou moins.
Comme la défunte m'avoit fait passer pour sa
nièce et que j'avois l'air raisonnable, on me rendit
compte de tout ce qu'on disoit lui avoir trouvé,
et qui ne valoit pas la peine qu'on y fît plus de cérémonie, quand même on m'auroit remis tout ce
qu'il y avoit. Mais une partie du linge fut volé
avec d'autres bagatelles ; et de près de quatre cents
livres que je savois qui lui restoient, on en prit
bien la moitié, je pense ; je m'en plaignis, mais si
foiblement que je n'insistai point. Dans l'affliction
où j'étois, je n'avois plus rien à cœur. Comme je
ne voyois plus personne qui prît part à moi, ni à
ma vie, je n'y en prenois plus moi-même ; et cette
manière de penser me mettoit dans un état qui
ressembloit à de la tranquillité ; mais qu'on est à
plaindre avec cette tranquillité-là ! on est plus
digne de pitié que dans le désespoir le plus emporté.

Tout le monde de la maison paroissoit s'intéresser à moi, surtout l'hôte et sa femme, qui venoient tendrement me consoler d'un malheur dont
ils avoient fait leur profit; et tout est plein de pareilles gens dans la vie : en général, personne ne
marque tant de zèle pour adoucir vos peines que
les fourbes qui les ont causées et qui y gagnent.

Je laissai vendre des habits dont on me donna
ce qu'on voulut, et il y avoit déjà quinze jours que
ma chère tante, comme on l'appeloit, et je dirois
volontiers ma chère mère, ou plutôt mon unique
amie (car il n'y a point de qualité qui ne le cède
à celle-là, ni de cœur plus tendre, plus infaillible,
que le cœur inspiré par la véritable amitié), il y
avoit donc déjà quinze jours que cette amie étoit
morte, et je les avois passés dans cette auberge
sans savoir ce que je deviendrois, ni sans m'en
mettre en peine, quand ce religieux dont j'ai déjà
parlé, qui venoit souvent voir la défunte, et qui
avoit été malade aussi, vint encore pour savoir de
ses nouvelles : il apprit sa mort avec chagrin; et,
comme il étoit le seul qui sût le secret de ma naissance, que la défunte avoit trouvé à propos de l'en
instruire, et que je savois qu'il en étoit instruit, je
le vis arriver avec plaisir.

Il fut extrêmement sensible à mon malheur et
au peu de souci que j'avois de moi dans ma consternation : il me parla là-dessus d'une manière très
touchante, me fit envisager les dangers que je
courois en restant dans cette maison, seule, et sans

êtɹe réclamée de qui que ce soit au monde; et
effectivement c'étoit une situation qui m'exposoit
d'autant plus que j'étois d'une figure très aimable,
et à cet âge où les grâces sont si charmantes, parce
qu'elles sont ingénues et toutes fraîches écloses.

Son discours fit son effet : j'ouvris les yeux sur
mon état, et je pris de l'inquiétude de ce que je
deviendrois; cette inquiétude me jeta encore mille
fantômes dans l'esprit. « Où irai-je? lui disois-je
en fondant en larmes : je n'ai personne sur la terre
qui me connoisse; je ne suis la fille ni la parente
de qui que ce soit. A qui demanderai-je du secours?
Qui est-ce qui est obligé de m'en donner? Que
ferai-je en sortant d'ici? L'argent que j'ai ne me
durera pas longtemps, on peut me le prendre, et
voilà la première fois que j'en ai et que j'en dépense. »

Ce bon religieux ne savoit que me répondre .
je crus même voir à la fin que je lui étois à charge,
parce que je le conjurois de me conduire; et ces
bonnes gens, quand ils vous ont parlé, qu'ils vous
ont exhorté, ils ont fait pour vous tout ce qu'ils
peuvent faire.

De retourner à mon village, c'étoit une folie :
je n'y avois plus d'asile; je n'y retrouverois qu'un
vieillard tombé dans l'imbécillité, qui avoit tout
vendu pour nous envoyer le dernier argent que
nous avions reçu, et qui achevoit de mourir sous
la tutelle d'un successeur que je ne connoissois
pas, à qui j'étois inconnue, ou pour le moins in-

différente. Il n'y avoit donc nulle ressource de ce côté-là, et en vérité la tête m'en tournoit de frayeur.

Enfin, ce religieux, à force de chercher et d'imaginer, pensa à un homme de considération charitable et pieux, qui s'étoit, disoit-il, dévoué aux bonnes œuvres, et à qui il promit de me recommander dès le lendemain. Mais je n'entendois plus raison, il n'y avoit point de lendemain à me promettre : je ne pouvois supporter d'attendre jusquelà, je pleurois, je me désolois ; il vouloit sortir, je le retenois, je me jetois à ses genoux. « Point de lendemain, lui disois-je, tirez-moi d'ici tout à l'heure, ou bien vous allez me jeter au désespoir. Que voulez-vous que je fasse ici? On m'y a déjà pris une partie de ce que j'avois; peut-être cette nuit me prendra-t-on le reste : on peut m'enlever, je crains pour ma vie, je crains pour tout, et assurément je n'y resterai point, je mourrai plutôt, je fuirai, et vous en serez fâché. »

Ce religieux alors, qui étoit dans un embarras cruel, et qui ne pouvoit se débarrasser de moi, s'arrêta, se mit à rêver un moment, ensuite prit une plume et du papier, et écrivit un billet à la personne dont il m'avoit parlé. Il me le lut; le billet étoit pressant; il la conjuroit, par toute sa religion, de venir où nous étions. « Dieu vous y réserve, lui disoit-il, l'action de charité la plus précieuse à ses yeux, et la plus méritoire que vous ayez jamais faite »; et, pour l'exciter encore davantage, il lui

marquoit mon sexe, mon âge et ma figure, et tout
ce qui pouvoit en arriver, ou par ma foiblesse, ou
par la corruption des autres.

Le billet écrit, je le fis porter à son adresse, et,
en attendant la réponse, je gardois ce religieux à
vue : car j'avois résolu de ne point coucher cette
nuit-là dans la maison. Je ne saurois pourtant vous
dire précisément quel étoit l'objet de ma peur, et
voilà pourquoi elle étoit si vive : tout ce que je
sais, c'est que je me représentois la physionomie
de mon hôte, que je n'avois jamais trop remarquée
jusque-là ; et dans cette physionomie alors j'y trouvois des choses terribles ; celle de sa femme me
paroissoit sombre, ténébreuse ; les domestiques
avoient la mine de ne valoir rien ; enfin tous ces
visages-là me faisoient frémir, je n'y pouvois tenir,
je voyois des épées, des poignards, des assassinats,
des vols, des insultes ; mon sang se glaçoit aux
périls que je me figurois : car, quand une fois
l'imagination est en train, malheur à l'esprit qu'elle
gouverne !

J'entretenois le religieux de mes idées noires,
quand celui qui avoit fait notre message nous vint
dire que le carrosse de l'honnête homme en question nous attendoit en bas, et qu'il n'avoit pu ni
écrire ni venir lui-même, parce qu'il étoit en affaire
quand il avoit reçu le billet. Sur-le-champ je fis
mon paquet ; on auroit dit qu'on me rachetoit la
vie : je fis rappeler cet hôte et cette hôtesse si
effrayans, et il est vrai qu'ils n'avoient pas trop

bonne mine, et que l'imagination n'avoit pas grand ouvrage à faire pour les rendre désagréables. Ce qui est de sûr, c'est que j'ai toujours retenu leurs visages ; je les vois encore, je les peindrois ; et, dans le cours de ma vie, j'ai connu quelques honnêtes gens que je ne pouvois souffrir à cause que leur physionomie avoit quelque air de ces visages-là.

Je montai donc dans le carrosse avec ce religieux, et nous arrivons chez la personne en question. C'étoit un homme de cinquante à soixante ans, encore assez bien fait, fort riche, d'un visage doux et sérieux, où l'on voyoit un air de mortification qui empêchoit qu'on ne remarquât tout son embonpoint.

Il nous reçut bonnement et sans façon, et sans autre compliment que d'embrasser d'abord le religieux ; il jeta un coup d'œil sur moi, et puis nous fit asseoir.

Le cœur me battoit ; j'étois honteuse, embarrassée ; je n'osois lever les yeux ; mon petit amour-propre étoit étonné et ne savoit où il en étoit. « Voyons, de quoi s'agit-il ? » dit alors notre homme pour entamer la conversation, et en prenant la main du religieux, qu'il serra avec componction dans la sienne. Là-dessus le religieux lui conta mon histoire. « Voilà, répondit-il, une aventure bien particulière et une situation bien triste ! Vous pensiez juste, mon père, quand vous m'avez écrit qu'on ne pouvoit faire une meilleure action que de rendre service à mademoiselle. Je le crois de même ; elle

a plus besoin de secours qu'un autre par mille raisons, et je vous suis obligé de vous être adressé à
moi pour cela; je bénis le moment où vous avez
été inspiré de m'avertir, car je suis pénétré de ce
que je viens d'entendre; allons, examinons un peu
de quelle façon nous nous y prendrons. Quel âge
avez-vous, ma chère enfant? » ajouta-t-il, en me
parlant avec une charité cordiale. A cette question
je me mis à soupirer sans pouvoir répondre. « Ne
vous affligez pas, me dit-il, prenez courage, je ne
demande qu'à vous être utile; et d'ailleurs Dieu
est le maître, il faut le louer de tout ce qu'il fait :
dites-moi donc, quel âge avez-vous à peu près?
— Quinze ans et demi, repris-je, et peut-être
plus. — Effectivement, dit-il en se retournant du
côté du père, à la voir on lui en donneroit davantage; mais, sur sa physionomie, j'augure bien
de son cœur et du caractère de son esprit; on est
même porté à croire qu'elle a de la naissance : en
vérité, son malheur est bien grand! que les desseins de Dieu sont impénétrables!

« Mais revenons au plus pressé, ajouta-t-il,
après s'être ainsi prosterné en esprit devant les
desseins de Dieu. Comme vous n'avez nulle fortune dans ce monde, il faut voir à quoi vous vous
destinez : la demoiselle qui est morte n'avoit-elle
rien résolu pour vous? — Elle avoit, lui dis-je,
intention de me mettre chez une marchande. —
Fort bien, reprit-il, j'approuve ses vues; sont-elles
de votre goût? Parlez franchement. Il y a plusieurs

choses qui peuvent vous convenir : j'ai, par exemple, une belle-sœur qui est une personne très raisonnable, fort à son aise, et qui vient de perdre une demoiselle qui étoit à son service, qu'elle aimoit beaucoup, et à qui elle auroit fait du bien dans la suite ; si vous vouliez tenir sa place, je suis persuadé qu'elle vous prendroit avec plaisir. »

Cette proposition me fit rougir. « Hélas ! Monsieur, lui dis-je, quoique je n'aie rien et que je ne sache à qui je suis, il me semble que j'aimerois mieux mourir que d'être chez quelqu'un en qualité de domestique ; et, si j'avois mon père et ma mère, il y a toute apparence que j'en aurois moi-même, au lieu d'en servir à personne. »

Je lui répondis cela d'une manière fort triste ; après quoi, versant quelques larmes : « Puisque je suis obligée de travailler pour vivre, ajoutai-je en sanglotant, je préfère le plus petit métier qu'il y ait, et le plus pénible, pourvu que je sois libre, à l'état dont vous me parlez, quand j'y devrois faire ma fortune. — Eh ! mon enfant, me dit-il, tranquillisez-vous ; je vous loue de penser comme cela, c'est une marque que vous avez du cœur, et cette fierté-là est permise ; il ne faut pas la pousser trop loin, elle ne seroit plus raisonnable : quelque conjecture avantageuse qu'on puisse faire de votre naissance, cela ne vous donne aucun état, et vous devez vous régler là-dessus ; mais enfin nous suivrons les vues de cette amie que vous avez perdue : il en coûtera davantage, c'est une pension qu'il faudra payer ; mais n'importe, dès aujourd'hui vous serez placée ; je vais vous mener chez ma marchande de linge, et vous y serez la bienvenue : êtes-vous contente? — Oui, Monsieur, lui dis-je, et jamais je n'oublierai vos bontés. — Profitez-en, Mademoiselle, dit alors le religieux qui nous avoit jusque-là laissés faire tout notre dialogue, et comportez-vous d'une manière qui récompense monsieur des soins où sa piété l'engage pour vous. — Je crains bien, reprit alors notre homme d'un ton dévot et scrupuleux, je crains bien de n'avoir pas de mérite à la secourir, car je suis trop sensible à son infortune. »

Alors il se leva et dit : « Ne perdons point de temps, il se fait tard, allons chez la marchande dont je vous ai parlé, Mademoiselle. Pour vous, mon père, vous pouvez à présent vous retirer, je vous rendrai bon compte du dépôt que vous me confiez. » Là-dessus, le religieux nous quitta, je le remerciai de ses peines en bégayant, car j'étois toute troublée, et nous voilà en chemin dans le carrosse de mon bienfaiteur.

Je voudrois bien pouvoir vous dire tout ce qui se passoit dans mon esprit, et comment je sortis de cette conversation que je venois d'essuyer, et dont je ne vous ai dit que la moindre partie, car il y eut bien d'autres discours très mortifians pour moi. Et il est bon de vous dire que, toute jeune que j'étois, j'avois l'âme un peu fière ; on m'avoit élevée avec douceur, et même avec des égards, et

j'étois bien étourdie d'un entretien de cette espèce. Les bienfaits des hommes sont accompagnés
d'une maladresse si humiliante pour les personnes
qui les reçoivent! Imaginez-vous qu'on avoit éplu-
ché ma misère pendant une heure, qu'il n'avoit été
question que de la compassion que j'inspirois, que
du grand mérite qu'il y auroit à me faire du bien,
et puis c'étoit la religion qui vouloit qu'on prît
soin de moi; ensuite venoit un faste de réflexions
charitables, une enflure de sentimens dévots. Jamais la charité n'étala ses tristes devoirs avec tant
d'appareil; j'avois le cœur noyé dans la honte; et,
puisque j'y suis, je vous dirai que c'est quelque
chose de bien cruel que d'être abandonné au secours de certaines gens : car qu'est-ce qu'une charité qui n'a point de pudeur avec le misérable, et
qui, avant que de le soulager, commence par écra-
ser son amour-propre? La belle chose qu'une vertu
qui fait le désespoir de celui sur qui elle tombe!
Est-ce qu'on est charitable à cause qu'on fait des
œuvres de charité? Il s'en faut bien. « Quand vous
venez vous appesantir sur le détail de mes maux,
dirois-je à ces gens-là; quand vous venez me con-
fronter avec toute ma misère, et que le cérémonial
de vos questions, ou plutôt de l'interrogatoire dont
vous m'accablez marche devant les secours que
vous me donnez, voilà ce que vous appelez faire
une œuvre de charité? Et moi, je dis que c'est une
œuvre brutale et haïssable, œuvre de métier, et
non de sentiment. »

J'ai fini; que ceux qui ont besoin de leçons là-
dessus profitent de celle que je leur donne; elle
vient de bonne part, car je leur parle d'après mon
expérience.

Je me suis laissée dans le carrosse avec mon
homme pour aller chez la marchande : je me souviens qu'il me questionnoit beaucoup dans le chemin, et que je lui répondois d'un ton bas et douloureux ; je n'osois me remuer, je ne tenois presque
point de place, et j'avois le cœur mort.

Cependant, malgré l'anéantissement où je me
sentois, j'étois étonnée des choses dont il m'entretenoit : je trouvois sa conversation singulière;
il me sembloit que mon homme se mitigeoit, qu'il
étoit plus flatteur que zélé, plus généreux que charitable; il me paroissoit tout changé.

« Je vous trouve bien gênée avec moi, me disoit-il ; je ne veux point vous voir dans cette con-
trainte-là, ma chère fille : vous me haïriez bientôt,
quoique je ne vous veuille que du bien. Notre
conversation avec ce religieux vous a rendue triste ·
le zèle de ces gens-là n'est pas consolant; il est
dur, et il faut faire comme eux; mais moi, j'ai naturellement le cœur bon : ainsi, vous pouvez me
regarder comme votre ami, comme un homme qui
s'intéresse à vous de tout son cœur, et qui veut
avoir votre confiance, entendez-vous? Je me re-
tiens le privilège de vous donner quelques conseils, mais je ne prétends pas qu'ils vous effarou-
chent. Je vous dirai, par exemple, que vous êtes

jeune et jolie, et que ces deux belles qualités vont vous exposer aux poursuites du premier étourdi qui vous verra, et que vous feriez mal de l'écouter, parce que cela ne vous mèneroit à rien et ne mérite pas votre attention ; c'est à votre fortune qu'il faut que vous la donniez, et à tout ce qui pourra l'avancer. Je sais bien qu'à votre âge on est charmée de plaire, et vous plairez même sans y tâcher, j'en suis sûr ; mais du moins ne vous souciez point trop de plaire à tout le monde, surtout à mille petits soupirans que vous ne devez pas regarder dans la situation où vous êtes. Ce que je vous dis là n'est point d'une sévérité outrée, continua-t-il d'un air aisé, en me prenant la main, que j'avois belle. — Non, Monsieur, » lui dis-je. Et puis, voyant que j'étois sans gants : « Je veux vous en acheter, me dit-il, cela conserve les mains, et, quand on les a belles, il faut y prendre garde. »

Là-dessus il fit arrêter le carrosse, m'en prit plusieurs paires que j'essayai toutes avec le secours qu'il me prêtoit, car il voulut m'aider, et moi je le laissois faire en rougissant de mon obéissance ; et je rougissois sans savoir pourquoi, seulement par un instinct qui me mettoit en peine de ce que cela pouvoit signifier.

Toutes ces petites particularités, au reste, je vous les dis parce qu'elles ne sont pas si bagatelles qu'elles le paroissent.

Nous arrivâmes enfin chez la marchande, qui me parut une femme assez bien faite, et qui me reçut

aux conditions dont ils convinrent pour ma pension.
Il me semble qu'il lui parla longtemps à part;
mais je n'imaginai rien là-dessus, et il s'en alla en
disant qu'il nous reviendroit voir dans quelques
jours, et en me recommandant extrêmement à la
marchande, qui, après qu'il fut parti, me fit voir
une petite chambre où je mis mes hardes et où je
devois coucher avec une compagne.

Cette marchande, il faut que je vous la nomme
pour la facilité de l'histoire. Elle s'appeloit
Mme Dutour : c'étoit une veuve qui, je pense,
n'avoit pas plus de trente ans; une grosse réjouie
qui, à vue d'œil, paroissoit la meilleure femme du
monde; aussi l'étoit-elle. Son domestique étoit
composé d'un petit garçon de six ou sept ans, qui
étoit son fils, d'une servante, et d'une nommée
Mlle Toinon, sa fille de boutique.

Quand je serois tombée des nues, je n'aurois
pas été plus étourdie que je l'étois; les personnes
qui ont du sentiment sont bien plus abattues que
d'autres dans de certaines occasions, parce que
tout ce qui leur arrive les pénètre; il y a une
tristesse stupide qui les prend, et qui me prit:
Mme Dutour fit de son mieux pour me tirer de cet'
état-là.

« Allons, Mademoiselle Marianne, me disoit-
elle (car elle avoit demandé mon nom), vous êtes
avec de bonnes gens, ne vous chagrinez point,
j'aime qu'on soit gaie; qu'avez-vous qui vous
fâche? Est-ce que vous vous déplaisez ici? Moi,

dès que je vous ai vue, j'ai pris de l'amitié pour vous ; tenez, voilà Toinon qui est une bonne enfant, faites connoissance ensemble. » Et c'étoit en soupant qu'elle me tenoit ce discours, à quoi je ne répondois que par une inclinaison de tête et avec une physionomie dont la douceur remercioit sans que je parlasse ; quelquefois je m'encourageois jusqu'à dire : « Vous avez bien de la bonté » ; mais, en vérité, j'étois déplacée, et je n'étois pas faite pour être là.

Je sentois, dans la franchise de cette femme-là, quelque chose de grossier qui me rebutoit.

Je n'avois pourtant encore vécu qu'avec mon curé et sa sœur, et ce n'étoient pas des gens du monde, il s'en falloit bien ; mais je ne leur avois vu que des manières simples, et non pas grossières : leurs discours étoient unis et sensés ; d'honnêtes gens, vivant médiocrement, pouvoient parler comme ils parloient, et je n'aurois rien imaginé de mieux, si je n'avois jamais vu autre chose ; au lieu qu'avec ces gens-ci je n'étois pas contente, je leur trouvois un jargon, un ton brusque qui blessoit ma délicatesse. Je me disois déjà que dans le monde il falloit qu'il y eût quelque chose qui valoit mieux que cela ; je soupirois après, j'étois triste d'être privée de ce mieux que je ne connoissois pas. Dites-moi d'où cela venoit. Où est-ce que j'avois pris mes délicatesses ? Étoient-elles dans mon sang ? Cela se pourroit bien. Venoient-elles du séjour que j'avois fait à Paris ? Cela se

pourroit encore. Il y a des âmes perçantes à qui il
n'en faut pas beaucoup montrer pour les instruire,
et qui sur le peu qu'elles voient soupçonnent tout
d'un coup tout ce qu'elles pourroient voir.

La mienne avoit le sentiment bien subtil, je
vous assure, surtout dans les choses de sa vocation,
comme étoit le monde. Je ne connoissois personne
à Paris, je n'en avois vu que les rues, mais dans
ces rues il y avoit des personnes de toute espèce ;
il y avoit des carrosses, et dans ces carrosses un
monde qui m'étoit très nouveau , mais point
étranger. Et sans doute il y avoit en moi un goût
naturel qui n'attendoit que ces objets-là pour s'y
prendre ; de sorte que, quand je les voyois, c'étoit
comme si j'avois rencontré ce que je cherchois.

Vous jugez bien qu'avec ces dispositions, Mᵐᵉ Dutour ne me convenoit point, non plus que Mˡˡᵉ Toinon, qui étoit une grande fille qui se redressoit toujours, et qui manioit sa toile avec tout le jugement
et toute la décence possibles ; elle y étoit tout
entière, et son esprit ne passoit pas son aune.

Pour moi, j'étois si gauche à ce métier-là que
je l'impatientois à tout moment. Il falloit voir de
quel air elle me reprenoit, avec quelle fierté de
savoir elle corrigeoit ma maladresse ; et ce qui est
plaisant, c'est que l'effet ordinaire de ces correc-
tions, c'étoit de me rendre encore plus maladroite,
parce que j'en devenois plus dégoûtée.

Nous couchions dans la même chambre, comme
je vous l'ai déjà dit, et là elle me donnoit des le-

çons pour parvenir, disoit-elle; ensuite elle me contoit l'état de ses parens, leurs facultés, leur caractère, ce qu'ils lui avoient donné pour ses dernières étrennes. Après venoit un amant qu'elle avoit, qui étoit un beau garçon fait au tour; et puis nous irions nous promener ensemble; et moi, sans en avoir d'envie, je lui répondois que je le voulois bien. Les inclinations de Mme Dutour n'étoient pas oubliées : son amant l'auroit déjà épousée; mais il n'étoit pas assez riche, et, en attendant, il la voyoit toujours, venoit souvent manger chez elle, et elle lui faisoit un peu trop bonne chère. C'est pour vous divertir que je vous conte cela; passez-le, si cela vous ennuie.

M. de Climal (c'étoit ainsi que s'appeloit celui qui m'avoit mis chez Mme Dutour) revint trois ou quatre jours après m'avoir laissée là. J'étois alors dans notre chambre avec Mlle Toinon, qui me montroit ses belles hardes, et qui sortit, par savoir-vivre, dès qu'il fut entré.

« Eh bien, Mademoiselle, comment vous trouvez-vous ici? me dit-il. — Mais, Monsieur, répondis-je, j'espère que je m'y ferai. — J'aurois, répondit-il, grande envie que vous fussiez contente: car je vous aime de tout mon cœur; vous m'avez plu tout d'un coup, et je vous en donnerai toutes les preuves que je pourrai. Pauvre enfant ! que j'aurai de plaisir à vous rendre service ! Mais je veux que vous ayez de l'amitié pour moi. — Il faudroit que je fusse bien ingrate pour en manquer, lui répon-

dis-je. — Non, non, reprit-il, ce ne sera point par
ingratitude que vous ne m'aimerez point ; c'est
que vous n'aurez pas avec moi une certaine liberté
que je veux que vous ayez. — Je sais trop le respect que je vous dois, lui dis-je. — Il n'est pas sûr
que vous m'en deviez, dit-il, puisque nous ne savons pas qui vous êtes. Mais, Marianne, ajouta-
t-il en me prenant la main, qu'il serroit imperceptiblement, ne seriez-vous pas un peu plus familière
avec un ami qui vous voudroit autant de bien que
je vous en veux ? Voilà ce que je demande : vous
lui diriez vos sentimens, vos goûts ; vous aimeriez
à le voir. Pourquoi ne feriez-vous pas de même
avec moi ? Oh ! j'y veux mettre ordre absolument,
ou nous aurons querelle ensemble. A propos, j'oubliois à vous donner de l'argent. » Et, en disant
cela, il me mit quelques louis d'or dans la main.
Je les refusai d'abord, et lui dis qu'il me restoit
quelque argent de la défunte ; mais, malgré cela,
il me força de les prendre. Je les pris donc avec
honte, car cela m'humilioit ; mais je n'avois pas
de fierté à écouter là-dessus avec un homme qui
s'étoit chargé de moi pauvre orpheline, et qui paroissoit vouloir me tenir lieu de père.

Je fis une révérence assez sérieuse en recevant
ce qu'il me donnoit. « Eh ! me dit-il, ma chère
Marianne, laissons là les révérences, et montrez-
moi que vous êtes contente. Combien m'allez-vous
saluer de fois pour un habit que je vais vous acheter ? Voyons. » Je ne fis pas, ce me semble, une

grande attention à l'habit qu'il me promettoit ; mais il dit cela d'un air si bon et si badin qu'il me gagna le cœur, je vous l'avoue ; mes répugnances me quittèrent, un vif sentiment de reconnoissance en prit la place ; et je me jetai sur son bras que j'embrassai de fort bonne grâce et presque en pleurant de sensibilité.

Il fut charmé de mon mouvement, et me prit la main, qu'il baisa d'une manière fort tendre ; façon de faire qui, au milieu de mon petit transport, me parut encore singulière, mais toujours de cette singularité qui m'étonnoit sans rien m'apprendre, et que je penchois à regarder comme des expressions un peu extraordinaires de son bon cœur.

Quoi qu'il en soit, la conversation, de ma part, devint dès ce moment-là plus aisée, mon aisance me donna des grâces qu'il ne me connoissoit pas encore ; il s'arrêtoit de temps en temps à me considérer avec une tendresse dont je remarquois toujours l'excès, sans y entendre plus de finesse.

Il n'y avoit pas moyen non plus qu'alors j'en pénétrasse davantage ; mon imagination avoit fait son plan sur cet homme-là, et, quoique je le visse enchanté de moi, rien n'empêchoit que ma jeunesse, ma situation, mon esprit et mes grâces ne lui eussent donné pour moi une affection très innocente : on peut se prendre d'une tendre amitié pour les personnes de mon âge dont on veut avoir soin ; on se plaît à leur voir du mérite, parce que nos bienfaits nous en feront plus d'honneur ; enfin

on aime ordinairement à voir l'objet de sa générosité ; et tous les motifs de simple tendresse qu'un
bienfaiteur peut avoir dans ces cas-là, une fille de
plus de quinze ans et demi, quoiqu'elle n'ait rien
vu ; les sent et les devine confusément ; elle n'en
est non plus surprise que de voir l'amour de son
père et de sa mère pour elle ; et voilà comment
j'étois : je l'aurois plutôt pris pour un original
dans ses façons que pour ce qu'il étoit ; il avoit
beau reprendre ma main, l'approcher de sa bouche
en badinant, je n'admirois là dedans que la rapidité de son inclination pour moi, et cela me touchoit plus que tous ses bienfaits : car, à l'âge où
j'étois, quand on n'a point encore souffert, on ne
sait point trop l'avantage qu'il y a d'être dépourvue de tout.

Peut-être devrois-je passer tout ce que je vous
dis là ; mais je vais comme je puis, je n'ai garde
de songer que je vous fais un livre : cela me jette-
roit dans un travail d'esprit dont je ne sortirois
pas ; je m'imagine que je vous parle, et tout passe
dans la conversation : continuons-la donc.

Dans ce temps on se coiffoit en cheveux, et jamais créature ne les a eus plus beaux que moi ;
cinquante ans que j'ai n'en ont fait que diminuer
la quantité, sans en avoir changé la couleur, qui
est encore du plus clair châtain.

M. de Climal les regardoit, les touchoit avec
passion ; mais cette passion, je la regardois comme
un pur badinage. « Marianne, me disoit-il quel-

quefois, vous n'êtes point si à plaindre : de si beaux cheveux et ce visage-là ne vous laisseront manquer de rien. — Ils ne me rendront ni mon père ni ma mère, lui répondis-je. — Ils vous feront aimer de tout le monde, me dit-il ; et, pour moi, je ne leur refuserai jamais rien. — Oh ! pour cela, Monsieur, lui dis-je, je compte sur vous et sur votre bon cœur. — Sur mon bon cœur ? reprit-il en riant ; eh ! vous parlez donc de cœur, chère enfant ? et le vôtre, si je vous le demandois, me le donneriez-vous ? — Hélas ! vous le méritez bien », lui dis-je naïvement.

A peine lui eus-je répondu cela que je vis dans ses yeux quelque chose de si ardent que ce fut un coup de lumière pour moi ; sur-le-champ je me dis en moi-même : « Il se pourroit bien faire que cet homme-là m'aimât comme un amant aime une maîtresse : » car, enfin, j'en avois vu des amans dans mon village, j'avois entendu parler d'amour, j'avois même déjà lu quelques romans à la dérobée ; et tout cela, joint aux leçons que la nature nous donne, m'avoit du moins fait sentir qu'un amant étoit bien différent d'un ami ; et, sur cette différence, que j'avois comprise à ma manière, tout d'un coup les regards de M. de Climal me parurent d'une espèce suspecte.

Cependant je ne regardai pas l'idée qui m'en vint sur-le-champ comme une chose encore bien sûre ; mais je devois bientôt en avoir le cœur net ; et je commençai toujours, en attendant, par en être un peu plus forte et plus à mon aise avec lui. Mes soupçons me défirent presque tout à fait de cette timidité qu'il m'avoit tant reprochée ; je crus que, s'il étoit vrai qu'il m'aimât, il n'y avoit plus tant de façons à faire avec lui, et que c'étoit lui qui étoit dans l'embarras, et non pas moi. Ce raisonnement coula de source : au reste, il paroît fin, et ne l'est pas ; il n'y a rien de si simple, on ne s'aperçoit pas seulement qu'on le fait.

Il est vrai que ceux contre qui on raisonne comme cela n'ont pas grand retour à espérer de vous ; cela suppose qu'en fait d'amour on ne se soucie guère d'eux : aussi de ce côté-là M. de Climal m'étoit-il parfaitement indifférent, et même de cette indifférence qui va devenir haine si on la tourmente : peut-être eût-il été ma première inclination si nous avions commencé autrement ensemble ; mais je ne l'avois connu que sur le pied d'un homme pieux, qui entreprenoit d'avoir soin de moi par charité ; et je ne sache point de manière de connoître les gens qui éloigne tant de les aimer de ce qu'on appelle amour : il n'y a plus de sentimens tendres à demander à une personne qui n'a fait connoissance avec vous que dans ce goût-là. L'humiliation qu'elle a soufferte vous a fermé son cœur de ce côté-là ; ce cœur en garde une rancune que lui-même il ne sait pas qu'il a, tant que vous ne lui demandez que des sentimens qui vous sont justement dus ; mais lui demandez-vous d'une certaine tendresse, oh ! c'est une autre

affaire : son amour-propre vous reconnoît alors ;
vous vous êtes brouillé avec lui sans retour là-dessus,
il ne vous pardonnera jamais : et c'est ainsi que
j'étois avec M. de Climal.

Il est vrai que, si les hommes savoient obliger,
je crois qu'ils feroient tout ce qu'ils voudroient de
ceux qui leur auroient obligation : car est-il rien de si
doux que le sentiment de la reconnoissance, quand
notre amour-propre n'y répugne point ? On en ti-
reroit des trésors de tendresse ; au lieu qu'avec les
hommes on a besoin de deux vertus, l'une pour
vous empêcher d'être indignée du bien qu'ils vous
font, l'autre pour vous en imposer la reconnoissance.

M. de Climal m'avoit parlé d'un habit qu'il
vouloit me donner, et nous sortîmes pour l'acheter
à mon goût. Je crois que je l'aurois refusé, si
j'avois été bien convaincue qu'il avoit de l'amour
pour moi : car j'aurois eu un dégoût, ce me semble,
invincible à profiter de sa foiblesse, surtout ne la
partageant pas : car, quand on la partage, on ajuste
cela ; on s'imagine qu'il y a beaucoup de délicatesse à n'être point délicat là-dessus ; mais je doutois encore de ce qu'il avoit dans l'âme ; et, supposé qu'il n'eût que de l'amitié, c'étoit donc une
amitié extrême, qui méritoit assurément le sacrifice
de toute ma fierté. Ainsi j'acceptai l'offre de l'habit à tout hasard.

L'habit fut acheté : je l'avois choisi ; il étoit
noble et modeste, et tel qu'il auroit pu convenir

à une fille de condition qui n'auroit pas eu de bien. Après cela, M. de Climal parla de linge, et effectivement j'en avois besoin. Encore un autre achat que nous allâmes faire ; Mme Dutour auroit pu lui fournir ce linge, mais il avoit ses raisons pour n'en point prendre chez elle : c'est qu'il le vouloit trop beau. Mme Dutour auroit trouvé la charité outrée ; et, quoique ce fût une bonne femme qui ne s'en seroit pas souciée, et qui auroit cru que ce n'étoit pas là son affaire, il étoit mieux de ne pas profiter de la commodité de son caractère et d'aller ailleurs.

Oh ! pour le coup, ce fut ce beau linge qu'il voulut que je prisse qui me mit au fait de ses sentimens ; je m'étonnai même que l'habit, qui étoit très propre, m'eût encore laissé quelque doute, car la charité n'est pas galante dans ses présens ; l'amitié même, si secourable, donne du bon et ne songe point au magnifique. Les vertus des hommes ne remplissent que bien précisément leur devoir ; elles seroient plus volontiers mesquines que prodigues dans ce qu'elles font de bien : il n'y a que les vices qui n'ont point de ménage. Je lui dis tout bas que je ne voulois point de linge si distingué, je lui parlai sur ce ton-là sérieusement ; il se moqua de moi, et me dit : « Vous êtes une enfant, taisez-vous, allez vous regarder dans le miroir, et voyez si ce linge est trop beau pour votre visage. » Et puis, sans vouloir m'écouter, il alla son train.

Je vous avoue que je me trouvois bien embarrassée, car je voyois qu'il étoit sûr qu'il m'aimoit, qu'il ne me donnoit qu'à cause de cela, qu'il espéroit me gagner par là, et qu'en prenant ce qu'il me donnoit, moi je rendois ses espérances assez bien fondées.

Je consultois donc en moi-même ce que j'avois à faire; et, à présent que j'y pense, je crois que je ne consultois que pour perdre du temps : j'assemblois je ne sais combien de réflexions dans mon esprit ; je me taillois de la besogne afin que, dans la confusion de mes pensées, j'eusse plus de peine à prendre mon parti, et que mon indétermination en fût plus excusable. Par là je reculois une rupture avec M. de Climal, et je gardois ce qu'il me donnoit.

Cependant j'étois bien honteuse de ses vues ; ma chère amie, la sœur du curé, me revenoit dans l'esprit. « Quelle différence affreuse, me disois-je, des secours qu'elle me donnoit à ceux que je reçois ! Quelle seroit la douleur de cette amie, si elle vivoit, et qu'elle vît l'état où je suis ! » Il me sembloit que mon aventure violoit d'une manière cruelle le respect que je devois à sa tendre amitié ; il me sembloit que son cœur en soupiroit dans le mien ; et tout ce que je vous dis là, je ne l'aurois point exprimé, mais je le sentois.

D'un autre côté, je n'avois plus de retraite, et M. de Climal m'en donnoit une ; je manquois de hardes, et il m'en achetoit, et c'étoient de belles hardes que j'avois déjà essayées dans mon imagination, et j'avois trouvé qu'elles m'alloient à

merveille. Mais je n'avois garde de m'arrêter à
cet article qui se mêloit dans mes considérations,
car j'aurois rougi du plaisir qu'il me faisoit, et j'é-
tois bien aise apparemment que ce plaisir fît son
effet sans qu'il y eût de ma faute : souplesse admirable pour être innocent d'une sottise qu'on a envie de faire. « Après cela, me dis-je, M. de Climal
ne m'a point encore parlé de son amour ; peut-être
même n'osera-t-il m'en parler de longtemps, et ce
n'est point à moi à deviner le motif de ses soins.
On m'a menée à lui comme à un homme charitable
et pieux, il me fait du bien : tant pis pour lui si ce
n'est pas dans de bonnes vues ; je ne suis point
obligée de lire dans sa conscience, et je ne serai
complice de rien tant qu'il ne s'expliquera pas :
ainsi j'attendrai qu'il me parle sans équivoque. »

Ce petit cas de conscience ainsi décidé, mes
scrupules se dissipèrent ; et le linge et l'habit me
parurent de bonne prise.

Je les emportai chez Mme Dutour. Il est vrai
qu'en nous en retournant, M. de Climal rendit,
par-ci, par-là, sa passion encore plus aisée à deviner
que de coutume : il se démasquoit petit à petit,
l'homme amoureux se montroit, je lui voyois déjà
la moitié du visage ; mais j'avois conclu qu'il falloit que je le visse tout entier pour le reconnoître,
sinon il étoit arrêté que je ne verrois rien. Les
hardes n'étoient pas encore en lieu de sûreté ;
et, si je m'étois scandalisée trop tôt, j'aurois peut-
être tout perdu. Les passions de l'espèce de celle

de M. de Climal sont naturellement lâches quand
on les désespère, elles ne se piquent pas de faire
une retraite bien honorable, et c'est un vilain amant
qu'un homme qui vous désire plus qu'il ne vous
aime : non pas que l'amant le plus délicat ne désire à sa manière, mais du moins c'est que chez lui
les sentimens du cœur se mêlent avec les sens; tout
cela se fond ensemble : ce qui fait un amour tendre, et non pas vicieux, quoiqu'à la vérité capable
du vice : car tous les jours, en fait d'amour, on
fait très délicatement des choses fort grossières.
Mais il ne s'agit point de cela.

Je feignis donc de ne rien comprendre aux petits
discours que me tenoit M. de Climal pendant que
nous retournions chez Mme Dutour. « J'ai peur
de vous aimer trop, Marianne, me disoit-il ; et, si
cela étoit, que feriez-vous ? — Je ne pourrois en
être que plus reconnoissante, s'il étoit possible, lui
répondis-je. — Cependant, Marianne, je me défie
de votre cœur, quand il connoîtra toute la tendresse du mien, ajouta-t-il, car vous ne la savez
pas. — Comment ! lui dis-je, vous croyez que je
ne vois pas votre amitié? — Eh ! ne changez point
mes termes, reprit-il, je ne dis pas mon amitié, je
parle de ma tendresse. — Quoi! dis-je, n'est-ce
pas la même chose? — Non, Marianne, me répondit-il en me regardant d'une manière à m'en
prouver la différence; non, chère fille, ce n'est pas
la même chose, et je voudrois bien que l'une vous
parût plus douce que l'autre. » Là-dessus je ne

pus m'empêcher de baisser les yeux, quoique j'y résistasse ; mais mon embarras fut plus fort que moi. « Vous ne me dites mot ; est-ce que vous m'entendez ? me dit-il en me serrant la main. — C'est, lui dis-je, que je suis honteuse de ne savoir que répondre à tant de bonté. »

Heureusement pour moi, la conversation finit là, car nous étions arrivés ; tout ce qu'il put faire, ce fut de me dire à l'oreille : « Allez, friponne, allez rendre votre cœur plus traitable et moins sourd ; je vous laisse le mien pour vous y aider. »

Ce discours étoit assez net, et il étoit difficile de parler plus françois : je fis semblant d'être distraite pour me dispenser d'y répondre ; mais un baiser qu'il m'appuyoit sur l'oreille en me parlant s'attiroit mon attention malgré que j'en eusse, et il n'y avoit pas moyen d'être sourde à cela : aussi ne le fus-je pas. « Monsieur, ne vous ai-je pas fait mal ? » m'écriai-je d'un air naturel, en feignant de prendre le baiser qu'il m'avoit donné pour le choc de sa tête avec la mienne. Dans le temps que je disois cela, je descendois de carrosse, et je crois qu'il fut la dupe de ma petite finesse, car il me répondit très naturellement que non.

J'emportai le ballot de hardes, que j'allai serrer dans notre chambre, pendant que M. de Climal étoit dans la boutique de Mᵐᵉ Dutour. Je redescendis sur-le-champ. « Marianne, me dit-il d'un ton froid, faites travailler à votre habit dès aujourd'hui : je vous reverrai dans trois ou quatre jours, et je veux que vous l'ayez. » Et puis, parlant à Mme Dutour : « J'ai tâché, dit-il, de l'assortir avec de très beau linge qu'elle m'a montré, et que lui a laissé la demoiselle qui est morte. »

Et là-dessus vous remarquerez, ma chère amie, que M. de Climal m'avoit avertie qu'il parleroit comme cela à Mme Dutour; et je pense vous en avoir dit la raison, qu'il ne me dit pourtant pas, mais que je devinai. « D'ailleurs, ajouta-t-il, je suis bien aise que mademoiselle soit proprement mise, parce que j'ai des vues pour elle qui pourront réussir. » Et tout cela du ton d'un homme vrai et respectable : car M. de Climal tête à tête avec moi ne ressembloit point du tout à M. de Climal parlant aux autres : à la lettre, c'étoient deux hommes différens; et, quand je lui voyois son visage dévot, je ne pouvois pas comprendre comment ce visage-là feroit pour devenir profane et tel qu'il étoit avec moi. Mon Dieu, que les hommes ont de talens pour ne rien valoir!

Il se retira après un demi-quart d'heure de conversation avec Mme Dutour. Il ne fut pas plus tôt parti que celle-ci, à qui il avoit conté mon histoire, se mit à louer sa piété et la bonté de son cœur. « Marianne, me dit-elle, vous avez fait là une bonne rencontre quand vous l'avez connu; voyez ce que c'est! il a autant de soin de vous que si vous étiez son enfant; cet homme-là n'a peut-être pas son pareil dans le monde pour être bon et charitable! »

Le mot de *charité* ne fut pas fort de mon goût :
il étoit un peu cru pour un amour-propre aussi
douillet que le mien ; mais Mme Dutour n'en
savoit pas davantage : ses expressions alloient
comme son esprit, qui alloit comme il plaisoit à
son peu de malice et de finesse. Je fis pourtant la
grimace ; mais je ne dis rien, car nous n'avions
pour témoin que la grave Mlle Toinon, bien plus
capable de m'envier les hardes qu'on me donnoit
que de me croire humiliée de les recevoir. « Oh !
pour cela, Mademoiselle Marianne, me dit-elle à
son tour d'un air un peu jaloux, il faut que vous
soyez née coiffée. — Au contraire, lui répondis-je,
je suis née très malheureuse : car je devrois, sans
comparaison, être mieux que je ne suis. — A propos, reprit-elle, est-il vrai que vous n'avez ni père
ni mère, et que vous n'êtes l'enfant à personne ?
Cela est plaisant. — Effectivement, lui dis-je d'un
ton piqué, cela est fort réjouissant ; et, si vous
m'en croyez, vous m'en ferez vos complimens. —
Taisez-vous, idiote, lui dit Mme Dutour, qui vit
que j'étois fâchée ; elle a raison de se moquer de
vous ; remerciez Dieu de vous avoir conservé vos
parens ! Qui est-ce qui a jamais dit aux gens qu'ils
sont des enfans trouvés ? J'aimerois autant qu'on
me dît que je suis bâtarde. »

N'étoit-ce pas là prendre mon parti d'une manière bien consolante ? Aussi le zèle de cette bonne
femme me choqua-t-il autant que l'insulte de l'autre, et les larmes m'en vinrent aux yeux. Mme Du-

tour en fut touchée sans se douter de sa maladresse
qui les faisoit couler : son attendrissement me fit
trembler, je craignis encore quelque nouvelle ré-
primande à Toinon; et je me hâtai de la prier de
ne dire mot.

Toinon, de son côté, me voyant pleurer, se déconcerta de bonne foi : car elle n'étoit pas méchante, et son cœur ne vouloit fâcher personne ;
sinon qu'elle étoit vaine, parce qu'elle s'imaginoit
que cela étoit décent. Mais, comme elle n'avoit
pas un habit neuf aussi bien que moi, peut-être
qu'elle avoit cru qu'en place de cela il falloit dire
quelque chose, et redresser un peu son esprit,
comme elle redressoit sa figure.

Voilà d'où me vint la belle apostrophe qu'elle
me fit, dont elle me demanda très sincèrement excuse; et, comme je vis que ces bonnes gens n'entendoient rien à ma fierté, ni à ses délicatesses, et
qu'ils ne savoient pas le quart du mal qu'ils me
faisoient, je me rendis de bonne grâce à leurs caresses; et il ne fut plus question que de mon habit,
qu'on voulut voir avec une curiosité ingénue, qui
me fit venir aussi la curiosité d'éprouver ce qu'elles
en diroient.

J'allai donc le chercher sans rancune, et avec la
joie de penser que je le porterois bientôt. Je prends
le paquet tel que je l'avois mis dans la chambre,
et je l'apporte. La première chose qu'on vit en le
défaisant, ce fut ce beau linge dont on avoit pris
tant de peine à sauver l'achat, qui avoit coûté la

façon d'un mensonge à M. de Climal, et à moi un
consentement à ce mensonge. Voilà ce que c'est
que l'étourderie des jeunes gens! J'oubliai que ce
maudit linge étoit dans le paquet avec l'habit.
« Oh! oh! dit Mme Dutour, en voici bien d'un
autre! M. de Climal nous disoit que c'étoit la demoiselle défunte qui vous avoit laissé cela; c'est
pourtant lui qui vous l'a acheté, Marianne, et c'est
fort mal à vous de ne l'avoir pas pris chez moi.
Vous n'êtes pas plus délicate que des duchesses
qui en prennent bien; et votre M. de Climal est
encore plaisant! Mais je vois bien ce que c'est,
ajouta-t-elle en tirant l'étoffe de l'habit qui étoit
dessous, pour la voir, car sa colère n'interrompit
point sa curiosité, qui est un mouvement chez les
femmes qui va avec tout ce qu'elles ont dans l'esprit; je vois bien ce que c'est; je devine pourquoi
on a voulu m'en faire accroire sur ce linge-là; mais
je ne suis pas si bête qu'on le croit, je n'en dis pas
davantage : remportez, remportez; pardi, le tour
est joli! On a la bonté de mettre mademoiselle en
pension chez moi, et ce qu'il lui faut, on l'achète
ailleurs; j'en ai l'embarras, et les autres le profit;
je vous le conseille! »

Pendant ce temps-là, Toinon soulevoit mon étoffe
du bout des doigts, comme si elle avoit craint de
se les salir, et disoit : « Diantre! il n'y a rien de
tel que d'être orpheline. » Et la pauvre fille, ce
n'étoit presque que pour figurer dans l'aventure
qu'elle disoit cela; et, toute sage qu'elle étoit,

quiconque lui en eût donné autant l'auroit rendue
stupide de reconnoissance. « Laissez cela, Toinon,
lui dit Mme Dutour; je voudrois bien voir que cela
vous fît envie. »

Jusque-là je n'avois rien dit, et sentois tant de
mouvemens, tant de confusion, tant de dépit, que
je ne savois par où commencer pour parler : c'é-
toit d'ailleurs une situation bien neuve pour moi
que la mêlée où je me trouvois. Je n'en avois jamais tant vu. A la fin, quand mes mouvemens furent un peu éclaircis, la colère se déclara la plus
forte; mais ce fut une colère si franche et si étourdie qu'il n'y avoit qu'une fille innocente de ce dont
on l'accusoit qui pût l'avoir.

Il étoit pourtant vrai que M. de Climal étoit
amoureux de moi; mais je savois bien aussi que je
ne voulois rien faire de son amour; et si, malgré
cet amour que je connoissois, j'avois reçu ses présens, c'étoit par un petit raisonnement que mes
besoins et ma vanité m'avoient dicté, et qui n'a-
voit rien pris sur la pureté de mes intentions.
Mon raisonnement étoit sans doute une erreur,
mais non pas un crime : ainsi je ne méritois pas les
outrages dont me chargeoit Mme Dutour, et je fis
un vacarme épouvantable. Je débutai par jeter
l'habit et le linge par terre sans savoir pourquoi,
seulement par fureur; ensuite je parlai, ou plutôt
je criai; et je ne me souviens plus de tous mes
discours, sinon que j'avouai en pleurant que M. de
Climal avoit acheté le linge, et qu'il m'avoit dé-

fendu de le dire, sans m'instruire des raisons qu'il
avoit pour cela ; qu'au reste j'étois bien malheureuse de me trouver avec des gens qui m'accusoient
à si bon marché ; que je voulois sortir sur-le-
champ ; que j'allois envoyer chercher un carrosse
pour emporter mes hardes ; que j'irois où je pourrois ; qu'il valoit mieux qu'une fille comme moi
mourût d'indigence que de vivre aussi déplacée
que je l'étois ; que je leur laissois les présens de
M. de Climal ; que je m'en souciois aussi peu que
de son amour, s'il étoit vrai qu'il en eût pour moi.
Enfin j'étois comme un petit lion, ma tête s'étoit
démontée ; outre que tout ce qui pouvoit m'affliger se présentoit à moi : la mort de ma bonne
amie, la privation de sa tendresse, la perte terrible
de mes parens, les humiliations que j'avois souf-
fertes, l'effroi d'être étrangère à tous les hommes,
de ne voir la source de mon sang nulle part, la
vue d'une misère qui ne pouvoit peut-être finir que
par une autre, car je n'avois que ma beauté qui
pût me faire des amis : et voyez quelle ressource
que le vice des hommes ! N'étoit-ce pas là de quoi
renverser une cervelle aussi jeune que la mienne ?

Mme Dutour fut effrayée du transport qui m'a-
gitoit ; elle ne s'y étoit pas attendue, et n'avoit
compté que de me voir honteuse. « Mon Dieu !
Marianne, me disoit-elle quand elle pouvoit placer
un mot, on peut se tromper ; apaisez-vous, je
suis fâchée de ce que j'ai dit (car mon emportement ne manqua pas de me justifier : j'étois trop

outrée pour être coupable); allons, finissons, ma fille. » Mais j'allois toujours mon train, et à toute force je voulois sortir.

Enfin elle me poussa dans une petite salle, où elle s'enferma avec moi; et là j'en dis encore tant, que j'épuisai mes forces; il ne me resta plus que des pleurs, jamais on n'en a tant versé; et la bonne femme, voyant cela, se mit à pleurer aussi du meilleur de son cœur.

Là-dessus Toinon entra pour nous dire que le dîner étoit prêt; et Toinon, qui étoit de l'avis de tout le monde, pleura parce que nous pleurions, et moi, après tant de larmes, attendrie par les douceurs qu'elles me dirent toutes deux, je m'apaisai, je me consolai, j'oubliai tout.

La forte pension que M. de Climal payoit pour moi contribua peut-être un peu au tendre repentir que M\ₘₑ Dutour eut de m'avoir fâchée; de même que le chagrin de n'avoir pas vendu le linge l'avoit, sans comparaison, bien plus indisposée contre moi que toute autre chose: car, pendant le repas, prenant un autre ton, elle me dit elle-même que, si M. de Climal m'aimoit comme il y avoit apparence, il falloit en profiter. Je n'ai jamais oublié les discours qu'elle me tint. « Tenez, Marianne, me disoit-elle, à votre place, je sais bien comment je ferois: car, puisque vous ne possédez rien et que vous êtes une pauvre fille qui n'avez pas seulement la consolation d'avoir des parens, je prendrois d'abord tout ce que M. de Climal me donneroit, j'en

tirerois tout ce que je pourrois; je ne l'aimerois
pas, moi, je m'en garderois bien : car l'honneur
doit marcher le premier, et je ne suis pas femme à
dire autrement, vous l'avez bien vu; en un mot
comme en mille, tournez tant qu'il vous plaira, il
n'y a rien de tel que d'être sage, et je mourrois
dans cet avis ; mais ce n'est pas à dire qu'il faille
jeter ce qui nous vient trouver : il y a moyen d'accommoder tout dans la vie. Par exemple, voilà
vous et M. de Climal ; eh bien ! faut-il lui dire :
« Allez-vous-en » ? Non, assurément : il vous aime,
ce n'est pas votre faute; tous ces bigots n'en font
point d'autres : laissez-le aimer, et que chacun
réponde pour soi. Il vous achète des nippes, prenez
toujours, puisqu'elles sont payées; s'il vous donne de
l'argent, ne faites pas la sotte, et tendez la main
bien honnêtement, ce n'est pas à vous à faire la
glorieuse. S'il vous demande de l'amour, allons
doucement ici, jouez d'adresse, et dites-lui que
cela viendra; promettre et tenir mène les gens bien
loin. Premièrement, il faut du temps pour que vous
l'aimiez; et puis, quand vous ferez semblant de
commencer à l'aimer, il faudra du temps pour que
cela augmente ; et puis, quand il croira que votre
cœur est à point, n'avez-vous pas l'excuse de
votre sagesse? Est-ce qu'une fille ne doit pas se
défendre? N'a-t-elle pas mille bonnes raisons à
dire aux gens? Ne prêche-t-elle pas sur le mal qu'il
y auroit? Pendant quoi le temps se passe, et les
présens viennent sans qu'on les aille chercher; et

si un homme à la fin fait le mutin, qu'il s'accommode ; on sait se fâcher aussi bien que lui, et puis on le laisse là ; et ce qu'il a donné est donné ; pardi ! il n'y a rien de si beau que le don ; et, si les gens ne donnoient rien, ils garderoient donc tout ! Oh ! s'il me venoit un dévot qui m'en contât, il me feroit des présens jusqu'à la fin du monde avant que je lui disse : « Arrêtez-vous ! »

La naïveté et l'affection avec laquelle Mme Dutour débitoit ce que je vous dis là valoient encore mieux que ses leçons, qui sont assez douces assurément, mais qui pourroient faire d'étranges filles d'honneur des écolières qui les suivroient ; la doctrine en est un peu périlleuse : je crois qu'elle mène sur le chemin du libertinage, et je ne pense pas qu'il soit aisé de garder sa vertu sur ce chemin-là.

Toute jeune que j'étois, je n'approuvai point intérieurement ce qu'elle me disoit ; et effectivement, quand une fille, en pareil cas, seroit sûre d'être toujours sage, la pratique de ces lâches maximes la déshonoreroit toujours. Dans le fond, ce n'est plus avoir de l'honneur que de laisser espérer aux gens qu'on en manquera. L'art d'entretenir un homme dans cette espérance-là, je l'estime encore plus honteux qu'une chute totale dans le vice : car, dans les marchés, même infâmes, le plus infâme de tous est celui où l'on est fourbe et de mauvaise foi par avarice ; n'êtes-vous pas de mon sentiment ?

Pour moi, j'avois le caractère trop vrai pour me

conduire de cette manière-là : je ne voulois ni faire
le mal, ni sembler le promettre : je haïssois la four-
berie, de quelque espèce qu'elle fût, surtout celle-
ci, dont le motif étoit d'une bassesse qui me faisoit
horreur.

Ainsi je secouai la tête à tous les discours de
Mme Dutour, qui vouloit me convertir là-dessus
pour son avantage et pour le mien. De son côté,
elle auroit été bien aise que ma pension eût duré
longtemps, et que nous eussions fait quelques
petits cadeaux ensemble de l'argent de M. de
Climal ; c'étoit ainsi qu'elle s'en expliquoit en riant :
car la bonne femme étoit gourmande et intéressée ;
et moi, je n'étois ni l'un ni l'autre.

Quand nous eûmes dîné, mon habit et mon
linge furent donnés aux ouvrières, et la Dutour
leur recommanda beaucoup de diligence. Elle
espéroit sans doute qu'en me voyant brave (c'étoit
son terme), je serois tentée de laisser durer plus
longtemps mon aventure avec M. de Climal ; et il
est vrai que, du côté de la vanité, je menaçois
déjà d'être furieusement femme ! Un ruban de bon
goût, ou un habit galant, quand j'en rencontrois,
m'arrêtoit tout court, je n'étois plus de sang-
froid ; je m'en ressentois pour une heure, et je ne
manquois pas de m'ajuster de tout cela en idée
(comme je vous l'ai déjà dit de mon habit) ; enfin
là-dessus je faisois toujours des châteaux en Espa-
gne, en attendant mieux.

Mais malgré cela, depuis que j'étois sûre que

M. de Climal m'aimoit, j'avois absolument résolu,
s'il m'en parloit, de lui dire qu'il étoit inutile qu'il
m'aimât. Après quoi, je prendrois sans scrupule
tout ce qu'il voudroit me donner; c'étoit là mon
petit arrangement.

Au bout de quatre jours on m'apporta mon habit
et du linge; c'étoit un jour de fête, et je venois
de me lever quand cela vint. A cet aspect, Toinon
et moi nous perdîmes d'abord toutes deux la
parole, moi d'émotion de joie, elle de la triste
comparaison qu'elle fit de ce que j'allois être
à ce qu'elle seroit : elle auroit bien troqué son père
et sa mère contre le plaisir d'être orpheline au même
prix que moi; elle ouvroit sur mon petit attirail de
grands yeux stupéfaits et jaloux, et d'une jalousie si
humiliée que cela me fit pitié dans ma joie; mais il n'y
avoit point de remède à sa peine, et j'essayai mon
habit le plus modestement qu'il me fut possible,
devant un petit miroir ingrat qui ne me rendoit
que la moitié de ma figure; et ce que j'en voyois
me paroissoit bien piquant.

Je me mis donc vite à me coiffer et à m'habiller
pour jouir de ma parure ; il me prenoit des palpi-
tations en songeant combien j'allois être jolie; la
main m'en trembloit à chaque épingle que j'atta-
chois; je me hâtois d'achever sans rien précipiter
pourtant : je ne voulois rien laisser d'imparfait;
mais j'eus bientôt fini, car la perfection que je
connoissois étoit bien bornée; je commençois avec
des dispositions admirables, et c'étoit tout.

Vraiment, quand j'ai connu le monde, j'y faisois bien d'autres façons : les hommes parlent de science et de philosophie ; voilà quelque chose de beau en comparaison de la science de bien placer un ruban, ou de décider de quelle couleur on le mettra !

Si on savoit ce qui se passe dans la tête d'une coquette en pareil cas, combien son âme est déliée et pénétrante ; si on voyoit la finesse des jugemens qu'elle fait sur les goûts qu'elle essaye, et puis qu'elle rebute, et puis qu'elle hésite de choisir, et qu'elle choisit enfin par pure lassitude : car souvent elle n'est pas contente, et son idée va toujours plus loin que son exécution ; si on savoit tout ce que je dis là, cela feroit peur, cela humilieroit les plus forts esprits, et Aristote ne paroîtroit plus qu'un petit garçon. C'est moi qui le dis, qui le sais à merveille ; et qu'en fait de parure, quand on a trouvé ce qui est bien, ce n'est pas grand'chose, et qu'il faut trouver le mieux pour aller de là au mieux du mieux ; et que, pour attraper ce dernier mieux, il faut lire dans l'âme des hommes, et savoir préférer ce qui la gagne le plus à ce qui ne fait que la gagner beaucoup : et cela est immense !

Je badine un peu sur notre science, et je n'en fais point de façon avec vous, car nous ne l'exerçons plus ni l'une ni l'autre ; et, à mon égard, si quelqu'un rioit de m'avoir vue coquette, il n'a qu'à me venir trouver, je lui en dirai bien d'autres ; et nous verrons qui de nous deux rira le plus fort.

J'ai eu un petit minois qui ne m'a pas mal coûté

de folies, quoiqu'il ne paroisse guère les avoir
méritées à la mine qu'il fait aujourd'hui : aussi il
me fait pitié quand je le regarde, et je ne le
regarde que par hasard ; je ne lui fais presque plus
cet honneur-là exprès ; mais ma vanité, en revanche,
s'en est bien donné autrefois ; je me jouois de
toutes les façons de plaire, je savois être plusieurs
femmes en une. Quand je voulois avoir un air
fripon, j'avois un maintien et une parure qui faisoient
mon affaire ; le lendemain on me retrouvoit avec
des grâces tendres ; ensuite j'étois une beauté
modeste, sérieuse, nonchalante. Je fixois l'homme
le plus volage ; je dupois son inconstance, parce
que tous les jours je lui renouvelois sa maîtresse ; et
c'étoit comme s'il en avoit changé.

Mais je m'écarte toujours ; je vous en demande
pardon, cela me réjouit ou me délasse ; et encore
une fois, je vous entretiens.

Je fus donc bientôt habillée ; et, en vérité, dans
cet état j'effaçois si fort la pauvre Toinon que j'en
avois honte. La Dutour me trouvoit charmante,
Toinon contrôloit mon habit ; et moi, j'approuvois
ce qu'elle disoit par charité pour elle : car, si j'avois
paru aussi contente que je l'étois, elle en auroit été
plus humiliée ; ainsi je cachois ma joie. Toute ma
vie j'ai eu le cœur plein de ces petits égards-là pour
le cœur des autres.

Il me tardoit de me montrer et d'aller à l'église
pour voir combien on me regarderoit. Toinon, qui,
tous les jours de fête, étoit escortée de son amant,

sortit avant moi, de crainte que je ne la suivisse, et
que cet amant, à cause de mon habit neuf, ne me
regardât plus qu'elle, si nous allions ensemble : car
chez de certaines gens un habit neuf, c'est presque
un beau visage.

Je sortis donc toute seule, un peu embarrassée
de ma contenance, parce que je m'imaginois qu'il
y en avoit une à tenir, et qu'étant jolie et parée, il
falloit prendre garde à moi de plus près qu'à l'ordinaire. Je me redressois, car c'est par où commence
une vanité novice ; et, autant que je puis m'en
ressouvenir, je ressemblois assez à une aimable
petite fille, toute fraîche sortie d'une éducation de
village, et qui se tient mal, mais dont les grâces
encore captives ne demandent qu'à se montrer.

Je ne faisois pas valoir non plus tous les agrémens de mon visage ; je laissois aller le mien sur sa
bonne foi, comme vous le disiez plaisamment l'autre
jour d'une certaine dame. Malgré cela, nombre de
passans me regardèrent beaucoup ; et j'en étois
plus réjouie que surprise, car je sentois fort bien
que je le méritois ; et sérieusement il y avoit peu
de figures comme la mienne : je plaisois au cœur
autant qu'aux yeux, et mon moindre avantage étoit
d'être belle.

J'approche ici d'un événement qui a été l'origine
de toutes mes autres aventures, et je vais commencer par là la seconde partie de ma vie : aussi bien
vous ennuieriez-vous de la lire tout d'une haleine,
et cela nous reposera toutes deux.

DEUXIÈME PARTIE

ITES-MOI, ma chère amie, ne seroit-ce point un peu par compliment que vous paroissez si curieuse de voir la suite de mon histoire? Je pourrois le soupçonner : car jusqu'ici tout ce que je vous en ai rapporté n'est qu'un tissu d'aventures bien simples, bien communes; d'aventures dont le caractère paroîtroit bas et trivial à beaucoup de lecteurs, si je les faisois imprimer. Je ne suis encore qu'une petite lingère, et cela les dégoûteroit.

Il y a des gens dont la vanité se mêle de tout ce qu'ils font, même de leurs lectures. Donnez-leur l'histoire du cœur humain dans les grandes conditions, ce devient là pour eux un objet important; mais ne leur parlez pas des états médiocres, ils ne veulent voir agir que des seigneurs, des princes, des rois, ou du moins des personnes qui aient fait une grande figure. Il n'y a que cela qui existe pour la noblesse de leur goût. Laissez là le reste des hommes : qu'ils vivent, mais qu'il n'en soit pas

question ; ils vous diroient volontiers que la nature
auroit bien pu se passer de les faire naître, et que
les bourgeois la déshonorent.

Oh! jugez, Madame, du dédain que de pareils
lecteurs auroient eu pour moi.

Au reste, ne confondons point ; le portrait que
je fais de ces gens-là ne vous regarde pas : ce n'est
pas vous qui serez la dupe de mon état ; mais
peut-être que j'écris mal. Le commencement de ma
vie contient peu d'événemens, et tout cela auroit
bien pu vous ennuyer. Vous me dites que non,
vous me pressez de continuer ; je vous en rends
grâces, et je continue : laissez-moi faire, je ne serai
pas toujours chez Mme Dutour.

Je vous ai dit que j'allai à l'église, à l'entrée de
laquelle je trouvai de la foule ; mais je n'y restai
pas : mon habit neuf et ma figure y auroient trop
perdu ; et je tâchai, en me glissant tout doucement, de gagner le haut de l'église, où j'apercevois du beau monde qui étoit à son aise.

C'étoient des femmes extrêmement parées : les
unes assez laides, et qui s'en doutoient, car elles
tâchoient d'avoir si bon air qu'on ne s'en aperçût
pas ; d'autres qui ne s'en doutoient point du tout,
et qui, de la meilleure foi du monde, prenoient
leur coquetterie pour un joli visage.

J'en vis une fort aimable, et celle-là ne se donnoit pas la peine d'être coquette ; elle étoit au-
dessus de cela pour plaire ; elle s'en fioit négligemment à ses grâces, et c'étoit ce qui la distin-

guoit des autres, de qui elle sembloit dire : « Je
suis naturellement tout ce que ces femmes-là voudroient être. »

Il y avoit aussi nombre de jeunes cavaliers bien
faits, gens de robe et d'épée, dont la contenance
témoignoit qu'ils étoient bien contens d'eux, et
qui prenoient sur le dos de leurs chaises de ces
postures aisées et galantes qui marquent qu'on est
au fait des bons airs du monde.

Je les voyois tantôt se baisser, s'appuyer, se redresser ; puis sourire, puis saluer à droite et à
gauche, moins par politesse ou par devoir que
pour varier les airs de bonne mine et d'importance
et se montrer sous différens aspects.

Et moi, je devinois la pensée de toutes ces person-
nes-là sans aucun effort ; mon instinct ne voyoit rien
là qui ne fût de sa connoissance, et n'en étoit pas
plus délié pour cela : car il ne faut pas s'y méprendre,
ni estimer ma pénétration plus qu'elle ne vaut.

Nous avons deux sortes d'esprit, nous autres
femmes. Nous avons d'abord le nôtre, qui est
celui que nous recevons de la nature, celui qui
nous sert à raisonner, suivant le degré qu'il a, qui
devient ce qu'il peut, et qui ne sait rien qu'avec
le temps.

Et puis nous en avons encore un autre, qui est
à part du nôtre, et qui peut se trouver dans les
femmes les plus sottes. C'est l'esprit que la vanité
de plaire nous donne, et qu'on appelle, autrement
dit, la coquetterie.

Oh! celui-là, pour être instruit, n'attend pas le nombre des années; il est fin dès qu'il est venu; dans les choses de son ressort il a toujours la théorie de ce qu'il voit mettre en pratique. C'est un enfant de l'orgueil qui naît tout élevé, qui manque d'abord d'audace, mais qui n'en pense pas moins. Je crois qu'on peut lui enseigner des grâces et de l'aisance; mais il n'apprend que la forme, et jamais le fond. Voilà mon avis.

Et c'est avec cet esprit-là que j'expliquois si bien les façons de ces femmes; c'est encore lui qui me faisoit entendre les hommes : car, avec une extrême envie d'être de leur goût, on a la clef de tout ce qu'ils font pour être du nôtre; et il n'y aura jamais d'autre mérite à tout cela que d'être vaine et coquette; et je pouvois me passer de cette petite parenthèse-là pour vous le prouver, car vous le savez aussi bien que moi; mais je me suis avisée trop tard de penser que vous le savez. Je ne vois mes fautes que lorsque je les ai faites; c'est le moyen de les voir sûrement, mais non pas à votre profit, ni au mien : n'est-il pas vrai? Retournons à l'église.

La place que j'avois prise me mettoit au milieu du monde dont je vous parle. Quelle fête! C'étoit la première fois que j'allois jouir un peu du mérite de ma petite figure. J'étois tout émue du plaisir de penser à ce qui alloit en arriver, j'en perdois presque haleine : car j'étois sûre du succès, et ma vanité voyoit venir d'avance les regards qu'on alloit jeter sur moi.

Ils ne se firent pas longtemps attendre. A peine étois-je placée que je fixai les yeux de tous les hommes. Je m'emparai de toute leur attention; mais ce n'étoit encore là que la moitié de mes honneurs, et les femmes me firent le reste.

Elles s'aperçurent qu'il n'étoit plus question d'elles, qu'on ne les regardoit plus, que je ne leur laissois pas un curieux, et que la désertion étoit générale.

On ne sauroit s'imaginer ce que c'est que cette aventure-là pour des femmes, ni combien leur amour-propre en est déconcerté : car il n'y a pas moyen qu'il s'y trompe, ni qu'il chicane sur l'évidence d'un pareil affront; ce sont de ces cas désespérés qui le poussent à bout et qui résistent à toutes ses tournures.

Avant que j'arrivasse, en un mot, ces femmes faisoient quelque figure; elles vouloient plaire, et ne perdoient pas leur peine; enfin chacune d'elles avoit ses partisans, du moins la fortune étoit-elle assez égale, et encore la vanité vit-elle quand les choses se passent ainsi. Mais j'arrive, on me voit, et tous ces visages ne sont plus rien, il n'en reste pas la mémoire d'un seul.

Et d'où leur vient cette catastrophe? De la présence d'une petite fille qu'on avoit à peine aperçue, qu'on avoit pourtant vue se placer; qu'on auroit même risqué de trouver très jolie, si on ne s'en étoit pas défendue; enfin qui auroit bien pu se passer de venir là, et que, dans le fond, on avoit un peu crainte, mais le plus imperceptiblement qu'on l'avoit pu.

C'est encore leurs pensées que j'explique; et je soutiens que je les rends comme elles étoient. J'en eus pour garant certain coup d'œil que je leur avois vu jeter sur moi quand je m'avançai, et je compris fort bien tout ce qu'il y avoit dans ce coup d'œil-là : on avoit voulu le rendre distrait; mais c'étoit d'une distraction faite exprès : car il y étoit resté, malgré qu'on en eût, un air d'inquiétude et de dédain qui étoit un aveu bien franc de ce que je valois.

Cela me parut comme une vérité qui échappe, et qu'on veut corriger par un mensonge.

Quoi qu'il en soit, cette petite figure dont on avoit refusé de tenir compte, et devant qui toutes les autres n'étoient plus rien, il fallut en venir à voir ce que c'étoit pourtant, et retourner sur ses pas pour l'examiner, puisqu'il plaisoit au caprice des hommes de la distinguer et d'en faire quelque chose.

Voilà donc mes coquettes qui me regardent à leur tour, et ma physionomie n'étoit pas faite pour les rassurer; il n'y avoit rien de si ingrat que l'espérance d'en pouvoir médire; et je n'avois, en vérité, que des grâces au service de leur colère. Oh! vous m'avouerez que ce n'étoit pas là l'article de ma gloire le moins intéressant.

Vous me direz que, dans leur dépit, il étoit difficile qu'elles me trouvassent aussi jolie que je l'étois : soit ; mais je suis persuadée que le fond du cœur fut pour moi, sans compter que le dépit même donne de bons yeux.

Fiez-vous aux personnes jalouses du soin de vous connoître : vous ne perdrez rien avec elles ; la nécessité de bien voir est attachée à leur misérable passion, et elles vous trouvent toutes les qualités que vous avez en vous cherchant tous les défauts que vous n'avez pas : voilà ce qu'elles essuient.

Mes rivales. ne me regardèrent pas longtemps, leur examen fut court : il n'étoit pas amusant pour elles, et l'on finit vite avec ce qui humilie.

A l'égard des hommes, ils me demeurèrent constamment attachés ; et j'en eus une reconnoissance qui ne resta pas oisive.

De temps en temps, pour les tenir en haleine, je les régalois d'une petite découverte sur mes charmes ; je leur en apprenois quelque chose de nouveau, sans me mettre pourtant en grande dépense. Par exemple, il y avoit dans cette église des tableaux qui étoient à une certaine hauteur : eh bien, j'y portois ma vue sous prétexte de les regarder, parce que cette industrie-là me faisoit le plus bel œil du monde.

Ensuite, c'étoit ma coiffe à qui j'avois recours : elle alloit à merveille ; mais je voulois bien qu'elle allât mal, en faveur d'une main nue qui se montroit en y retouchant, et qui amenoit nécessaire-

ment avec elle un bras rond, qu'on voyoit pour le
moins à demi dans l'attitude où je le tenois alors.

Les petites choses que je vous dis là, au reste,
ne sont petites que dans le récit : car, à les rapporter, ce n'est rien ; mais demandez-en la valeur
aux hommes. Ce qui est de vrai, c'est que souvent,
dans de pareilles occasions, avec la plus jolie physionomie du monde, vous n'êtes encore qu'aimable, vous ne faites que plaire ; ajoutez-y seulement une main de plus, comme je viens de le
dire, on ne vous résiste plus : vous êtes charmante.

Combien ai-je vu de cœurs hésitant à se rendre
à de beaux yeux, et qui seroient restés à moitié
chemin sans le secours dont je parle !

Qu'une femme soit un peu laide, il n'y a pas
grand malheur, si elle a la main belle : il y a une
infinité d'hommes plus touchés de cette beauté-là
que d'un visage aimable ; et la raison de cela,
vous la dirai-je ? je crois l'avoir sentie.

C'est que ce n'est point une nudité qu'un visage, quelque aimable qu'il soit ; nos yeux ne
l'entendent pas ainsi ; mais une belle main commence à en devenir une ; et, pour fixer de certaines gens, il est bien aussi sûr de les tenter que
de leur plaire. Le goût de ces gens-là, comme
vous le voyez, n'est pas le plus honnête ; c'est
pourtant, en général, le goût le mieux servi de la
part des femmes, celui à qui leur coquetterie fait
le plus d'avances.

Mais m'écarterai-je toujours ? Je crois qu'oui ;
je ne saurois m'en empêcher : les idées me
gagnent ; je suis femme, et je conte mon histoire ; pesez ce que je vous dis là, et vous verrez
qu'en vérité je n'use presque pas des privilèges
que cela me donne.

Où en étois-je ? A ma coiffe, que je raccommo-
dois quelquefois dans l'intention que j'ai dite.

Parmi les jeunes gens dont j'attirois les regards,
il y en eut un que je distinguai moi-même, et sur
qui mes yeux tomboient plus volontiers que sur les
autres.

J'aimois à le voir, sans me douter du plaisir que
j'y trouvois ; j'étois coquette pour les autres, et je
ne l'étois pas pour lui ; j'oubliois à lui plaire, et
ne songeois qu'à le regarder.

Apparemment que l'amour, la première fois
qu'on en prend, commence avec cette bonne foi-
là, et peut-être que la douceur d'aimer interrompt
le soin d'être aimable.

Ce jeune homme, à son tour, m'examinoit d'une
façon toute différente de celle des autres ; elle
étoit plus modeste, et pourtant plus attentive ; il y
avoit quelque chose de plus sérieux qui se passoit
entre lui et moi : les autres applaudissoient ou-
vertement à mes charmes, il me sembloit que
celui-ci les sentoit ; du moins je le soupçonnois
quelquefois, mais si confusément que je n'aurois
pu dire ce que je pensois de lui, non plus que ce
que je pensois de moi

Tout ce que je sais, c'est que ses regards m'embarrassoient, que j'hésitois à les lui rendre, et que je les lui rendois toujours ; que je ne voulois pas qu'il me vît y répondre, et que je n'étois pas fâchée qu'il l'eût vu.

Enfin, on sortit de l'église ; et je me souviens que j'en sortis lentement, que je retardois mes pas, que je regrettois la place que je quittois, et que je m'en allois avec un cœur à qui il manquoit quelque chose, et qui ne savoit pas ce que c'étoit. Je dis qu'il ne le savoit pas, c'est peut-être trop dire : car, en m'en allant, je retournois souvent la tête pour revoir encore le jeune homme que je laissois derrière moi ; mais je ne croyois pas me retourner pour lui.

De son côté, il parloit à des personnes qui l'arrêtoient, et mes yeux rencontroient toujours les siens.

La foule à la fin m'enveloppa et m'entraîna avec elle ; je me trouvai dans la rue, et je pris tristement le chemin de la maison.

Je ne pensois plus à mon ajustement en m'en retournant ; je négligeois ma figure, et ne me souciois plus de la faire valoir.

J'étois si rêveuse que je n'entendis pas le bruit d'un carrosse qui venoit derrière moi, qui alloit me renverser, et dont le cocher s'enrouoit à me crier : « Gare ! »

Son dernier cri me tira de ma rêverie ; mais le danger où je me vis m'étourdit si fort que je tombai en voulant fuir et me blessai le pied en tombant.

Les chevaux n'avoient plus qu'un pas à faire pour marcher sur moi : cela alarma tout le monde ; on se mit à crier ; mais celui qui cria le plus fut le maître de cet équipage, qui en sortit aussitôt et qui vint à moi : j'étois encore à terre, d'où, malgré mes efforts, je n'avois pu me relever.

On me releva pourtant, ou plutôt on m'enleva, car on vit bien qu'il m'étoit impossible de me soutenir. Mais jugez de mon étonnement quand, parmi ceux qui s'empressoient à me secourir, je reconnus le jeune homme que j'avois laissé à l'église ! C'étoit à lui à qui appartenoit le carrosse ; sa maison n'étoit qu'à deux pas plus loin, et ce fut où il voulut qu'on me transportât.

Je ne vous dis point avec quel air d'inquiétude il s'y prit, ni combien il parut touché de mon accident. A travers le chagrin qu'il en marqua, je démêlai pourtant que le sort ne l'avoit pas tant désobligé en m'arrêtant. « Prenez bien garde à mademoiselle, disoit-il à ceux qui me tenoient; portez-la doucement, ne vous pressez point », car dans ce moment ce ne fut point à moi à qui il parla. Il me sembla qu'il s'en abstenoit à cause de mon état et des circonstances, et qu'il ne se permettoit d'être tendre que dans ses soins.

De mon côté, je parlai aux autres et ne lui dis rien non plus ; je n'osois même le regarder, ce qui faisoit que j'en mourois d'envie : aussi le

regardai-je, toujours en n'osant, et je ne sais ce
que mes yeux lui dirent ; mais les siens me firent
une réponse si tendre qu'il falloit que les miens
l'eussent méritée. Cela me fit rougir, et me remua
le cœur à un point qu'à peine m'aperçus-je de ce
que je devenois.

Je n'ai de ma vie été si agitée. Je ne saurois vous
définir ce que je sentois.

C'étoit un mélange de trouble, de plaisir et de
peur ; oui, de peur, car une jeune fille qui en est
là-dessus à son apprentissage ne sait point où tout
cela la mène : ce sont des mouvemens inconnus qui
l'enveloppent, qui disposent d'elle, qu'elle ne possède point, qui la possèdent ; et la nouveauté de cet
état l'alarme. Il est vrai qu'elle y trouve du plaisir ;
mais c'est un plaisir fait comme un danger, sa pudeur même en est effrayée ; il y a quelque chose qui
la menace, qui l'étourdit, et qui prend déjà sur elle.

On se demanderoit volontiers dans ces instans-
là : « Que vais-je devenir ? » Car, en vérité, l'amour
ne nous trompe point : dès qu'il se montre, il nous
dit ce qu'il est et de quoi il sera question ; l'âme,
avec lui, sent la présence d'un maître qui la flatte,
mais avec une autorité déclarée qui ne la consulte
pas et qui lui laisse hardiment les soupçons de
son esclavage futur.

Voilà ce qui m'a semblé de l'état où j'étois, et
je pense aussi que c'est l'histoire de toutes les
jeunes personnes de mon âge en pareil cas.

Enfin on me porta chez Valville, c'étoit le nom

du jeune homme en question, qui fit ouvrir une salle où l'on me mit sur un lit de repos.

J'avois besoin de secours, je sentois beaucoup de douleur à mon pied, et Valville envoya sur-le-champ chercher un chirurgien qui ne tarda pas à venir. Je passe quelques petites excuses que je lui fis dans l'intervalle sur l'embarras que je lui causois ; excuses communes que tout le monde sait faire, et auxquelles il répondit à la manière ordinaire.

Ce qu'il y eut pourtant de particulier entre nous deux, c'est que je lui parlai de l'air d'une personne qui sent qu'il y a bien autre chose sur le tapis que des excuses, et qu'il me répondit d'un ton qui me préparoit à voir entamer la matière.

Nos regards mêmes l'entamoient déjà ; il n'en jetoit pas un sur moi qui ne signifiât : *Je vous aime,* et moi, je ne savois que faire des miens, parce qu'ils lui en auroient dit autant.

Nous en étions, lui et moi, à ce muet entretien de nos cœurs, quand nous vîmes entrer le chirurgien, qui, sur le récit que lui fit Valville de mon accident, débuta par dire qu'il falloit voir mon pied.

A cette proposition, je rougis d'abord par un sentiment de pudeur ; et puis, en rougissant pourtant, je songeai que j'avois le plus joli petit pied du monde ; que Valville alloit le voir ; que ce ne seroit point ma faute, puisque la nécessité vouloit que je le montrasse devant lui ; ce qui étoit une bonne fortune pour moi, bonne fortune honnête et faite à souhait : car on croyoit qu'elle me faisoit de la peine ; on tâchoit de m'y résoudre, et j'allois en avoir le profit immodeste, en conservant tout le mérite de la modestie, puisqu'il me venoit d'une aventure dont j'étois innocente : c'étoit ma chute qui avoit tort.

Combien dans le monde y a-t-il d'honnêtes gens qui me ressemblent, et qui, pour pouvoir garder une chose qu'ils aiment, ne fondent pas mieux leur droit d'en jouir que je faisois le mien dans cette occasion-là !

On croit souvent avoir la conscience délicate, non pas à cause des sacrifices qu'on lui fait, mais à cause de la peine qu'on prend avec elle pour s'exempter de lui en faire.

Ce que je dis là peint surtout beaucoup de dévots qui voudroient bien gagner le Ciel sans rien perdre à la terre, et qui croient avoir de la piété moyennant les cérémonies pieuses qu'ils font toujours avec eux-mêmes et dont ils bercent leur conscience. Mais n'admirez-vous pas, au reste, cette morale que mon pied amène ?

Je fis quelque difficulté de le montrer, et je ne voulois ôter que le soulier ; mais ce n'étoit pas assez. « Il faut absolument que je voie le mal, disoit le chirurgien qui y alloit tout uniment ; je ne saurois rien dire sans cela. » Et là-dessus une femme de charge que Valville avoit chez lui fut sur-le-champ appelée pour me déchausser ; ce qu'elle fit pendant que Valville et le chirurgien se retirèrent un peu à quartier.

Quand mon pied fut en état, voilà le chirurgien qui l'examine et qui le tâte. Le bonhomme, pour mieux juger du mal, se baissoit beaucoup, parce qu'il étoit vieux ; et Valville, en conformité de geste, prenoit insensiblement la même attitude, et se baissoit beaucoup aussi, parce qu'il étoit jeune : car il ne connoissoit rien à mon mal, mais il se connoissoit à mon pied, et m'en paroissoit aussi content que je l'avois espéré.

Pour moi, je ne disois mot et ne donnois aucun signe des observations clandestines que je faisois sur lui : il n'auroit pas été modeste de paroître soupçonner l'attrait qui l'attiroit ; et d'ailleurs j'aurois tout gâté si je lui avois laissé apercevoir que je comprenois ses petites façons, et cela m'auroit obligée moi-même d'en faire davantage, et peut-être auroit-il rougi des siennes ; car le cœur est bizarre : il y a des momens où il est confus et choqué d'être pris sur le fait quand il se cache ; cela l'humilie ; et ce que je dis là, je le sentois par instinct.

J'agissois donc en conséquence ; de sorte qu'on pouvoit bien croire que la présence de Valville m'embarrassoit un peu, mais simplement à cause qu'il me voyoit, et non pas à cause qu'il aimoit à me voir.

« Dans quel endroit sentez-vous le mal? me disoit le chirurgien en me tâtant. Est-ce là ? — Oui, lui répondis-je, en cet endroit même. — Aussi est-il un peu enflé, ajoutoit Valville en y

mettant le doigt d'un air de bonne foi. — Allons,
ce n'est rien que cela, dit le chirurgien : il n'y a
qu'à ne pas marcher aujourd'hui ; un linge trempé
dans de l'eau-de-vie et un peu de repos vous
guériront. » Aussitôt le linge fut apporté avec le
reste ; la compresse fut mise, on me chaussa, le
chirurgien sortit, et je restai seule avec Valville, à
l'exception de quelques domestiques qui alloient
et venoient.

Je me doutai bien que je serois là quelque temps,
et qu'il voudroit me retenir à dîner ; mais je ne
devois pas paroître m'en douter.

« Après toutes les obligations que je vous ai, lui
dis-je, oserois-je encore vous prier, Monsieur, de
m'envoyer chercher une chaise, ou quelque autre
voiture qui me mène chez moi ? — Non, Mademoiselle, me répondit-il, vous n'irez pas sitôt chez
vous, on ne vous y reconduira que dans quelques
heures ; votre chute est toute récente, on vous a recommandé de vous tenir en repos, et vous dînerez
ici. Tout ce qu'il faut faire, c'est d'envoyer dire
où vous êtes, afin qu'on ne soit point en peine de
vous. »

Et il le falloit effectivement, car mon absence
alloit alarmer Mme Dutour ; et d'ailleurs, qu'est-
ce que Valville auroit pensé de moi, si j'avois été ma
maîtresse au point de n'avoir à rendre compte à
personne de ce que j'étois devenue ? Tant d'indépendance n'auroit pas eu bonne grâce : il n'étoit
pas convenable d'être hors de toute tutelle à mon

âge, surtout avec la figure que j'avois ; car il n'y a
pas trop loin d'être si aimable à n'être plus digne
d'être aimée. Voilà l'inconvénient qu'il y a d'avoir
un joli visage : c'est qu'il nous donne l'air d'avoir
tort quand nous sommes un peu soupçonnées, et
qu'en mille occasions il conclut contre nous.

Il conclura pourtant ce qu'il voudra, cela ne
nous dégoûtera pas d'en avoir un ; en un mot,
on plaît avec un joli visage, on inspire ou de
l'amour ou des désirs. Est-ce de l'amour ? fût-on
de l'humeur la plus austère, il est le bienvenu.
Le plaisir d'être aimée trouve toujours sa place ou
dans notre cœur ou dans notre vanité. Ne fait-on
que nous désirer ? il n'y a encore rien de perdu. Il
est vrai que la vertu s'en scandalise ; mais la vertueuse n'est pas fâchée du scandale.

Revenons. Vous êtes accoutumée à mes écarts.

Je vous disois donc que mon indépendance ne
m'auroit pas été avantageuse, et Valville assurément
ne m'envisageoit pas sous cette idée-là ; ses égards
ou plutôt ses respects en faisoient foi.

Il y a des attentions tendres et même timides,
de certains honneurs qui ne sont dus qu'à l'innocence et qu'à la pudeur ; et Valville, qui me les
prodiguoit tous,1 auroit pu craindre de s'être
mépris, et d'avoir été la dupe de mes grâces ; je
lui aurois du moins ôté la douceur de m'estimer en
pleine sûreté de confiance ; et quelle chute n'étoit-
ce pas faire là dans son esprit ?

Le croiriez-vous pourtant ? malgré tout ce que

je risquois là-dessus en ne donnant de mes nouvelles à personne, j'hésitai sur le parti que je prendrois. Et savez-vous pourquoi ? C'est que je n'avois que l'adresse d'une lingère à donner. Je ne pouvois envoyer que chez Mme Dutour, et Mme Dutour choquoit mon amour-propre ; je rougissois d'elle et de sa boutique.

Je trouvois que cette boutique figuroit si mal avec une aventure comme la mienne ; que c'étoit quelque chose de si décourageant pour un homme de condition comme Valville, que je voyois entouré de valets ; quelque chose de si mal assorti aux grâces qu'il mettoit dans ses façons ; j'avois moi-même l'air si mignon, si distingué ; il y avoit si loin de ma physionomie à mon petit état ! Comment avoir le courage de dire : « Allez-vous-en à telle enseigne, chez Mme Dutour, où je loge ! » Ah ! l'humiliant discours !

Passe pour n'être pas née de parens riches, pour n'avoir que de la naissance sans fortune ; l'orgueil, tout nu qu'il est par là, se sauve encore ; cela ne lui ôte que son faste et ses commodités, et non pas le droit qu'il a aux honneurs de ce monde ; mais un si grand étalage de politesse et d'égards n'étoit pas dû à une petite fille de boutique : elle étoit bien hardie de l'avoir souffert, de n'y avoir pas mis ordre par sa confusion.

Et c'étoit là le retour de réflexion que je craignois dans Valville. « Quoi ! ce n'est que cela ! » me sembloit-il lui entendre dire à lui-même ; et l'ironie de ce petit soliloque-là me révoltoit tant de sa part que, tout bien pesé, j'aimois mieux lui paroître équivoque que ridicule, et le laisser douter de mes mœurs que de le faire rire de tous ses respects. Ainsi je conclus que je n'enverrois chez personne, et que je dirois que cela n'étoit pas nécessaire.

C'étoit bien mal conclure, j'en conviens, et je le sentois ; mais ne savez-vous pas que notre âme est encore plus superbe que vertueuse, plus glorieuse qu'honnête, et par conséquent plus délicate sur les intérêts de sa vanité que sur ceux de son véritable honneur ?

Attendez pourtant, ne vous alarmez pas. Ce parti que j'avois pris, je ne le suivis point : car, dans l'agitation qu'il me causoit à moi-même, il me vint subitement une autre pensée.

Je trouvai un expédient dont ma misérable vanité fut contente, parce qu'il ne prenoit rien sur elle et qu'il n'affligeoit que mon cœur ; mais qu'importe que notre cœur souffre, pourvu que notre vanité soit servie ? Ne se passe-t-on pas de tout, et de repos et de plaisirs, et d'honneur même, et quelquefois de la vie, pour avoir la paix avec elle ?

Or cet expédient dont je vous parle, ce fut de vouloir absolument m'en retourner.

« Quoi ! quitter sitôt Valville ? » me direz-vous. Oui, j'eus le courage de m'y résoudre, de m'arracher à une situation que je voyois remplie de mille instants délicieux si je la prolongeois.

Valville m'aimoit; il ne me l'avoit pas encore
dit, et il auroit eu le temps de me le dire. Je l'aimois, il l'ignoroit, du moins je le croyois, et je
n'aurois pas manqué de le lui apprendre.

Il auroit donc eu le plaisir de me voir sensible,
moi celui de montrer que je l'étois, et tous deux
celui de l'être ensemble.

Que de douceurs contenues dans ce que je vous
dis là, Madame! L'amour peut en avoir de plus
folles; peut-être n'en a-t-il point de plus touchantes, ni qui aillent si droit et si nettement au
cœur, ni dont ce cœur jouisse avec moins de distraction, avec tant de connoissance et de lumières,
ni qu'il partage moins avec le trouble des sens; il
les voit, il les compte, il en démêle distinctement
tout le charme; et cependant je les sacrifiois.

Au reste, tout ce qui me vint alors dans l'esprit
là-dessus, quoique long à dire, n'est qu'un instant
à être pensé.

« Ne vous inquiétez point, Mademoiselle, me
dit Valville; donnez votre adresse, on partira sur-
le-champ. »

Et c'étoit en me prenant la main qu'il me parloit
ainsi d'un air tendre et pressant.

Je ne comprends pas comment j'y résistai.
« Faites-y attention, ajouta-t-il en insistant. Vous
n'êtes point en état de vous en aller sitôt; il est
tard : dînez ici, vous partirez ensuite. Pourquoi
hésiter? Vous n'avez rien à vous reprocher en restant; on ne sauroit y trouver à redire; votre

accident vous y force. Allons, qu'on nous serve !

— Non, Monsieur, lui dis-je ; permettez que je me retire ; on ne peut être plus sensible à vos honnêtetés que je le suis, mais je ne veux pas en abuser : je ne demeure pas loin d'ici ; je me sens beaucoup mieux, et je vous demande en grâce que je m'en aille.

— Mais, me dit Valville, quel est le motif de votre répugnance là-dessus, dans une conjoncture aussi naturelle, aussi innocente que l'est celle-ci ? — De la répugnance, je vous assure que je n'en ai point, répondis-je, et j'aurois grand tort ; mais il sera plus séant d'être chez moi, puisque je puis m'y rendre avec une voiture. — Quoi ! partir sitôt ? me dit-il en jetant sur moi le plus doux de tous les regards. — Il le faut bien », repris-je en baissant les yeux d'un air triste (ce qui valoit bien le regarder moi-même) ; et, comme les cœurs s'entendent, apparemment qu'il sentit ce qui se passoit dans le mien : car il reprit ma main qu'il baisa avec une naïveté de passion si vive et si rapide qu'en me disant mille fois : « Je vous aime », il me l'auroit dit moins intelligiblement qu'il ne fit alors.

Il n'y avoit plus moyen de s'y méprendre : voilà qui étoit fini ; c'étoit un amant que je voyois, il se montroit à visage découvert ; et je ne pouvois, avec mes petites dissimulations, parer l'évidence de son amour. Il ne restoit plus qu'à savoir ce que j'en pensois, et je crois qu'il dut être content de moi : je demeurai étourdie, muette et confuse ; ce

qui étoit signe que j'étois charmée : car avec un
homme qui nous est indifférent, ou qui nous déplaît, on en est quitte à meilleur marché ; il ne
nous met pas dans ce désordre-là ; on voit mieux
ce qu'on fait avec lui ; et c'est ordinairement parce
qu'on aime qu'on est troublée en pareil cas.

Je l'étois tant que la main me trembloit dans
celle de Valville ; que je ne faisois aucun effort
pour la retirer, et que je la lui laissois par je ne
sais quel attrait qui me donnoit une inaction tendre
et timide. A la fin pourtant je prononçai quelques mots qui ne mettoient ordre à rien, de ces
mots qui diminuent la confusion qu'on a de se
taire, qui tiennent la place de quelque chose qu'on
ne dit pas et qu'on devroit dire. « Eh bien ! Monsieur, eh bien ! qu'est-ce que cela signifie ? » Voilà
tout ce que je pus tirer de moi ; encore y mêlai-je
un soupir qui en ôtoit le peu de force que j'y
avois peut-être mise.

Je me retrouvai pourtant ; la présence d'esprit
me revint, et la vapeur de ces mouvemens qui me
tenoient comme enchantée se dissipa. Je sentis
qu'il n'étoit pas décent de mettre tant de foiblesse
dans cette situation-là, ni d'avoir l'âme si entreprise, et je tâchai de corriger cela par une action
de courage.

« Vous n'y songez pas ! Finissez donc, Monsieur », dis-je à Valville en retirant ma main avec
assez de force, et d'un ton qui marquoit encore
que je revenois de loin, supposé qu'il fût lui-même

en état d'y voir si clair : car il avoit eu des mouvemens aussi bien que moi. Mais je crois qu'il vit
tout : il n'étoit pas aussi neuf en amour que je l'é-
tois, et dans ces momens-là jamais la tête ne tourne à
ceux qui ont un peu d'expérience par devers eux ;
vous les remuez, mais vous ne les étourdissez
point ; ils conservent toujours le jugement, il n'y
a que les novices qui le perdent. Et puis dans quel
danger n'est-on pas quand on tombe en de certaines mains, quand on n'a pour tout guide qu'un
amant qui vous aime trop mal pour vous mener
bien !

Pour moi, je ne courois alors aucun risque avec
Valville : j'avoue que je fus troublée, mais à un
degré qui étonna ma raison, et qui ne me l'ôta
pas ; et cela dura si peu qu'on n'auroit pu en abuser,
du moins je me l'imagine : car, au fond, tous ces
étonnemens de raison ne valent rien non plus, on
n'y est point en sûreté ; il s'y passe toujours un
intervalle de temps où l'on a besoin d'être traitée
doucement ; le respect de celui avec qui vous êtes
vous fait grand bien.

Quant à Valville, je n'eus rien à lui reprocher
là-dessus ; aussi lui avois-je inspiré des sentimens.
Il n'étoit pas amoureux, il étoit tendre ; façon
d'être épris qui, au commencement d'une passion,
rend le cœur honnête, qui lui donne des mœurs
et l'attache au plaisir délicat d'aimer et de respecter timidement ce qu'il aime.

Voilà de quoi d'abord s'occupe un cœur tendre :

à parer l'objet de son amour de toute la dignité
imaginable, et il n'est pas dupe. Il y a plus de
charme à cela qu'on ne pense, il y perdroit à ne
s'y pas tenir ; et vous, Madame, vous y gagneriez
si je n'étois pas si babillarde.

« Finissez donc », me diriez-vous volontiers ; et
c'est ce que je disois à Valville avec un sérieux encore altéré d'émotion. « En vérité, Monsieur, vous
me surprenez, ajoutai-je ; vous voyez bien vous-
même que j'ai raison de vouloir m'en aller et qu'il
faut que je parte.

— Oui, Mademoiselle, vous allez partir, me
répondit-il tristement ; et je vais donner mes ordres
pour cela, puisque vous ne pouvez vous souffrir
ici, et qu'apparemment je vous y déplais moi-
même, à cause du mouvement qui vient de m'é-
chapper : car il est vrai que je vous aime, et que
j'emploierois à vous le dire tous les momens que
nous passerions ensemble, et tout le temps de ma
vie, si je ne vous quittois pas. »

Et, quand ce discours qu'il me tenoit auroit duré
tout le temps de la mienne, il me semble qu'il ne
m'auroit pas ennuyée non plus, tant la joie dont il
me pénétroit étoit douce, flatteuse, et pourtant
embarrassante : car je sentois qu'elle me gagnoit.
Je ne voulois pas que Valville la vît, et je ne savois quel air prendre pour la mettre à couvert de
ses yeux.

D'ailleurs, ce qu'il m'avoit dit demandoit une
réponse ; ce n'étoit pas à ma joie à la faire, et je

n'avois que ma joie dans l'esprit, de sorte que je me taisois les yeux baissés.

« Vous ne répondez rien, me dit Valville ; partirez-vous sans me dire un mot? Mon action m'a-t-elle rendu si désagréable? Vous a-t-elle offensée sans retour? »

Et remarquez que pendant ce discours il avançoit sa main pour ravoir la mienne, que je lui laissois prendre et qu'il baisoit encore en me demandant pardon de l'avoir baisée ; et ce qui est de plaisant, c'est que je trouvois la réparation fort bonne, et que je la recevois de la meilleure foi du monde, sans m'apercevoir qu'elle n'étoit qu'une répétition de la faute ; je crois même que nous ne nous en aperçûmes ni l'un ni l'autre ; et, entre deux personnes qui s'aiment, ce sont là de ces simplicités de sentiment que peut-être l'esprit remarqueroit bien un peu s'il vouloit, mais qu'il laisse bonnement passer au profit du cœur.

« Ne me direz-vous rien? me disoit donc Valville. Aurai-je le chagrin de croire que vous me haïssez? »

Un petit soupir naïf précéda ma réponse, ou plutôt la commença. « Non, Monsieur, je ne vous hais pas, lui dis-je ; vous ne m'avez pas donné lieu de vous haïr, il s'en faut bien. — Eh! que pensez-vous donc de moi? reprit-il avec feu. Je vous ai dit que je vous aime ; comment regardez-vous mon amour? Êtes-vous fâchée que je vous en parle?

— Que voulez-vous que je réponde à cette

question? lui dis-je. Je ne sais ce que c'est que l'amour, Monsieur ; je pense seulement que vous êtes un fort honnête homme, que je vous ai beaucoup d'obligation, et que je n'oublierai jamais ce que vous avez fait pour moi dans cette occasion-ci.

— Vous ne l'oublierez jamais! s'écria-t-il. Eh! comment saurai-je que vous voudrez bien vous ressouvenir de moi, si j'ai le malheur de ne vous plus voir, Mademoiselle? Ne m'exposez point à vous perdre pour toujours, et, s'il est vrai que vous n'ayez point d'aversion pour moi, ne m'ôtez pas les moyens de vous parler quelquefois, et d'essayer si ma tendresse ne pourra vous toucher un jour. Je ne vous ai vue aujourd'hui que par un coup de hasard ; où vous retrouverai-je, si vous me laissez ignorer qui vous êtes? Je vous chercherois inutilement. — J'en conviens, lui dis-je avec une franchise qui alla plus vite que ma pensée, et qui sembloit nous plaindre tous deux. — Eh bien, Mademoiselle, ajouta-t-il en approchant encore sa bouche de ma main (car nous ne prenions plus garde à cette minutie-là, elle nous étoit devenue familière ; et voilà comme tout passe en amour), eh bien! nommez-moi, de grâce, les personnes à qui vous appartenez ; instruisez-moi de ce qu'il faut faire pour être connu d'elles ; donnez-moi cette consolation avant que de partir. »

A peine achevoit-il de parler qu'un laquais entra : « Qu'on mette les chevaux au carrosse pour reconduire mademoiselle », lui dit Valville en se retournant de son côté.

Cet ordre, que je n'avois point prévu, me fit frémir : il rompoit toutes mes mesures et rejetoit ma vanité dans toutes ses angoisses.

Ce n'étoit point le carrosse de Valville qu'il me falloit. La petite lingère n'échappoit point par là à l'affront d'être connue. J'avois compris qu'on m'enverroit chercher une voiture ; je comptois m'y mettre toute seule, en être quitte pour dire : « Menez-moi dans telle rue », et, à l'abri de toute confusion, regagner ainsi cette fâcheuse boutique, qui m'avoit coûté tant de peine d'esprit, et dont je ne pouvois plus faire un secret si je m'en retournois dans l'équipage de Valville, car il n'auroit pas oublié de demander à ses gens : « Où l'avez-vous menée ? » et ils n'auroient pas manqué de lui dire : « A une boutique. »

Encore n'eût-ce été là que demi-mal, puisque je n'aurois pas été présente au rapport et que je n'en aurois rougi que de loin. Mais vous allez voir que la politesse de Valville me destinoit à une honte bien plus complète.

« J'imagine une chose, Mademoiselle, me dit-il tout de suite quand le laquais fut sorti ; c'est de vous reconduire moi-même avec la femme que vous avez vue paroître. Qu'en dites-vous, Mademoiselle ? Il me semble que c'est une attention nécessaire de ma part, après ce qui vous est arrivé ; je crois même qu'il y auroit de l'impolitesse à m'en dispenser ; c'est une réflexion que je fais , et qui me vient fort à propos. » Et moi, je la trouvois tuante.

« Ah ! Monsieur, m'écriai-je , que me proposez-vous là ? Moi, m'en retourner dans votre carrosse au logis, et y arriver avec vous, avec un homme de votre âge ! Non, Monsieur, je n'aurai pas cette imprudence-là ; le Ciel m'en préserve ! Vous ne songez pas à ce qu'on en diroit : tout est plein de médisans ; et, si on ne va pas me chercher une voiture, j'aime encore mieux m'en aller à pied chez moi, et m'y traîner comme je pourrai, que d'accepter vos offres. »

Ce discours ne souffroit point de réplique ; aussi m'en parut-il outré.

« Allons, Mademoiselle, s'écria-t-il à son tour avec douleur en se levant d'auprès de moi ; je vous entends : vous ne voulez plus que je vous revoie, ni que je sache où vous reprendre : car, de m'alléguer la crainte que vous avez, dites-vous, de ce qu'on pourroit dire, il n'y a pas d'appaïence qu'elle soit le motif de vos refus. Vous vous blessez en tombant ; vous êtes à ma porte, je m'y trouve ; vous avez besoin de secours, mille gens sont témoins de votre accident ; vous ne sauriez vous soutenir, je vous fais porter chez moi ; de là je vous ramène chez vous : il n'y a rien de si simple, vous le sentez bien ; mais rien en même temps qui me mît plus naturellement à portée d'être connu de vos parens, et je vois bien que c'est à quoi vous ne voulez pas que je parvienne. Vous avez vos raisons, sans doute : ou je vous déplais, ou vous êtes prévenue. »

Et là-dessus, sans me donner le temps de lui répondre, outré du silence morne que j'avois gardé jusque-là, et dans l'amertume de son chagrin, ayant l'air content d'être privé de ce qu'il étoit au désespoir de perdre, il part, s'avance vers la porte de la salle, et appelle impétueusement un laquais, qui accourt. « Qu'on aille chercher une chaise, lui dit-il ; et, si on n'en trouve pas, qu'on amène un carrosse ; mademoiselle ne veut pas du mien. »

Et puis, revenant à moi : « Soyez en repos, ajouta-t-il, vous allez avoir ce que vous souhaitez, Mademoiselle : il n'y a plus rien à craindre ; et vous et vos parens me serez éternellement inconnus, à moins que vous ne me disiez votre nom, et je ne pense pas que vous en ayez envie. »

A cela nulle réponse encore de ma part ; je n'étois plus en état de parler. En revanche, devinez ce que je faisois, Madame : excédée de peines, de soupirs, de réflexions, je pleurois la tête baissée. « Vous pleuriez ? » Oui, j'avois les yeux remplis de larmes. Vous en êtes surprise ; mais mettez-vous bien au fait de ma situation, et vous verrez dans quel épuisement de courage je devois tomber.

Que n'avois-je pas souffert depuis une demi-heure ! Comptons mes détresses : une vanité inexorable qui ne vouloit point de Mᵐᵉ Dutour, ni par

conséquent que je fusse lingère ; une pudeur gé-
missante de la figure d'aventurière que j'allois
faire, si je ne m'en tenois pas à être fille de boutique ; un amour désespéré, à quoi que je me
déterminasse là-dessus : car une fille de mon état,
me disois-je, ne pouvoit pas conserver la tendresse
de Valville, ni une fille suspecte mériter qu'il
l'aimât.

A quoi donc me résoudre ? A m'en aller sur-le-
champ ? Autre affliction pour mon cœur qui se
trouvoit si bien de l'entretien de Valville.

Et voyez que de différentes mortifications il avoit
fallu sentir, peser, essayer sur mon âme, pour en
comparer les douleurs et savoir à laquelle je don-
nerois la triste préférence ! Encore à quoi m'avoit-
il servi d'opter de m'être enfin fixée à la douleur
de quitter Valville ? M'en étoit-il moins difficile de
lui rester inconnue comme c'étoit mon dessein ?
Non vraiment, car il m'offroit son carrosse, il
vouloit me reconduire, ensuite il se retranchoit
à savoir mon nom, qu'il n'étoit pas naturel de lui
cacher, mais que je ne pouvois pas lui dire, puisque je ne le savois pas moi-même, à moins que je
ne prisse celui de *Marianne*; et prendre ce nom-là,
c'étoit presque déclarer Mme Dutour et sa boutique, ou faire soupçonner quelque chose d'approchant.

A quoi donc en étois-je réduite ? A quitter
brusquement Valville sans aucun ménagement de
politesse et de reconnoissance ; à me séparer de lui

comme d'un homme avec qui je voulois rompre, lui qui m'aimoit, lui que je regrettois, lui qui m'apprenoit que j'avois un cœur (car on ne le sent que du jour où l'on aime, et jugez combien ce cœur est remué de la première leçon d'amour qu'il reçoit!), enfin, lui que je sacrifiois à une vanité haïssable que je condamnois intérieurement moi-même, qui me paroissoit ridicule, et qui, malgré tout le tourment qu'elle me causoit, ne me laissoit pas seulement la consolation de me trouver à plaindre.

En vérité, Madame, avec une tête de quinze ou seize ans avois-je tort de succomber, de perdre tout courage, et d'être abattue jusqu'aux larmes?

Je pleurois donc, et il n'y avoit peut-être pas de meilleur expédient pour me tirer d'affaire que de pleurer et de laisser tout là. Notre âme sait bien ce qu'elle fait, ou du moins son instinct le sait bien pour elle.

Vous croyez que mon découragement est mal-entendu, qu'il ne peut tourner qu'à ma confusion; et c'est le contraire, il va remédier à tout : car, premièrement, il me soulagea, il me mit à mon aise, il affoiblit ma vanité, il me défit de cet orgueilleux effroi que j'avois d'être connue de Valville. Voilà déjà bien du repos pour moi : voici d'autres avantages.

C'est que cet abattement et ces pleurs me donnèrent, aux yeux de ce jeune homme, je ne sais quel air de dignité romanesque qui lui imposa,

qui corrigea d'avance la médiocrité de mon état,
qui disposa Valville à l'apprendre sans en être
scandalisé : car vous sentez bien que tout ceci ne
sauroit demeurer sans quelque petit éclaircissement.
Mais n'en soyez point en peine, et laissez faire
aux pleurs que je répands : ils viennent d'ennoblir
Marianne dans l'imagination de son amant; ils
font foi d'une fierté de cœur qui empêchera bien
qu'il ne la dédaigne.

Et, dans le fond, observons une chose. Être
jeune et belle, ignorer sa naissance, et ne l'ignorer
que par un coup de malheur, rougir et soupirer en
illustre infortunée de l'humiliation où cela vous
laisse; si j'avois affaire à l'amour, lui qui est tendre
et galant, qui se plaît à honorer ce qu'il aime :
voilà, pour lui paroître charmante et respectable,
dans quelle situation et avec quel amas de circonstances je voudrois m'offrir à lui !

Il y a de certaines infortunes qui embellissent la
beauté même, qui lui prêtent de la majesté. Vous
avez alors, avec vos grâces, celles que votre histoire, faite comme un roman, vous donne encore.
Et ne vous embarrassez pas d'ignorer ce que
vous êtes née; laissez travailler les chimères de
l'amour là-dessus; elles sauront bien vous faire un
rang distingué, et tirer bon parti des ténèbres qui
cacheront votre naissance. Si une femme pouvoit
être prise pour une divinité, ce seroit en pareil cas
que son amant l'en croiroit une.

A la vérité, il ne faut pas attendre que cela

dure; ce sont là de ces grâces et de ces dignités d'emprunt qui s'en retournent avec les amoureuses folies qui vous en parent.

Et moi, je retourne toujours aux réflexions, et je vous avertis que je ne me les reprocherai plus : vous voyez bien que je n'y gagne rien et que je suis incorrigible ; ainsi tâchons toutes deux de n'y plus prendre garde.

J'ai laissé Valville désespéré de ce que je voulois partir sans me faire connoître; mais les pleurs qu'il me vit répandre le calmèrent tout d'un coup : je n'ai jamais rien vu ni de si doux ni de si tendre que ce qui se peignit alors sur sa physionomie ; et en effet mes pleurs ne concluoient rien de fâcheux pour lui, ils n'annonçoient ni haine ni indifférence, ils ne pouvoient signifier que de l'embarras.

« Eh quoi ! Mademoiselle, vous pleurez ! me dit-il en venant se jeter à mes genoux avec un amour où l'on démêloit déjà je ne sais quel transport d'espérance ; vous pleurez ! Eh ! quel est donc le motif de vos larmes? Vous ai-je dit quelque chose qui vous chagrine ? Parlez, je vous en conjure, d'où vient que je vous vois dans cet état-là ? » ajouta-t-il en me prenant une main qu'il accabloit de caresses, et que je ne retirois pas, mais que, dans ma consternation, je semblois lui abandonner avec décence, et comme à un homme dont le bon cœur, et non pas l'amour, obtenoit de moi cette nonchalance-là.

« Répondez-moi, s'écrioit-il : avez-vous d'autres sujets de tristesse ? Et pourriez-vous hésiter d'ouvrir votre cœur à qui vous a donné tout le sien, à qui vous jure qu'il sera toujours à vous, à qui vous aime plus que sa vie, à qui vous aime autant que vous méritez d'être aimée? Est-ce qu'on peut voir vos larmes sans souhaiter de vous secourir? Et vous est-il permis de m'en pénétrer sans vouloir rien faire de l'attendrissement où elles me jettent? Parlez : quel service faut-il vous rendre? Je compte que vous ne vous en irez pas sitôt.

—Il faudroit donc envoyer chez Mme Dutour », lui dis-je naïvement alors, comme entraînée moi-même par le torrent de sa tendresse et de la mienne.

Et la voilà enfin déclarée cette Mme Dutour si terrible, et sa boutique, et son enseigne (car tout cela étoit compris dans son nom); et la voilà déclarée sans que j'y hésitasse : je ne m'aperçus pas que j'en parlois.

« Chez Mme Dutour! une marchande de linge! eh! je la connois, dit Valville; c'est donc elle qui aura soin d'aller chez vous avertir où vous êtes? Mais de la part de qui lui dira-t-on qu'on vient? »

A cette question ma naïveté m'abandonna ; je me retrouvai glorieuse et confuse, et je retombai dans tous mes embarras.

Et, en effet, y avoit-il rien de si piquant que ce qui m'arrivoit? Je viens de nommer Mme Dutour; je crois par là avoir tout dit, et que Valville est à

peu près au fait. Point du tout; il se trouve qu'il
faut recommencer, que je n'en suis pas quitte, que
je ne lui ai rien appris, et qu'au lieu de comprendre que je n'envoie chez elle que parce que j'y
demeure, il entend seulement que mon dessein est
de la charger d'aller dire à mes parens où je suis,
c'est-à-dire qu'il la prend pour ma commission-
naire : c'est là toute la relation qu'il imagine entre
elle et moi.

Et d'où vient cela? c'est que j'ai si peu l'air
d'une Marianne, c'est que mes grâces et ma physionomie le préoccupent tant en ma faveur,
c'est qu'il est si éloigné de penser que je puisse
appartenir, de près ou de loin, à une Mme Dutour,
qu'apparemment il ne saura que je loge chez elle,
et que je suis sa fille de boutique, que quand je le
lui aurai dit, et peut-être répété dans les termes
les plus simples, les plus naturels et les plus clairs.

Oh! voyez combien il sera surpris, et si moi,
qui prévois sa surprise, je ne dois pas frémir plus
que jamais de la lui donner!

Je ne répondois donc rien; mais il se mêloit à
mon silence un air de confusion si marqué qu'à la
fin Valville entrevit ce que je n'avois pas le courage de lui dire.

« Quoi! Mademoiselle, est-ce que vous logez
chez Mme Dutour? — Oui, Monsieur, lui répondis-je d'un ton vraiment humilié : je ne suis pourtant pas faite pour être chez elle, mais les plus
grands malheurs du monde m'y réduisent.—Voilà

donc ce que signifioient vos pleurs? me répondit-
il en me serrant la main avec un attendrissement
qui avoit quelque chose de si honnête pour moi
et de si respectueux que c'étoit comme une réparation des injures que me faisoit le sort. Voyez si
mes pleurs m'avoient bien servie.

L'article sur lequel nous en étions alloit sans
doute donner matière à une longue conversation
entre nous, quand on ouvrit avec grand bruit la
porte de la salle, et que nous vîmes entrer une
dame menée, devinez par qui : par M. de Climal,
qui, pour premier objet, aperçut Marianne en face,
à demi couchée sur un lit de repos, les yeux mouillés de larmes, et tête à tête avec un jeune homme
dont la posture tendre et soumise menoit à croire
que son entretien rouloit sur l'amour, et qu'il me
disoit : « Je vous adore »; car vous savez qu'il
étoit à mes genoux; et qui plus est, c'est que, dans
ce moment, il avoit la tête baissée sur une de mes
mains, ce qui concluoit aussi qu'il la baisoit. N'é-
toit-ce pas là un tableau bien amusant pour M. de
Climal !

Je voudrois pouvoir vous exprimer ce qu'il devint. Vous dire qu'il rougit, qu'il perdit toute
contenance, ce n'est vous rendre que les gros traits
de l'état où je le vis.

Figurez-vous un homme dont les yeux regardoient tout sans rien voir, dont les bras se re-
muoient toujours sans avoir de gestes; qui ne savoit quelle attitude donner à son corps qu'il avoit

de trop, ni que faire de son visage qu'il ne savoit sous quel air présenter pour empêcher qu'on n'y vît son désordre qui alloit s'y peindre.

M. de Climal étoit amoureux de moi; comprenez donc combien il fut jaloux : amoureux et jaloux, voilà déjà de quoi être bien agité; et puis, M. de Climal étoit un faux dévot, qui ne pouvoit avec honneur laisser transpirer ni jalousie ni amour : ils transpiroient pourtant malgré qu'il en eût; il le sentoit bien, il en étoit honteux, il avoit peur qu'on n'aperçût sa honte; et tout cela ensemble lui donnoit je ne sais quelle incertitude de mouvemens, sotte, ridicule, qu'on voit mieux qu'on ne l'explique; et ce n'est pas là tout : son trouble avoit encore un grand motif que j'ignorois; le voici : c'est que Valville, en se levant, s'écria à demi bas : « Eh ! c'est mon oncle ! »

Nouvelle augmentation de singularité dans ce coup de hasard. Je n'avois fait que rougir en le voyant, cet oncle; mais sa parenté, que j'apprenois, me déconcerta encore davantage; et la manière dont je le regardai, s'il y fit attention, m'accusoit bien nettement d'avoir pris plaisir aux discours de Valville. J'avois tout à fait l'air d'être sa complice; cela n'étoit pas douteux à ma contenance.

De sorte que nous étions trois figures très interdites. A l'égard de la dame que menoit M. de Climal, elle ne me parut pas s'apercevoir de notre embarras, et ne remarqua, je pense, que mes grâ-

ces, ma jeunesse, et la tendre posture de Valville.

Ce fut elle qui ouvrit la conversation. « Je ne
vous plains point, Monsieur, vous êtes en bonne
compagnie, un peu dangereuse à la vérité ; je n'y
crois pas votre cœur fort en sûreté », dit-elle à
Valville en nous saluant : à quoi d'abord il ne répondit que par un sourire, faute de savoir que
dire. M. de Climal sourioit aussi, mais de mauvaise grâce, et en homme déterminé sur le parti
qu'il avoit à prendre, inquiet de celui que je prendrois : car falloit-il qu'il me connût ou non, et
moi-même allois-je en agir avec lui comme avec
un homme que je connoissois?

D'un autre côté, ne sachant aussi quel accueil
je devois lui faire, j'observois le sien pour m'y
conformer ; et, comme son air souriant ne régloit
rien là-dessus, la manière dont je saluai ne fut pas
plus décisive et se sentit de l'équivoque où il me
laissoit.

En un mot, j'en fis trop et pas assez. Dans la
moitié de mon salut, il sembloit que je le connoissois ; dans l'autre moitié, je ne le connoissois plus:
c'étoit oui, c'étoit non, et tous les deux manqués.

Valville remarqua cette façon d'agir obscure,
car il me l'a dit depuis. Il en fut frappé.

Il faut savoir que, depuis quelque temps, il
soupçonnoit son oncle de n'être pas tout ce qu'il
vouloit paroître ; il avoit appris, par de certains
faits, à se défier de sa religion et de ses mœurs. Il

voyoit que j'étois aimable, que je demeurois chez
Mme Dutour, que j'avois beaucoup pleuré avant
que de l'avouer. Que pouvoit, après cela, signifier cet accueil à double sens que je faisois à M. de
Climal, qui n'avoit pas à son tour un maintien
moins composé ni plus clair? Il y avoit là matière
à de fâcheuses conjectures.

J'oublie de vous dire que je feignis de vouloir
me lever pour saluer plus décemment. « Non, Mademoiselle, non, demeurez, me dit Valville, ne vous
levez point ; madame vous en empêchera elle-même
quand elle saura que vous êtes blessée au pied.
Pour monsieur, ajouta-t-il en adressant la parole
à son oncle, je crois qu'il vous en dispense, d'autant
plus qu'il me paroît que vous vous connoissez.

— Je ne pense pas avoir cet honneur-là, répondit sur-le-champ M. de Climal avec une rougeur qui vengeoit la vérité de son effronterie.
Est-ce que mademoiselle m'auroit vu quelque part?
ajouta-t-il en me regardant d'un œil qui me demandoit le secret.

— Je ne sais, répondis-je d'un ton moins hardi
que mes paroles ; mais il me sembloit que la physionomie de monsieur ne m'étoit pas inconnue. —
Cela se peut, dit-il ; mais qu'est-il donc arrivé à
mademoiselle? est-ce qu'elle est tombée? »

Et cette question-là, il la faisoit à son neveu
qui ne lui répondoit rien. Il ne l'avoit pas seulement entendu ; son inquiétude l'occupoit de bien
d'autres choses.

« Oui, Monsieur, dis-je alors pour lui, toute confuse que j'étois d'aider à soutenir un mensonge dans lequel je voyois bien que Valville m'accusoit d'être de moitié avec son oncle ; oui, Monsieur, c'est une chute que j'ai faite près d'ici, presqu'au sortir de la messe, et on m'a portée dans cette salle, parce que je ne pouvois marcher.

— Mais, dit la dame, il faudroit du secours. Si c'étoit une entorse, cela est considérable. Êtes-vous seule, Mademoiselle ? N'avez-vous personne avec vous ? pas un laquais ? pas une femme ?—Non, Madame, répondis-je, fâchée de l'honneur qu'elle me faisoit, et que je reprochois à ma figure qui en étoit cause : je ne demeure pas loin d'ici. — Eh bien, dit-elle, nous allons dîner, M. de Climal et moi, dans ce quartier ; nous vous remènerons. »

« Encore ! dis-je en moi-même : quelle persécution ! Tout le monde a donc la fureur de me remener ! » Car sur cet article-là je n'avois pas l'esprit bien fait ; et ce qui me frappa d'abord, ce fut, comme avec Valville, l'affront d'être reconduite à cette malheureuse boutique.

Cette dame qui parloit de femme, de laquais, dont elle s'imaginoit que je devois être suivie, après cette opinion fastueuse de mon état, qu'auroit-elle trouvé ? Marianne. Le beau dénoûment ! Et quelle Marianne encore ? Une petite friponne en liaison avec M. de Climal, c'est-à-dire avec un franc hypocrite.

Car quel autre nom eût pu espérer cet homme

de bien, je vous le demande? Que seroit devenue la bonne odeur de sa vie, lui qui avoit nié de me connoître, et moi-même qui m'étois prêtée à son imposture? N'aurois-je pas été une jolie mignonne avec mes grâces, si Mme Dutour et Toinon s'étoient trouvées sur le pas de leur porte, comme elles en avoient volontiers la coutume, et nous eussent dit : « Ah ! c'est donc vous, Monsieur? Eh ! d'où venez-vous, Marianne? » comme assurément elles n'y auroient pas manqué.

Oh! voilà ce qui devoit me faire trembler, et non pas ma boutique ; c'étoit là le véritable opprobre qui méritoit mon attention. Je ne l'aperçus pourtant que le dernier, et cela est dans l'ordre. On va d'abord au plus pressé; et le plus pressé pour nous, c'est nous-mêmes, c'est-à-dire notre orgueil : car notre orgueil et nous, ce n'est qu'un, au lieu que nous et notre vertu, c'est deux : n'est-ce pas, Madame?

Cette vertu, il faut qu'on nous la donne; c'est en partie une affaire d'acquisition. Cet orgueil, on ne nous le donne pas, nous l'apportons en naissant; nous l'avons tant, qu'on ne sauroit nous l'ôter; et, comme il est le premier en date, il est, dans l'occasion, le premier servi. C'est la nature qui a le pas sur l'éducation. Comme il y a long-temps que je n'ai fait de pause, vous aurez la bonté de vouloir bien que j'observe encore une chose que vous n'avez peut-être pas assez remarquée.

C'est que, dans la vie, nous sommes plus jaloux

de la considération des autres que de leur estime,
et par conséquent de notre innocence, parce que
c'est précisément nous que leur considération distingue, et que ce n'est qu'à nos mœurs que leur
estime s'adresse.

Oh! nous nous aimons encore plus que nos
mœurs. Estimez mes qualités tant qu'il vous plaira,
vous diroient tous les hommes, vous me ferez grand
plaisir, pourvu que vous m'honoriez, moi qui les
ai, et qui ne suis pas elles : car, si vous me laissez
là, si vous négligez ma personne, je ne suis pas
content, vous prenez à gauche; c'est comme si
vous me donniez le superflu et que vous me refu-
sassiez le nécessaire; faites-moi vivre d'abord, et
me divertissez après; sinon j'y pourvoirai. Et qu'est-
ce que cela veut dire? C'est que, pour parvenir à
être honoré, je saurai bien cesser d'être honorable;
et, en effet, c'est assez là le chemin des honneurs :
qui les mérite n'y arrive guère. J'ai fini.

Ma réflexion n'est pas mal placée; je l'ai faite
seulement un peu plus longue que je ne croyois.
En revanche, j'en ferai quelque autre ailleurs, qui
sera trop courte.

Je ne sais pas comment nous nous serions échap-
pés, M. de Climal et moi, du péril où nous jetoit
cette dame en offrant de me reconduire.

Auroit-il pu s'exempter de prêter son carrosse?
aurois-je pu refuser de le prendre? Tout cela étoit
difficile. Il pâlissoit, et je ne répondois rien; ses
yeux me disoient : « Tirez-moi d'affaire » ; les

miens lui disoient : « Tirez-m'en vous-même » ;
et notre silence commençoit à devenir sensible,
quand il entra un laquais qui dit à Valville que le
carrosse qu'il avoit envoyé chercher pour moi étoit
à la porte.

Cela nous sauva, et mon tartufe en fut si rassuré
qu'il osa même abuser de la sécurité où il se trouvoit pour lors et porter l'audace jusqu'à dire :
« Mais il n'y a qu'à renvoyer ce carrosse ; il est
inutile, puisque voilà le mien » ; et cela du ton
d'un homme qui avoit compté me mener, et qui
n'avoit négligé de répondre à la proposition
que parce qu'elle ne faisoit pas la moindre difficulté.

Je songe pourtant que je devrois rayer l'épithète de tartufe que je viens de lui donner : car je
lui ai obligation, à ce tartufe-là. Sa mémoire me
doit être chère ; il devint un homme de bien pour
moi. Ceci soit dit pour l'acquit de ma reconnoissance, et en réparation du tort que la vérité historique pourra lui faire encore. Cette vérité a ses
droits, qu'il faut bien que M. de Climal essuie.

Je compris bien qu'il s'en fioit à moi pour l'impu-
nité de sa hardiesse, et qu'il ne craignoit pas que
j'eusse la malice ou la simplicité de l'en faire repentir.

« Non, Monsieur, lui répondis-je ; il n'est pas
nécessaire que je vous dérange, puisque j'ai une
voiture pour m'en retourner ; et si monsieur,
dis-je tout de suite en parlant à Valville, veut bien

14

appeler quelqu'un pour m'aider à me lever d'ici,
je partirai tout à l'heure.

— Je pense que ces messieurs vous aideront
bien eux-mêmes, dit galamment la dame, et en
voici un (c'étoit Valville qu'elle montroit) qui ne
sera pas fâché d'avoir cette peine-là ; n'est-il pas
vrai ? » Discours qui venoit sans doute de ce
qu'elle l'avoit vu à mes genoux. « Au reste,
ajouta-t-elle, comme nous nous en allons aussi, il
faut vous dire ce qui nous amenoit : avez-vous
des nouvelles de Mme de Valville (c'étoit la mère
du jeune homme) ? Arrive-t-elle de sa campagne ?
La reverrons-nous bientôt ? — Je l'attends cette
semaine », dit Valville d'un air distrait et noncha-
lant, qui prouvoit mal cet empressement que la
dame lui avoit supposé pour moi, et qui m'auroit
peut-être piquée moi-même, si je n'avois pas eu
aussi mes petites affaires dans l'esprit ; mais j'étois
trop dans mon tort pour y trouver à redire. Il y
avoit d'ailleurs dans sa nonchalance je ne sais quel
fond de tristesse qui me rendoit honteuse, parce
que j'en apercevois le motif.

Je sentois que c'étoit un cœur consterné de ne
savoir plus si je méritois sa tendresse, et qui avoit
peur d'être obligé d'y renoncer. Y avoit-il rien
de plus obligeant pour moi que cette peur-là,
Madame ? rien de plus flatteur, de plus aimable,
rien de plus digne de jeter mon cœur dans un
humble et tendre embarras devant le sien ? Car
c'étoit là précisément tout ce que j'éprouvois. Un

mélange de plaisir et de confusion, voilà mon état.
Ce sont de ces choses dont on ne peut dire que
la moitié de ce qu'elles sont.

Malgré cet air de froideur dont je vous ai parlé,
Valville, après avoir satisfait à la question de la
dame, vint à moi pour m'aider à me lever, et me
prit par-dessous les bras ; mais, comme il vit que
M. de Climal s'avançoit aussi : « Non, Monsieur,
dit-il, ne vous en mêlez pas ; vous ne seriez pas
assez fort pour soutenir mademoiselle, et je doute
qu'elle puisse poser le pied à terre ; il vaut mieux
appeler quelqu'un. » M. de Climal se retira ; on
a si peu d'assurance, quand on n'a pas la conscience bien nette ! et là-dessus il sonne. Deux de
ses gens arrivent. « Approchez, leur dit-il, et
tâchez de porter mademoiselle jusqu'à son carrosse. »

Je crois que je n'avois pas besoin de cette céré-
monie-là, et qu'avec le secours de deux bras je
me serois aisément soutenue ; mais j'étois si
étourdie, si déconcertée, que je me laissai mener
comme on vouloit et comme je ne voulois pas.

M. de Climal et la dame, qui s'en retournoient
ensemble, me suivirent, et Valville marchoit le
dernier en nous suivant aussi.

Quand nous traversâmes la cour, je le vis du
coin de l'œil qui parloit à l'oreille d'un laquais.

Et puis me voilà arrivée à mon carrosse, où la
dame, avant que de monter dans le sien, voulut
obligeamment m'arranger elle-même. Je l'en re-

merciai : mon compliment fut un peu confus. Ce
que je dis à Valville le fut encore davantage : je
crois qu'il n'y répondit que par une révérence
qu'il accompagna d'un coup d'œil où il y avoit
bien des choses que j'entendis toutes, mais que je
ne saurois rendre, et dont la principale signifioit :
« Que faut-il que je pense ? »

Ensuite je partis interdite, sans savoir ce que je
pensois moi-même, sans avoir ni joie, ni tristesse,
ni peine, ni plaisir. On me menoit, et j'allois.
« Qu'est-ce que tout cela deviendra ? Que vient-il
de se passer ? » Voilà tout ce que je me disois
dans un étonnement qui ne me laissoit nul exercice d'esprit, et pendant lequel je jetai pourtant
un grand soupir qui échappa plus à mon instinct
qu'à ma pensée.

Ce fut dans cet état que j'arrivai chez Mme Dutour. Elle étoit assise à l'entrée de sa boutique
qui s'impatientoit à m'attendre, parce que son
dîner étoit prêt.

Je l'aperçus de loin qui me regardoit dans le
carrosse où j'étois, et qui m'y voyoit, non comme
Marianne, mais comme une personne qui lui ressembloit tant qu'elle en étoit surprise ; et mon
carrosse étoit déjà arrêté à la porte qu'elle ne s'a-
visoit pas encore de croire que ce fût moi : c'est
qu'à son compte je ne devois arriver qu'à pied.

A la fin pourtant il fallut bien me reconnoître.
« Ah ! ah ! Marianne, eh ! c'est vous, s'écria-t-elle.
Eh ! pourquoi donc en fiacre ? Est-ce que vous

venez de si loin? — Non, Madame, lui dis-je ; mais je me suis blessée en tombant, et il m'étoit impossible de marcher ; je vous conterai mon accident quand je serai rentrée. Ayez à présent la bonté de m'aider avec le cocher à descendre. »

Le cocher ouvroit la portière pendant que je parlois. « Allez, allez, me dit-il, arrivez ; ne vous embarrassez pas, Mademoiselle ; pardi ! je vous descendrai bien tout seul. Une belle enfant comme vous, qu'est-ce que cela pèse ? C'est le plaisir. Venez, venez ; jetez-vous hardiment : je vous porterois encore plus loin que vous n'iriez sur vos jambes. »

En effet, il me prit entre ses bras, et me transporta comme une plume jusqu'à la boutique, où je m'assis tout d'un coup.

Il est bon de vous dire que dans l'intervalle du transport je jetai les yeux dans la rue du côté d'où je venois, et que je vis à trente ou quarante pas de là un des gens de Valville qui étoit arrêté, et qui avoit tout l'air d'avoir couru pour me suivre ; et c'étoit apparemment là le résultat de ce qu'il avoit dit à ce laquais, quand je l'avois vu lui parler à l'oreille.

La vue de ce domestique aposté réveilla toute ma sensibilité sur mon aventure, et me fit encore rougir ; c'étoit un témoin de plus de la petitesse de mon état ; et ce garçon, quoiqu'il n'eût fait que me voir chez Valville, ne se seroit pas, j'en suis sûre, imaginé que je dusse entrer chez moi par

une boutique ; c'est une réflexion que je fis : n'en
étoit-ce pas assez pour être fâchée de le trouver
là ? Il est vrai que ce n'étoit qu'un laquais ; mais,
quand on est glorieuse, on n'aime à perdre dans
l'esprit de personne ; il n'y a point de petit mal
pour l'orgueil, point de minutie, rien ne lui est
indifférent ; et enfin ce valet me mortifia : d'ailleurs, il n'étoit là que par l'ordre de Valville, il
n'y avoit pas à en douter. « C'étoit bien la peine
que mon maître fît tant de façons avec cette petite
fille-là ! » pouvoit-il dire en lui-même d'après ce
qu'il voyoit. Car ces gens-là sont plus moqueurs
que d'autres ; c'est le régal de leur bassesse, que
de mépriser ce qu'ils ont respecté par méprise ; et
je craignois que cet homme-ci, dans son rapport à
Valville, ne glissât sur mon compte quelque tournure insultante ; qu'il ne se régalât un peu aux
dépens de mon domicile, et n'achevât de rebuter
la délicatesse de son maître. Je n'avois déjà que
trop baissé de prix à ses yeux. Il n'osoit déjà plus
faire tant de cas de l'honneur qu'il y auroit à me
plaire ; et adieu le plaisir d'avoir de l'amour, quand
la vanité d'en inspirer nous quitte ; et Valville étoit
presque dans ce cas-là. Voyez le tort que m'eût
fait alors le moindre trait railleur jeté sur moi : car
on ne sauroit croire la force de certaines bagatelles
sur nous, quand elles sont placées ; et la vérité est
que les dégoûts de Valville, provenus de là, m'auroient plus fâchée que la certitude de ne le plus
voir.

A peine fus-je assise que je tirai de l'argent pour payer le cocher ; mais Mme Dutour, en femme d'expérience, crut devoir me conduire là-dessus, et me trouva trop jeune pour m'abandonner ce petit détail. « Laissez-moi faire, me dit-elle, je vais le payer. Où vous a-t-il prise ? — Auprès de la paroisse, lui dis-je. — Eh ! c'est tout près d'ici, répliqua-t-elle en comptant quelque monnoie. Tenez, mon enfant, voilà ce qu'il vous faut.

— Ce qu'il me faut ! cela ! dit le cocher, qui lui rendit sa monnoie avec un dédain brutal ; oh ! que nenni : cela ne se mesure pas à l'aune. — Mais que veut-il dire avec son aune, cet homme ? répliqua gravement Mme Dutour : vous devez être content ; on sait peut-être bien ce que c'est qu'un carrosse, ce n'est pas d'aujourd'hui qu'on en paye.

— Eh ! quand ce seroit demain, dit le cocher, qu'est-ce que cela avance ? Donnez-moi mon affaire, et ne crions pas tant ; voyez de quoi elle se mêle ! Est-ce vous que j'ai menée ? Est-ce qu'on vous demande quelque chose ? Quelle diable de femme avec ses douze sous ! Elle marchande cela comme des bottes d'herbes. »

Mme Dutour étoit fière, parée, et, qui plus est, assez jolie ; ce qui lui donnoit encore une autre espèce de gloire.

Les femmes d'un certain état s'imaginent en avoir plus de dignité, quand elles ont un joli visage ; elles regardent cet avantage-là comme un rang. La vanité s'aide de tout, et remplace ce qui lui manque avec ce qu'elle peut. Mme Dutour donc se sentit offensée de l'apostrophe ignoble du cocher (je vous raconte cela pour vous divertir); la botte d'*herbes* sonna mal à ses oreilles. Comment ce jargon-là pouvoit-il venir à la bouche de quelqu'un qui la voyoit? Y avoit-il rien dans son air qui fît penser à pareille chose? « En vérité, mon ami, il faut avouer que vous êtes bien impertinent, et il me convient bien d'écouter vos sottises! dit-elle. Allons, retirez-vous. Voilà votre argent; prenez ou laissez: qu'est-ce que cela signifie? Si j'appelle un voisin, on vous apprendra à parler aux bourgeois plus honnêtement que vous ne faites.

— Eh bien! qu'est-ce que me vient conter cette chiffonnière? répliqua l'autre en vrai fiacre. Gare! prenez garde à elle; elle a son fichu des dimanches. Ne semble-t-il pas qu'il faille tant de cérémonies pour parler à madame? On parle bien à Perrette. Eh! palsambleu! payez-moi. Quand vous seriez encore quatre fois plus bourgeoise que vous n'êtes, qu'est-ce que cela me fait? Faut-il pas que mes chevaux vivent? Avec quoi dîneriez-vous, vous qui parlez, si on ne vous payoit pas votre toile? Auriez-vous la face si large? Fi! que cela est vilain d'être crasseuse! »

Le mauvais exemple débauche. Mme Dutour, qui s'étoit maintenue jusque-là dans les bornes d'une assez digne fierté, ne put résister à cette dernière brutalité du cocher : elle laissa là le rôle de femme respectable qu'elle jouoit, et qui ne lui rapportoit rien, se mit à sa commodité, en revint à la manière de quereller qui étoit à son usage, c'est-à-dire aux discours d'une commère de comptoir subalterne : elle ne s'y épargna pas.

Quand l'amour-propre, chez les personnes comme elle, n'est qu'à demi fâché, il peut encore avoir soin de sa gloire, se posséder, ne faire que l'important et garder quelque décence ; mais, dès qu'il est poussé à bout, il ne s'amuse plus à ces fadeurs-là, il n'est plus assez glorieux pour prendre garde à lui ; il n'y a plus que le plaisir d'être bien grossier et de se déshonorer tout à son aise qui le satisfasse.

De ce plaisir-là, Mme Dutour s'en donna sans discrétion. « Attends, attends, ivrogne, avec ton fichu des dimanches : tu vas voir la Perrette qu'il te faut ; je vais te la montrer, moi », s'écria-t-elle en courant se saisir de son aune qui étoit à côté du comptoir.

Et quand elle fut armée : « Allons, sors d'ici ! s'écria-t-elle, ou je te mesure avec cela ni plus ni moins qu'une pièce de toile, puisque toile il y a. — Jarnibleu ! ne me frappez pas, lui dit le cocher qui lui retenoit le bras ; ne soyez pas si osée ! je me donne au diable, ne badinons point ! Voyez-vous, je suis un gaillard qui n'aime pas les coups, ou la peste m'étouffe ! Je ne vous demande que mon dû, entendez-vous ? il n'y a pas de mal à ça. »

Le bruit qu'ils faisoient attiroit du monde ; on
s'arrêtoit devant la boutique. « Me laisseras-tu ? lui
disoit Mme Dutour, qui disputoit toujours son
aune contre le cocher. Levez-vous donc, Marianne ;
appelez M. Ricard. Monsieur Ricard ! » crioit-elle
tout de suite elle-même ; et c'étoit notre hôte qui
logeoit au second et qui n'y étoit pas. Elle s'en
douta. « Messieurs, dit-elle en apostrophant la
foule qui s'étoit arrêtée devant la porte, je vous
prends tous à témoin ; vous voyez ce qui en est,
il m'a battue (cela n'étoit pas vrai) ; je suis maltraitée. Une femme d'honneur comme moi ! Eh
vite, eh vite ! allez chez le commissaire ; il me
connoît bien, c'est moi qui le fournis ; on n'a qu'à
lui dire que c'est chez Mme Dutour. Courez-y,
Madame Cathos ; courez-y, ma mie », crioit-elle à
une servante du voisinage ; le tout avec une cornette que les secousses que le cocher donnoit à ses
bras avoient rangée de travers.

Elle avoit beau crier, personne ne bougeoit, ni
messieurs, ni Cathos.

Le peuple à Paris n'est pas comme ailleurs. En
d'autres endroits, vous le verrez quelquefois commencer par être méchant, et puis finir par être
humain. Se querelle-t-on, il excite, il anime ; veut-
on se battre, il sépare. En d'autres pays, il laisse
faire, parce qu'il continue d'être méchant.

Celui de Paris n'est pas de même ; il est moins
canaille, et plus peuple que les autres peuples.

Quand il accourt en pareil cas, ce n'est pas pour

s'amuser de ce qui se passe, ni comme qui diroit
pour s'en réjouir; non, il n'a pas cette maligne
espièglerie-là : il ne va pas rire, car il pleurera
peut-être, et ce sera tant mieux pour lui ; il va voir,
il va ouvrir des yeux stupidement avides; il va
jouir bien sérieusement de ce qu'il verra. En un
mot, alors il n'est ni polisson ni méchant, et c'est
en quoi j'ai dit qu'il étoit moins canaille : il est
seulement curieux, d'une curiosité sotte et brutale,
qui ne veut ni bien ni mal à personne, qui n'y
entend point d'autre finesse que de venir se
repaître de ce qui arrivera. Ce sont des émotions
d'âme que ce peuple demande ; les plus fortes sont
les meilleures ; il cherche à vous plaindre si on vous
outrage, à s'attendrir pour vous si on vous blesse,
à frémir pour votre vie si on la menace : voilà ses
délices; et, si votre ennemi n'avoit pas assez de
place pour vous battre, il lui en feroit lui-même,
sans être plus malintentionné, et lui diroit volontiers:
« Tenez, faites à votre aise, et ne nous retranchez
rien du plaisir que nous avons à frémir pour ce
malheureux. » Ce n'est pourtant pas les choses
cruelles qu'il aime, il en a peur, au contraire ; mais
il aime l'effroi qu'elles lui donnent : cela remue son
âme qui ne sait jamais rien, qui n'a jamais rien vu,
qui est toujours neuve.

Tel est le peuple de Paris, à ce que j'ai remarqué
dans l'occasion. Vous ne vous seriez peut-être pas
trop souciée de le connoître ; mais une définition de
plus ou de moins, quand elle vient à propos, ne

gâte rien dans une histoire : ainsi laissons celle-là,
puisqu'elle y est.

Vous jugez bien, suivant le portrait que j'ai fait
de ce peuple, que Mme Dutour n'avoit point de
secours à en espérer.

Le moyen qu'aucun des assistans eût voulu
renoncer à voir le progrès d'une querelle qui
promettoit tant ! à tout moment on touchoit à la
catastrophe. Mme Dutour n'avoit qu'à pouvoir
parvenir à frapper le cocher de l'aune qu'elle tenoit,
voyez ce qu'il en seroit arrivé avec un fiacre !

De mon côté, j'étois désolée ; je ne cessois de
crier à Mme Dutour : « Arrêtez-vous ! » Le cocher s'enrouoit à prouver qu'on ne lui donnoit
pas son compte, qu'on vouloit avoir sa course pour
rien, témoin les douze sols qui n'alloient jamais
sans avoir leur épithète ; et des épithètes d'un
cocher, on en soupçonne l'incivile élégance.

Le seul intérêt des bonnes mœurs devoit engager
Mme Dutour à composer avec ce misérable : il
n'étoit pas honnête à elle de soutenir l'énergie de
ses expressions ; mais elle en dévoroit le scandale
en faveur de la rage qu'elle avoit d'y répondre ;
elle étoit trop fâchée pour avoir les oreilles déli-
cates.

« Oui, malotru ! oui, douze sols, tu n'en auras
pas davantage, disoit-elle. — Et moi, je ne les
prendrai pas, douze diablesses, répondoit le cocher.
— Encore ne les vaux-tu pas, continuoit-elle ; n'es-
tu pas honteux, fripon ? quoi ! pour venir d'auprès

de la paroisse ici ? quand ce seroit pour un carrosse
d'ambassadeur. Tiens, jarni de ma vie ! un denier
avec, tu ne l'aurois pas : j'aimerois mieux te voir
mort, il n'y auroit pas grande perte ; et souviens-toi
seulement que c'est aujourd'hui la Saint-Mathieu :
bon jour, bonne œuvre ; ne l'oublie pas. Et laisse
venir demain ; tu verras comme il sera fait. C'est
moi qui te le dis, qui ne suis pas une chiffonnière,
mais bel et bien Mme Dutour, madame pour toi,
madame pour les autres, et madame tant que je
serai au monde, entends-tu ? »

Tout ceci ne se disoit pas sans tâcher d'arracher
le bâton des mains du cocher qui le tenoit, et qui,
à la grimace et au geste que je lui vis faire,
me parut prêt à traiter Mme Dutour comme un
homme.

Je crois que c'étoit fait de la pauvre femme : un
gros poing de mauvaise volonté, levé sur elle,
alloit lui apprendre à badiner avec la modération
d'un fiacre, si je ne m'étois pas hâtée de tirer environ
vingt sols et de les lui donner.

Il les prit sur-le-champ, secoua l'aune entre les
mains de Mme Dutour assez violemment pour l'en
arracher, la jeta dans son arrière-boutique, enfonça
son chapeau, en me disant : « Grand merci,
mignonne », sortit de là, et traversa la foule qui
s'ouvrit alors, tant pour le laisser sortir que pour
livrer passage à Mme Dutour, qui vouloit courir
après lui, que j'en empêchai, et qui me disoit que,
« jour de Dieu ! je n'étois qu'une petite sotte.

Vous voyez bien ces vingt sols-là, Marianne, je
ne vous les pardonnerai jamais, ni à la vie, ni à la
mort : ne m'arrêtez pas, car je vous battrois. Vous
êtes encore bien plaisante, avec vos vingt sols,
pendant que c'est votre argent que j'épargne ! Et
mes douze sols, s'il vous plaît, qui est-ce qui me
les rendra (car l'intérêt chez Mᵐᵉ Dutour ne s'étour-
dissoit de rien)? Les emporte-t-il aussi, Mademoiselle ? Il falloit donc lui donner toute la boutique.

— Eh ! Madame, lui dis-je, votre monnoie est à
terre, et je vous la rendrai, si on ne la trouve pas » ;
ce que je disois en fermant la porte d'une main,
pendant que je tenois Mᵐᵉ Dutour de l'autre.

« Le beau carillon ! dit-elle, quand elle vit la
porte fermée ; ne nous voilà pas mal ! Ah çà !
voyons donc cette monnoie qui est à terre, ajouta-
t-elle en la ramassant avec autant de sang-froid que
s'il ne s'étoit rien passé. Le coquin est bien heureux
que Toinon n'ait pas été ici : elle vous auroit bien
empêchée de jeter l'argent par les fenêtres ; mais
il faut justement que cette bégueule-là ait été dîner
chez sa mère. Malepeste ! elle est un peu meilleure
ménagère. Aussi n'a-t-elle que ce qu'elle gagne,
et les autres ce qu'on leur donne ; au lieu que
vous, Dieu merci, vous êtes si riche, vous avez un
si bon trésorier, pourvu qu'il dure !

— Eh ! Madame, lui dis-je avec quelque impatience, ne plaisantons point là-dessus, je vous prie :
je sais bien que je suis pauvre ; mais il n'est pas
nécessaire de m'en railler, non plus que des secours

qu'on a bien voulu me donner, et j'aime encore mieux y renoncer, n'avoir rien et sortir de chez vous, que d'y demeurer exposée à des discours aussi désobligeans. — Tenez, dit-elle, où va-t-elle chercher que je la raille ? A cause que je lui dis qu'on lui donne ? Eh ! pardi ! oui, on vous donne, et vous prenez, comme de raison : à bien donné, bien pris. Ce qui est donné n'est pas fait pour rester là, peut-être ; et quand on voudra, je prendrai ; voilà tout le mal que j'y sache, et je prie Dieu qu'il m'arrive. On ne me donne rien, je ne prends rien, et c'est tant pis ; voyez de quoi elle se fâche ! Allons, allons, dînons ; cela devroit être fait : il faut aller à vêpres. » Et tout de suite elle alla se mettre à table. Je me levai pour en faire autant en me soutenant sur cette aune que Mᵐᵉ Dutour avoit remise sur le comptoir, et je n'en avois pas trop besoin.

Il me faudroit un chapitre exprès, si je voulois rapporter l'entretien que nous eûmes en mangeant.

Je ne disois mot et je boudois ; Mᵐᵉ Dutour, comme je crois l'avoir déjà dit, étoit une bonne femme dans le fond, se fâchant souvent au delà de ce qu'elle étoit fâchée ; c'est-à-dire que, de toute la colère qu'elle montroit dans l'occasion, il y en avoit bien la moitié dont elle auroit pu se passer, et qui n'étoit là que pour représenter : c'est qu'elle s'imaginoit que plus on se fâchoit, plus on faisoit figure ; et d'ailleurs elle s'animoit elle-même du bruit de sa voix : son ton, quand il étoit brusque,

engageoit son esprit à l'être aussi. Et c'étoit de
tout cela ensemble que me vint cette enfilade de
duretés que j'essuyai de sa part ; et ce que je dis
là d'elle n'annonce pas des mouvemens de mauvaise humeur bien opiniâtres ni bien sérieux : ce
sont des bêtises ou des enfances dont il n'y a que
de bonnes gens qui soient capables ; de bonnes
gens de peu d'esprit, à la vérité, qui n'ont que de
la foiblesse pour tout caractère ; ce qui leur donne
une bonté habituelle avec de petits défauts, de
petites vertus qui ne sont que des copies de ce
qu'ils ont vu faire aux autres.

Et telle étoit Mme Dutour, que je vous peins par
hasard en passant. Ce fut donc par cette bonté
habituelle qu'elle fut touchée de mon silence.

Peut-être aussi s'en inquiéta-t-elle à cause de la
menace que je lui avois faite de sortir de chez elle,
si elle me chagrinoit davantage : ma pension étoit
bonne à conserver.

« A qui en avez-vous donc ? me dit-elle ; comme
vous voilà muette et pensive ! Est-ce que vous
avez du chagrin ? — Oui, Madame ! vous m'avez
mortifiée, lui répondis-je sans la regarder.

— Quoi ! vous songez encore à cela ? reprit-elle ;
eh ! mon Dieu, Marianne, que vous êtes enfant !
Qu'est-ce donc que je vous ai dit ? Je ne m'en
souviens plus ; est-ce que vous croyez, quand on
est en colère, qu'on va éplucher ses paroles ? Eh
pardi ! ce n'est pas pour s'épiloguer qu'on vit
ensemble. Eh bien ! j'ai parlé un petit brin de

M. de Climal ; est-ce cela qui vous fâche, à cause que c'est lui qui prend soin de vous et qui fait votre dépense? Est-ce là tout? Gageons, parce que vous n'avez ni père ni mère, que vous avez cru encore que je pensois à cela? car vous êtes d'un caractère soupçonneux, Marianne ; vous avez toujours l'esprit au guet : Toinon me l'a bien dit ; et, sous prétexte que vous ne connoissez point vos parens, vous allez toujours vous imaginant qu'on n'a que cela dans la tête. Par hasard, hier, avec notre voisine, nous parlions d'un enfant trouvé qu'on avoit pris dans une allée ; vous étiez dans la salle, vous nous entendîtes : n'allâtes-vous pas croire que c'étoit vous que nous disions? Je le vis bien à la mine que vous fîtes en venant ; et voilà que vous recommencez encore aujourd'hui ! Eh ! je prie Dieu que ce soit là mon dernier morceau, si j'ai non plus pensé à père et mère que s'il n'y en avoit jamais eu pour personne ! Au surplus, les enfans trouvés, les enfans qui ne le sont point, tout cela se ressemble ; et, si on mettoit là tous ceux qui sont comme vous, sans qu'on le sache ; s'il falloit que le commissaire les emportât, où diantre les mettroit-il? Dans le monde, on est ce qu'on peut, et non pas ce qu'on veut. Vous voilà grande et bien faite, et puis Dieu est le père de ceux qui n'en ont point ; charité n'est pas morte. Par exemple, n'est-ce pas une providence que ce M. de Climal? Il est vrai qu'il ne va pas droit dans ce qu'il fait pour vous ; mais qu'importe? Dieu mène tout à bien ; si

l'homme n'en vaut rien, l'argent en est bon, et
encore meilleur que d'un bon chrétien, qui ne
donneroit pas la moitié tant. Demeurez en repos,
mon enfant ; je ne vous recommande que le ménage. On ne vous dit point d'être avaricieuse. Voilà
que ma fête arrive ; quand ce viendra la vôtre, celle
de Toinon, dépensez alors, qu'on se régale ; à la
bonne heure, chacun en profite ; mais hors cela,
et dans les jours de carnaval, où tout le monde se
réjouit, gardez-moi votre petit fait. »

Elle en étoit là de ses leçons, dont elle ne se
lassoit pas, et dont une partie me scandalisoit plus
que ses brusqueries, quand on frappa à la porte.
Nous verrons qui c'étoit dans la suite ; c'est ici
que mes aventures vont devenir nombreuses et in-
téressantes : je n'ai pas encore deux jours à demeurer chez Mme Dutour, et je vous promets aussi
moins de réflexions, si elles vous fâchent ; vous
m'en direz votre sentiment.

TROISIÈME PARTIE

Oui, Madame, vous avez raison, il y a trop longtemps que vous attendez la suite de mon histoire ; je vous en demande pardon ; je ne m'excuserai point, j'ai tort et je commence.

Je vous ai dit qu'on frappa à la porte pendant que Mᵐᵉ Dutour me prêchoit une économie dont elle approuvoit pourtant que je me dispensasse à son profit, c'est-à-dire à sa fête, à celle de Toinon, à la mienne, et à de certains jours de réjouissance où ce seroit fort bien fait de dépenser mon argent pour la régaler, elle et sa maison.

C'étoit donc là à peu près ce qu'elle me disoit, quand le bruit qu'on fit à la porte l'interrompit. « Qui est là ? cria-t-elle tout de suite et sans se lever ; qui est-ce qui frappe ? » Je venois d'entendre arrêter un carrosse ; et, comme on répondit au *qui est là* de Mᵐᵉ Dutour, il me sembla reconnoître la voix de la personne qui répondoit. « Je pense que c'est M. de Climal, lui dis-je. —

Croyez-vous ? » me dit-elle en courant vite. Et je
ne me trompois point, c'étoit lui-même.

« Eh ! mon Dieu, Monsieur, je vous fais bien
excuse ; vraiment je me serois bien plus pressée, si
j'avois cru que c'étoit vous, lui dit-elle. Tenez,
Marianne et moi nous étions encore à table, il n'y
a que nous deux ici. Jeannot (c'étoit son fils) est
avec sa tante, qui doit le mener tantôt à la foire :
car il faut toujours que cet enfant soit fourré chez
elle, surtout les fêtes. Madelon (c'étoit la servante) est à la noce d'un cousin qu'elle a, et je lui
ai dit : « Va-t'en » ; cela n'arrive pas tous les jours,
et en voilà pour longtemps. D'un autre côté,
Toinon est allée voir sa mère, qui ne la voit pas
souvent, la pauvre femme ; elle demeure si loin !
c'est au faubourg Saint-Marceau ; imaginez-vous
s'il y a à trotter ! et tant mieux, j'en suis bien aise,
moi ; cela fait que la fille ne sort guère ; de sorte
que je suis restée seule en attendant Marianne,
qui, par-dessus le marché, s'est avisée de tomber
en venant de l'église, et qui s'est fait mal à un
pied ; ce qui est cause qu'elle n'a pu marcher, et
qu'il a fallu la porter près de là dans une maison
pour accommoder son pied, pour avoir un chirurgien qui ne se trouve pas là à point nommé ; il
faut qu'il vienne, qu'il voie ce que c'est, qu'on
déchausse une fille, qu'on la rechausse, qu'elle se
repose ; ensuite un fiacre dont elle a eu besoin, et
qui me l'a ramenée ici tout éclopée, pour ma
peine de l'avoir attendue jusqu'à une heure et

demie ; et puis est-ce là tout ? Vous croyez qu'on
va dîner, n'est-ce pas ? Bon ! n'y avoit-il pas ce
maudit fiacre que j'ai voulu payer moi-même pour
épargner l'argent de Marianne, qui ne se connoît
pas à cela et qui, malgré moi, a été lui donner
une fois plus qu'il ne falloit ! J'étois dans une colère ! Aussi je l'aurois battu, si j'avois été assez
forte.

— Il y a eu donc bien du bruit ? dit M. de
Climal.

— Oh ! du bruit, si vous voulez, reprit-elle ;
je me suis un peu emportée contre lui ; mais, au
surplus, il n'y a eu que quelques voisins qui se
sont assemblés à notre porte, quelques passans
par-ci par-là.

— Tant pis, lui dit-il assez froidement : ce sont
là de ces scènes qu'il faut éviter le plus qu'on
peut, et Marianne, qui l'a payé, a pris le bon
parti. Comment va votre pied ? ajouta-t-il en s'a-
dressant à moi. — Assez bien, lui dis-je ; je n'y
sens presque plus que de la foiblesse, et j'espère
que demain il n'y aura rien.

— Avez-vous achevé de dîner ? nous dit-il. —
Oh ! sans doute, reprit Mme Dutour ; nous cau-
sions de choses et d'autres. Ne vous asseyez-vous
pas, Monsieur ? avez-vous quelque chose à dire à
Marianne ? — Oui, dit-il, j'ai à lui parler.

— Eh bien, reprit-elle, ayez donc la bonté de
passer dans la salle, vous ne seriez pas bien ici ;
c'est notre taudis. Venez, Marianne, appuyez-

vous sur moi; je vous mènerai jusque-là; attendez, attendez, je m'en vais chercher mon aune, avec quoi vous vous soutiendrez. — Non, non, dit M. de Climal, je l'aiderai; prenez mon bras, Mademoiselle. » Et là-dessus je me lève. Nous rentrâmes dans la boutique pour passer dans cette petite salle, où je crois que j'aurois fort bien été toute seule en me soutenant d'une canne.

« Ah çà! dit Mme Dutour pendant que je m'asseyois dans un fauteuil, puisque vous avez à entretenir Marianne, moi je vais prendre ma coiffe, et sortir pour aller entendre un petit bout de vêpres; elles seront bien avancées; mais je ne perdrai pas tout, et j'en aurai toujours peu ou prou. Adieu, Monsieur; excusez si je m'en vais, je vous laisse le gardien de la maison. Marianne, si quelqu'un vient me demander, dites que je ne serai pas longtemps; entendez-vous, ma fille? Monsieur, je suis votre servante. »

Elle nous quitta alors, sortit un moment après, et ne fit que tirer la porte de la rue sans la fermer, parce qu'il ne pouvoit entrer qui que ce soit dans la boutique sans que nous le vissions de la salle.

Jusque-là M. de Climal avoit eu l'air sombre et rêveur, ne m'avoit pas dit quatre paroles, et sembloit attendre qu'elle fût partie pour entamer la conversation; de mon côté, à l'air intrigué que je lui voyois, je me doutois de ce qu'il alloit me dire, et j'en étois dégoûtée d'avance. « Apparemment qu'il va être question de son amour », pensois-je en moi-même. Car, avant mon aventure avec Valville, vous vous ressouvenez bien que j'avois déjà conclu que M. de Climal m'aimoit, et j'en étois encore plus sûre depuis ce qui s'étoit passé chez son neveu : un dévot qui avoit rougi de m'y rencontrer, qui avoit feint de ne m'y pas connoître, ne pouvoit y avoir été si confus et si dissimulé que parce que le fond de sa conscience sur mon chapitre ne lui faisoit pas honneur : on appelle cela rougir devant son péché, et vous ne sauriez croire combien alors ce vieux pécheur me paroissoit laid, combien sa présence m'étoit à charge.

Trois jours auparavant, en découvrant qu'il m'aimoit, je m'étois contentée de penser que c'étoit un hypocrite, que je n'avois qu'à laisser être ce qu'il voudroit, et qu'il n'y gagneroit rien ; mais à présent je n'en restois pas là ; je ne me contenois plus pour lui dans cette tranquille indifférence. Ses sentimens me scandalisoient, m'indignoient ; le cœur m'en soulevoit. En un mot, ce n'étoit plus le même homme à mes yeux : les tendresses du neveu, jeune, aimable et galant, m'avoient appris à voir l'oncle tel qu'il étoit et tel qu'il méritoit d'être vu ; elles l'avoient flétri et m'éclairoient sur son âge, sur ses rides et sur toute la *laideur de son caractère*.

Quelle folle et ridicule figure n'a-t-il pas été obligé de faire chez Valville ! Que va-t-il me dire avec son vilain amour qui offense Dieu ? Va-t-il m'exhorter à ne valoir pas mieux que lui sous pré-

texte des services qu'il me rendra ? me disois-je.
Ah ! qu'il est haïssable ! comment un homme à cet
âge-là ne se trouve-t-il pas lui-même horrible !
Être aussi vieux qu'il est, avoir l'air dévot, passer
pour un bon chrétien, et ensuite venir dire en secret à une jeune fille : « Ne prenez pas garde à
cela ; je ne suis qu'un fourbe, je trompe tout le
monde, et je vous aime en débauché honteux qui
voudroit bien aussi vous rendre libertine ! » Ne
voilà-t-il pas un amant bien ragoûtant !

C'étoient là à peu près les petites idées dont je
m'occupois pendant qu'il gardoit le silence en attendant que la Dutour fût partie.

Enfin, nous restâmes seuls dans la maison.
« Que cette femme est babillarde ! me dit-il en
levant les épaules ; j'ai cru que nous ne pourrions
nous en défaire. — Oui, lui répondis-je, elle aime
assez à parler ; d'ailleurs, elle ne s'imagine pas
que vous ayez rien de si secret à me dire.

— Que pensez-vous de notre rencontre chez
mon neveu ? reprit-il en souriant. — Rien, dis-je,
sinon que c'est un coup de hasard. — Vous avez
très sagement fait de ne me pas connoître, me dit-
il. — C'est qu'il m'a paru que vous le souhaitiez
ainsi, répondis-je ; et à propos de cela, Monsieur,
d'où vient que vous êtes bien aise que je ne vous
aie pas nommé, et que vous avez fait semblant de
ne m'avoir jamais vue ?

— C'est, me répondit-il d'un air insinuant et
doux, qu'il vaut mieux, et pour vous et pour moi,

qu'on ignore les liaisons que nous avons ensemble, qui dureront plus d'un jour, et sur lesquelles il n'est pas nécessaire qu'on glose, ma chère fille; vous êtes si aimable qu'on ne manqueroit pas de croire que je vous aime.

— Oh! il n'y a rien à appréhender, repris-je d'un ton ingénu; on sait que vous êtes un si honnête homme! — Oui, oui, dit-il comme en badinant, on le sait, et on a raison de le croire; mais, Marianne, on n'en est pas moins honnête homme pour aimer une jolie fille.

— Quand je dis un honnête homme, répondis-je, j'entends un homme de bien, pieux et plein de religion; ce qui, je crois, empêche qu'on n'ait de l'amour, à moins que ce ne soit pour sa femme.

— Mais, ma chère enfant, me dit-il, vous me prenez donc pour un saint? Ne me regardez point sur ce pied-là : vraiment, vous me faites trop d'honneur, je ne le suis point; et un saint même auroit bien de la peine à l'être auprès de vous; oui, bien de la peine : jugez des autres; et puis, je ne suis point marié, je n'ai plus de femme à qui je doive mon cœur, moi; il ne m'est point défendu d'aimer, je suis libre; mais nous parlerons de cela : revenons à votre accident.

« Vous êtes tombée; il a fallu vous porter chez mon neveu, qui est un étourdi et qui aura débuté par vous dire des galanteries, n'est-il pas vrai? Il vous en contoit, du moins, quand nous sommes entrés, cette dame et moi; et il n'y a rien là d'é-

tonnant : il vous a trouvée ce que vous êtes, c'est-
à-dire belle, aimable, charmante, en un mot, ce
que tout le monde vous trouvera ; mais, comme je
suis assurément le meilleur ami que vous ayez dans
le monde (et c'est de quoi j'espère bien vous
donner des preuves), dites-moi, ma belle enfant,
n'auriez-vous pas quelque penchant à l'écouter ?
Il m'a semblé vous voir un air assez satisfait auprès de lui ; me suis-je trompé ?

— Moi, Monsieur ! répondis-je : je l'écoutois,
parce que j'étois chez lui ; je ne pouvois pas faire
autrement ; mais il ne me disoit rien que de fort
poli et de fort honnête.

— De fort honnête, dit-il en répétant ce mot :
prenez garde, Marianne ; ceci pourroit déjà bien
venir d'un peu de prévention. Hélas ! que je vous
plaindrois, dans la situation où vous êtes, si vous
étiez tentée de prêter l'oreille à de pareilles cajo-
leries ! Ah ! mon Dieu, que ce seroit dommage !
et que deviendriez-vous ? Mais, dites-moi, vous
a-t-il demandé où vous demeuriez ?

—Je crois qu'oui, Monsieur, répondis-je en rougissant. — Et vous, qui n'en saviez pas les consé-
quences, vous le lui avez sans doute appris ?
ajouta-t-il. — Je n'en ai point fait difficulté, repris-je ; aussi bien l'auroit-il su quand je serois
montée dans le fiacre, puisque avant que de partir
il faut bien dire où l'on va.

— Vous me faites trembler pour vous, s'écria-
t-il d'un air sérieux et compatissant ; oui, trem-

bler : voilà un événement bien fâcheux, et qui
aura les plus malheureuses suites du monde, si
vous ne les prévenez pas ; il vous perdra, ma
fille : je n'exagère rien, et je ne saurois me lasser
de le dire. Hélas ! quel dommage qu'avec les
grâces et la beauté que vous avez vous devinssiez
la proie d'un jeune homme qui ne vous aimera
point : car ces jeunes fous-là savent-ils aimer ? ont-
ils un cœur ? ont-ils des sentimens, de l'honneur,
un caractère ? Ils n'ont que des vices, surtout avec
une fille de votre état, que mon neveu croira fort
au-dessous de lui, qu'il regardera comme une jolie
grisette, dont il va tâcher de faire une bonne fortune, et à qui il se promet bien de tourner la
tête ; ne vous attendez pas à autre chose. De petites galanteries, de petits présens, qui vous amu-
seront ; les protestations les plus tendres, que vous
croirez ; un étalage de sa fausse passion, qui vous
séduira ; un éloge éternel de vos charmes ; enfin, de
petits rendez-vous que vous refuserez d'abord,
que vous accorderez après, et qui cesseront tout
d'un coup par l'inconstance et par les dégoûts du
jeune homme : voilà tout ce qui en arrivera. Voyez,
cela vous convient-il ? je vous le demande, est-ce
là ce qu'il vous faut ? Vous avez de l'esprit et de
la raison, et il n'est pas possible que vous ne con-
sidériez quelquefois le cas où vous êtes, que vous
n'en soyez inquiète, effrayée. On a beau être
jeune, distraite, imprudente, tout ce qu'il vous
plaira ; on ne sauroit pourtant oublier son état,

quand il est aussi triste, aussi déplorable que le vôtre ; et je ne dis rien de trop, vous le savez, Marianne : vous êtes une orpheline, et une orpheline inconnue à tout le monde, qui ne tient à qui que ce soit sur la terre, dont qui que ce soit ne s'inquiète et ne se soucie, ignorée pour jamais de votre famille, que vous ignorez de même, sans parens, sans bien, sans ami, moi seul excepté, que vous n'avez connu que par hasard, qui suis le seul qui s'intéresse à vous, et qui, à la vérité, vous suis tendrement attaché, comme vous le voyez bien par la manière dont je vous parle, et comme il ne tiendra qu'à vous de le voir infiniment plus dans la suite : car je suis riche, soit dit en passant ; et je puis vous être d'un grand secours, pourvu que vous entendiez vos véritables intérêts et que j'aie lieu de me louer de votre conduite : quand je dis de votre conduite, c'est de la prudence que j'entends, et non pas une certaine austérité de mœurs. Il n'est pas question ici d'une vie rigide et sévère qu'il vous seroit difficile, et peut-être impossible de mener ; vous n'êtes pas même en situation de regarder de trop près à vous là-dessus. Dans le fond, je vous parle ici en homme du monde, entendez-vous ? en homme qui, après tout, songe qu'il faut vivre, et que la nécessité est une chose terrible : ainsi, quelque ennemi que je vous paroisse de ce qu'on appelle *amour,* ce n'est pas contre toutes sortes d'engagemens que je me déclare ; je ne vous dis pas de les

fuir tous : il y en a d'utiles et de raisonnables, de
même qu'il y en a de ruineux et d'insensés, comme
le seroit celui que vous prendriez avec mon neveu,
dont l'amour n'aboutiroit à rien qu'à vous ravir
tout le fruit du seul avantage que je vous connoisse, qui est d'être aimable. Vous ne voudriez
pas perdre votre temps à être la maîtresse d'un
jeune étourdi que vous aimeriez tendrement et de
bonne foi, à la vérité, ce qui seroit un plaisir,
mais un plaisir bien malheureux, puisque le petit
libertin ne vous aimeroit pas de même, et qu'au
premier jour il vous laisseroit dans une indigence,
dans une misère dont vous auriez plus de peine à
sortir que jamais : je dis une misère, parce qu'il
s'agit de vous éclairer, et non pas d'adoucir les
termes ; et c'est à tout cela que j'ai songé depuis
que je vous ai quittée : voilà ce qui m'a fait sortir
de si bonne heure de la maison où j'ai dîné ; car
j'ai bien des choses à vous dire, Marianne. Je suis
dans de bons sentimens pour vous ; vous vous en
êtes sans doute aperçue ?

—Oui, Monsieur, lui répondis-je les larmes aux
yeux, confuse et même aigrie de la triste peinture
qu'il venoit de faire de mon état, et scandalisée
du vilain intérêt qu'il avoit à m'effrayer tant ; oui,
parlez, je me fais un devoir de suivre en tout les
conseils d'un homme aussi pieux que vous.

— Laissons là ma piété, vous dis-je, reprit-il
en s'approchant d'un air badin pour me prendre
la main. Je vous ai déjà dit dans quel esprit je

vous parle. Encore une fois, je mets ici la religion
à part; je ne vous prêche point, ma fille, je vous
parle raison; je ne fais ici auprès de vous que le
personnage d'un homme de bon sens qui voit que
vous n'avez rien, et qu'il faut pourvoir aux besoins de la vie, à moins que vous ne vous déter-
miniez à servir; ce dont vous m'avez paru fort
éloignée, et ce qui effectivement ne vous convient pas.

— Non, Monsieur, lui dis-je en rougissant de
colère; j'espère que je ne serai pas obligée d'en
venir là.

— Ce seroit une triste ressource, me dit-il; je
ne saurois moi-même y penser sans douleur : car
je vous aime, ma chère enfant, et je vous aime
beaucoup.

— J'en suis persuadée, lui dis-je; je compte sur
votre amitié, Monsieur, et sur la vertu dont vous
faites profession, » ajoutai-je pour lui ôter la hardiesse de s'expliquer plus clairement. Mais je n'y
gagnai rien. « Eh! Marianne, me répondit-il, je
ne fais profession de rien que d'être foible, et plus
foible qu'un autre; et vous savez fort bien ce que
je veux dire par le mot d'amitié; mais vous êtes
une petite malicieuse, qui vous divertissez, et qui
feignez de ne pas m'entendre : oui, je vous aime,
vous le savez; vous y avez pris garde, et je ne vous
apprends rien de nouveau. Je vous aime comme
une belle et charmante fille que vous êtes. Ce n'est
pas de l'amitié que j'ai pour vous, Mademoiselle;

j'ai cru d'abord que ce n'étoit que cela; mais je
me trompois, c'est de l'amour et du plus tendre.
M'entendez-vous à présent? de l'amour, et vous
ne perdez rien au change; votre fortune n'en ira
pas plus mal : il n'y a point d'ami qui vaille un
amant comme moi.

— Vous, mon amant! m'écriai-je en baissant
les yeux; vous, Monsieur! Je ne m'y attendois
pas.

— Hélas! ni moi non plus, reprit-il; ceci est
une affaire de surprise, ma fille. Vous êtes dans
une grande infortune; je n'ai rien vu de si à plaindre que vous, de si digne d'être secouru; je suis
né avec un cœur sensible aux malheurs d'autrui,
et je m'imaginois n'être que généreux en vous se-
courant, que compatissant, que pieux même, puisque vous me regardez aussi comme tel; et il est
vrai que je suis dans l'habitude de faire tout le
bien qu'il m'est possible. J'ai cru d'abord que c'é-
toit de même avec vous; j'en ai agi imprudemment
dans cette confiance, et il en est arrivé ce que je
méritois; c'est que ma confiance a été confondue:
car je ne prétends pas m'excuser, j'ai tort; il auroit été mieux de ne vous pas aimer, j'en serois
plus louable, assurément; il falloit vous craindre,
vous fuir, vous laisser là; mais, d'un autre côté, si
j'avois été si prudent, où en seriez-vous, Marianne?
dans quelles affreuses extrémités alliez-vous vous
trouver? Voyez combien ma petite foiblesse ou mon
amour (comme il vous plaira de l'appeler) vient à

propos pour vous. Ne vous semble-t-il pas que
c'est la Providence qui permet que je vous aime
et qui vous tire d'embarras à mes dépens ? Si j'avois
pris garde à moi, vous n'aviez point d'asile, et c'est
cette réflexion-là qui me console quelquefois des
sentimens que j'ai pour vous ; je me les reproche
moins parce qu'ils m'étoient nécessaires, et que
d'ailleurs ils m'humilient. C'est un petit mal qui
fait un grand bien, un bien infini : vous n'imaginez pas jusqu'où il va. Je ne vous ai parlé que de
cette indigence où vous resteriez au premier jour,
si vous écoutiez mon neveu, lui ou tout autre, et
ne vous ai rien dit de l'opprobre qui la suivroit, et
que voici : c'est que la plupart des hommes, et surtout des jeunes gens, ne ménagent pas une fille
comme vous quand ils la quittent ; c'est qu'ils se
vantent d'avoir réussi auprès d'elle ; c'est qu'ils
sont indiscrets, impudens et moqueurs sur son
compte ; c'est qu'ils l'indiquent, qu'ils la montrent,
qu'ils disent aux autres : « La voilà ! » Oh ! jugez
quelle aventure ce seroit là pour vous, qui êtes la
plus aimable personne de votre sexe, et qui, par
conséquent, seriez aussi la plus déshonorée : car,
dans un pareil cas, c'est ce qu'il y a de plus beau
qui est le plus méprisé, parce que c'est ce qu'on
est le plus fâché de trouver méprisable ; non pas
qu'on exige qu'une belle fille n'ait point d'amans ;
au contraire, n'en eût-elle point, on lui en soupçonne, et il lui sied mieux d'en avoir qu'à une
autre, pourvu que rien n'éclate et qu'on puisse

toujours penser, en la voyant, que c'est un grand
bonheur que d'être bien venu d'elle : or, ce n'en
est plus un quand elle est décriée, et vous ne ris-
quez rien de tout cela avec moi. Vous sentez bien,
du caractère dont je suis, que votre réputation ne
court aucun hasard ; je ne serois pas curieux qu'on
sache que je vous aime, ni que vous y répondez.
C'est dans le secret que je prétends réparer vos
malheurs, et vous assurer sourdement une petite
fortune qui vous mette pour jamais en état de vous
passer du secours de gens qui ne me ressemble-
roient pas, qui seroient plus ou moins riches, mais
tous avares, tous amoureux sans tendresse, qui ne
vous donneroient qu'une aisance médiocre et pas-
sagère, et dont vous seriez pourtant obligée de
souffrir l'amour, même en restant chez Mme Dutour. »

A ce discours, je me sentis saisie d'une douleur
si vive, je me fis tant de pitié à moi-même de me
voir exposée à l'insolence d'un pareil détail, que
je m'écriai en fondant en larmes : « Eh l mon Dieu,
à quoi suis-je réduite l »

Et comme il crut que mon exclamation venoit
de l'épouvante qu'il me donnoit : « Doucement, me
dit-il d'un air consolant et en me serrant la main ;
doucement, mon aimable et chère fille ; rassurez-
vous : puisque nous nous sommes rencontrés, vous
voilà hors du péril dont je vous parle; il est vrai
que vous ne l'éviteriez pas sans moi : car il ne faut
pas vous flatter, vous n'êtes point née pour être

une lingère; ce n'est point une ressource pour vous que ce métier-là; vous n'y feriez aucun progrès, vous le sentez bien, j'en suis sûr; et, quand vous vous y rendriez habile, il faut de l'argent pour devenir maîtresse, et vous n'en avez pas; vous seriez donc toujours fille de boutique. Oh! je vous prie, gagneriez-vous dans cet état de quoi subvenir à tous vos besoins? et, belle comme vous êtes, manquant de mille choses nécessaires, comment ferez-vous, si vous ne consentez pas que les gens en question vous aident? et, si vous y consentez, quelle horrible situation!

— Eh! Monsieur, lui dis-je en sanglotant, ne m'en entretenez plus, ayez cette considération pour moi et pour ma jeunesse. Vous savez que je sors d'entre les mains d'une fille vertueuse qui ne m'a pas élevée pour entendre de pareils discours; et je ne sais pas comment un homme comme vous est capable de me les tenir, sous prétexte que je suis pauvre.

—Non, ma fille, me répondit-il en me serrant les bras; non, vous ne l'êtes point, vous avez du bien, puisque j'en ai : c'est à moi désormais à vous tenir lieu de vos parens que vous n'avez plus. Tranquillisez-vous, je n'ai voulu, dans ce que je vous ai dit, que vous inspirer un peu de frayeur utile; que vous montrer de quelle conséquence il étoit pour vous, non seulement que nous nous connussions, mais encore que je prisse, sans m'en apercevoir, cette tendre inclination qui m'attache à vous, qui

m'humilie pourtant, mais dont je subis humblement
la petite humiliation, parce qu'en effet cet événement-ci a quelque chose d'admirable; oui, la fin
de vos malheurs en dépendoit : il est certain que,
sans ce penchant imprévu, je ne vous aurois pas
assez secourue ; je n'aurois été qu'un homme de
bien envers vous, qu'un bon cœur, comme on l'est
à l'ordinaire ; et cela ne vous auroit pas suffi. Vous
aviez besoin que je fusse quelque chose de plus.
Il falloit que je vous aimasse, que je sentisse de
l'amour pour vous, je dis un amour d'inclination ;
il falloit que je ne pusse le vaincre, et que, forcé
d'y céder, je me fisse du moins un devoir de ra-
cheter ma foiblesse et de l'expier en vous sauvant
de tous les inconvéniens de votre état; c'est aussi
ce que j'ai résolu, ma fille, et j'espère que vous
ne vous y opposerez pas ; je compte même que
vous ne serez pas ingrate. Il y a beaucoup de différence de votre âge au mien, je l'avoue; mais
prenez garde : dans le fond, je ne suis vieux que
par comparaison, et parce que vous êtes bien jeune :
car, avec toute autre qu'avec vous, je serois d'un
âge fort supportable, ajouta-t-il du ton d'un
homme qui se sent encore assez bonne mine. Ainsi,
voyons, convenons de nos mesures avant que la
Dutour arrive. Je crois que vous ne songez plus à
être lingère ; d'un autre côté, voici Valville qui est
une tête folle, à qui vous avez dit où vous demeuriez, et qui infailliblement cherchera à vous revoir :
il s'agit donc d'échapper à sa poursuite, et de lui

dérober nos liaisons, qu'il n'ignoreroit pas longtemps si vous restiez chez cette femme-ci; de sorte
que l'unique parti qu'il y a à prendre, c'est de dis-
paroître dès demain de ce quartier, et de vous loger ailleurs, ce qui ne sera pas difficile. Je connois
un honnête homme que je charge quelquefois du
soin de mes affaires, qui est ce qu'on appelle un
solliciteur de procès, dont la femme est très raisonnable, et qui a une petite maison fort jolie, où il
y a un appartement que vient de quitter un homme
de province à qui il le louoit; et cet appartement,
j'irai dès ce soir le retenir pour vous : vous serez
là on ne peut pas mieux, surtout venant de ma part.
Ce sont de bonnes gens qui seront charmés de vous
avoir, qui s'en tiendront honorés, d'autant plus
que vous y paroîtrez d'une manière convenable, et
qui vous y fera respecter : vous y arriverez sous le
titre d'une de mes parentes, qui n'a plus ni père
ni mère, que j'ai retirée de la campagne, et dont
je veux prendre soin; ce qui, joint à la forte pension que vous y payerez (car vous mangerez avec
eux), à la parure qu'ils vous verront, à l'ameuble-
ment que vous aurez dans deux jours, aux maîtres
que je vous donnerai : maître de danse, de musique,
de clavecin, comme il vous plaira; ce qui joint,
dis-je, à la façon dont j'en agirai avec vous quand
j'irai vous voir, achèvera de vous rendre totalement la maîtresse chez eux, n'est-il pas vrai? Il
n'y a point à hésiter, ne perdons point de temps,
Marianne; et, pour préparer la Dutour à votre

sortie, dites-lui ce soir que vous ne vous sentez pas propre à son négoce, et que vous allez dans un couvent où, demain matin, on doit vous mener sur les dix heures; en conformité de quoi je vous enverrai la femme de l'homme en question, qui viendra en effet vous prendre avec un carrosse, et qui vous conduira chez elle, où vous me trouverez. N'en êtes-vous pas d'accord, dites? et ne voulez-vous pas bien aussi que, pour vous encourager, pour vous prouver la sincérité de mes intentions (car je ne veux pas que vous ayez le scrupule de m'en croire totalement sur ma parole), ne voulez-vous pas bien, dis-je, qu'en attendant mieux je vous apporte demain un petit contrat de cinq cents livres de rente? Parlez, ma belle enfant, serez-vous prête demain? viendra-t-on? oui, n'est-ce pas? »

D'abord je ne répondis rien : une indignité si déclarée me confondoit, me coupoit la parole, et je restois immobile, les yeux baissés et mouillés de larmes.

« A quoi rêvez-vous donc, ma chère Marianne? me dit-il : le temps nous presse, la Dutour va rentrer; en est-ce fait? en parlerai-je ce soir à mon homme? »

A ces mots, revenant à moi : « Ah! Monsieur, m'écriai-je, on ne vous connoît donc pas! ce religieux qui m'a menée à vous m'avoit dit que vous étiez un si honnête homme! »

Mes pleurs et mes soupirs m'empêchèrent d'en dire davantage. « Eh! ma chère enfant, me répon-

dit-il, quelle fausse idée vous faites-vous des choses?
Hélas! lui-même, s'il savoit mon amour, n'en seroit point si surpris que vous vous le figurez, et
n'en estimeroit pas moins mon caractère : il vous
diroit que ce sont là de ces mouvemens involon-
taires qui peuvent arriver aux plus honnêtes gens,
aux plus raisonnables, aux plus pieux; il vous diroit
que, tout religieux qu'il est, il n'oseroit pas jurer
de s'en garantir; qu'il n'y a point de faute si par-
donnable qu'une sensibilité comme la mienne. Ne
vous en faites donc point un monstre, Marianne,
ajouta-t-il en pliant imperceptiblement un genou
devant moi; ne m'en croyez pas le cœur moins
vrai, moins digne de votre confiance, parce que je
l'ai tendre. Ceci ne touche point à la probité, je
vous l'ai déjà dit, c'est une foiblesse; et non pas
un crime, et une foiblesse à laquelle les meilleurs
cœurs sont les plus sujets; votre expérience vous
l'apprendra. Ce religieux, dites-vous, a prétendu
vous adresser à un homme vertueux : aussi l'ai-je
été jusqu'ici; aussi le suis-je encore, et, si je l'étois
moins, je ne vous aimerois peut-être pas. Ce sont
vos malheurs et mes vertus naturelles qui ont contribué au penchant que j'ai pour vous; c'est pour
avoir été généreux, pour vous avoir trop plainte,
que je vous aime; et vous me le reprochez! vous
que d'autres aimeront qui ne me vaudront pas!
vous qui le voudrez bien sans que votre fortune y
gagne! et vous me rebutez, moi par qui vous allez
être quitte de toutes les langueurs, de tous les

opprobres qui menacent vos jours! moi dont la tendresse (et je vous le dis sans en être plus fier) est un présent que le hasard vous fait! moi dont le Ciel, qui se sert de tout, va se servir aujourd'hui pour changer votre sort! »

Il en étoit là de son discours, quand le Ciel, qu'il osoit pour ainsi dire faire son complice, le punit subitement par l'arrivée de Valville, qui, comme je l'ai déjà marqué, connoissoit Mme Dutour, et qui, de la boutique, où il entra, passa dans la salle où nous étions, et trouva mon homme dans la même posture où, deux ou trois heures auparavant, l'avoit surpris M. de Climal, je veux dire à genoux devant moi, tenant ma main qu'il baisoit, et que je m'efforçois de retirer; en un mot, la revanche étoit complète.

Je fus la première à apercevoir Valville; et, à un geste d'étonnement que je fis, M. de Climal retourna la tête et le vit à son tour.

Jugez de ce qu'il devint à cette vision : elle le pétrifia la bouche ouverte; elle le fixa dans son attitude : il étoit à genoux, il y resta; plus d'action, plus de présence d'esprit, plus de parole; jamais hypocrite confondu ne fit moins mystère de sa honte, ne la laissa contempler plus à l'aise, ne plia de meilleure grâce sous le poids de son iniquité, et n'avoua plus franchement qu'il étoit un misérable : j'ai beau appuyer là-dessus, je ne peindrai pas ce qui en étoit.

Pour moi, qui n'avois rien à me reprocher, il me

semble que je fus plus fâchée qu'interdite de cet
événement, et j'allois dire quelque chose, quand
Valville, qui avoit d'abord jeté un regard assez
dédaigneux sur moi et qui ensuite s'étoit mis froidement à contempler la confusion de son oncle,
me dit d'un air tranquille et méprisant : « Voilà
qui est fort joli, Mademoiselle ! Adieu, Monsieur,
je vous demande pardon de mon indiscrétion. »
Et là-dessus il partit en me lançant encore un regard aussi cavalier que le premier, et au moment
que M. de Climal se relevoit.

« Que voulez-vous dire avec ce *voilà qui est
joli?* lui criai-je en me levant aussi avec précipita-
tion : arrêtez, Monsieur, arrêtez ; vous vous trompez, vous me faites tort, vous ne me rendez pas
justice. »

J'eus beau crier, il ne revint point. « Courez
donc après, Monsieur, dis-je alors à l'oncle, qui,
tout palpitant encore et d'une main tremblante,
ramenoit son manteau sur ses épaules (car il en
avoit un) ; courez donc, Monsieur ; voulez-vous
que je sois la victime de ceci? Que va-t-il penser
de moi? pour qui me prendra-t-il? Mon Dieu, que
je suis malheureuse ! » Ce que je disois la larme à
l'œil, et si outrée que j'allois moi-même rappeler
le neveu qui étoit déjà dans la rue.

Mais l'oncle, m'empêchant de passer : « Qu'allez-vous faire? me dit-il ; restez, Mademoiselle ;
ne vous inquiétez pas ; je sais la tournure qu'il faut
donner à ce qui vient d'arriver. Est-il question

d'ailleurs de ce que pense un petit sot que vous ne
verrez plus, si vous voulez?

— Comment! s'il en est question! repris-je avec
emportement, lui qui connoît Mme Dutour, à qui
il dira ce qu'il en pense! lui avec qui j'ai eu
un entretien de plus d'une heure, et qui par conséquent me reconnoîtra! Monsieur, ne peut-il pas
me rencontrer tous les jours? peut-être demain?
ne me méprisera-t-il pas? ne me regardera-t-il pas
comme une indigne à cause de vous, moi qui suis
sage, qui aimerois mieux mourir que de ne pas
l'être, qui ne possède rien que ma sagesse qu'on
s'imaginera que j'aurai perdue? Non, Monsieur,
je suis désolée, je suis au désespoir de vous connoître ; c'est le plus grand malheur qui pouvoit
m'arriver. Laissez-moi passer, je veux absolument
parler à votre neveu, et lui dire, à quelque prix
que ce soit, mon innocence. Il n'est pas juste que
vous vous ménagiez à mes dépens. Pourquoi con-
trefaire le dévot, si vous ne l'êtes pas? J'ai bien
affaire de toutes ces hypocrisies-là, moi!

— Petite ingrate que vous êtes, me répondit-il
en pâlissant, est-ce là comme vous payez mes bienfaits? A propos de quoi parlez-vous de votre innocence? où avez-vous pris qu'on songe à l'atta-
quer? Vous ai-je dit autre chose, sinon que j'avois
quelque inclination pour vous, à la vérité, mais
qu'en même temps je me la reprochois, que j'en
étois fâché, que je m'en sentois humilié, que je la
regardois comme une faute dont je m'accusois, et

que je voulois l'effacer en la tournant à votre profit
sans rien exiger de vous qu'un peu de reconnoissance? Ne sont-ce pas là mes termes? et y a-t-il
rien à tout cela qui n'ait dû vous rendre mon procédé respectable?

— Eh bien! Monsieur, lui dis-je, puisque ce
sont là vos desseins, et que vous avez tant de religion, ne souffrez donc pas que cet accident-ci me
fasse tort; menez-moi à votre neveu; allons tout
à l'heure lui dire ce qui en est, pour empêcher
qu'il ne juge mal aussi bien de vous que de moi.
Vous teniez ma main quand il est entré, je crois
même que vous la baisiez malgré moi; vous étiez
à genoux: comment voulez-vous qu'il prenne cela
pour de la piété, et qu'il ne s'imagine pas que
vous êtes mon amant et que je suis votre maîtresse, à moins que vous ne vous donniez la peine
de le détromper? Il faut donc absolument que vous
lui parliez, quand ce ne seroit qu'à cause de moi;
vous y êtes obligé pour ma réputation, et même
pour ôter le scandale; autrement ce seroit offenser
Dieu; et puis vous verrez que j'ai le meilleur cœur
du monde, qu'il n'y aura personne qui vous ché-
rira, qui vous respectera tant que moi, ni qui soit
née si reconnoissante; vous me ferez aussi tout le
bien qu'il vous plaira. J'irai où vous voudrez, je
vous obéirai en tout : je serai trop heureuse que
vous preniez soin de moi, que vous ayez la charité
de ne me point abandonner, pourvu qu'à présent
vous ne fassiez plus mystère de cette charité à la-

quelle je me soumets, et que, sans tarder davantage, vous veniez dire à M. Valville : « Mon
« neveu, vous ne devez point avoir mauvaise opi-
« nion de cette fille ; c'est une pauvre orpheline
« que j'ai la bonté de secourir en bon chrétien
« que je suis ; et, si tantôt j'ai fait semblant de ne
« la pas connoître chez vous, c'est que je ne vou-
« lois pas qu'on sût mon action pieuse. » Voilà
tout ce que je vous demande, Monsieur, en vous
priant de me pardonner les mots que j'ai dits sans
attention, qui vous ont déplu, et que je réparerai
par toute la soumission possible. Ainsi, dès que
Mme Dutour sera rentrée, nous n'avons qu'à partir ;
aussi bien, quand vous n'iriez pas, je vous avertis
que j'irai moi-même.

— Allez, petite fille, allez, me répondit-il en
homme sans pudeur, qui ne se soucioit plus de
mon estime et qui vouloit bien que je le méprisasse
autant qu'il le méritoit ; je ne vous crains point :
vous n'êtes pas capable de me nuire, et vous qui
me menacez, craignez à votre tour que je ne me
fâche, entendez-vous ? Je ne vous en dis pas davantage ; mais on se repent quelquefois d'avoir
trop parlé : adieu ; ne comptez plus sur moi, je
retire mes charités ; il y a d'autres gens dans la
peine, qui ont le cœur meilleur que vous, et à qui
il est juste de donner la préférence. Il vous restera
encore de quoi vous ressouvenir de moi ; vous avez
des habits, du linge et de l'argent, que je vous
laisse.

— Non, lui dis-je, ou plutôt lui criai-je, il ne
me restera rien, car je prétends vous rendre tout,
et je commence par votre argent, que j'ai heureusement sur moi : le voici, ajoutai-je en le jetant
sur une table avec une action vive et rapide qui
exprimoit bien les mouvemens d'un jeune petit
cœur fier, vertueux et insulté ; il n'y a plus que
l'habit et le linge dont je vais tout à l'heure faire
un paquet que vous emporterez dans votre carrosse, Monsieur ; et, comme j'ai sur moi quelques-
unes de ces hardes-là, dont j'ai autant d'horreur
que de vous, je ne veux que le temps d'aller me
déshabiller dans ma chambre, et je suis à vous dans
l'instant ; attendez-moi, sinon je vous promets de
jeter le tout par la fenêtre. »

Et, pendant que je lui tenois ce discours, vous
remarquerez que je détachois mes épingles et que
je me décoiffois, parce que la cornette que je portois venoit de lui, de façon qu'en un moment elle
fut ôtée et que je restai nu-tête avec ces beaux
cheveux dont je vous ai parlé, qui me descendoient
jusqu'à la ceinture.

Ce spectacle le démonta : j'étois dans un transport étourdi qui ne ménageoit rien ; j'élevois ma
voix, j'étois échevelée, et le tout ensemble jetoit
dans cette scène un fracas, une indécence qui l'alar-
moit, et qui auroit pu dégénérer en avanie pour
lui.

Je voulois le quitter pour aller faire ce paquet
dans ma chambre ; il me retenoit à cause de mon

impétuosité et balbutioit, avec des lèvres pâles, quelques mots que je n'écoutois point : « Mais rêvez-vous ? à quoi bon ce bruit-là ?... Quelle folie !... mais laissez donc ; prenez garde. » Mme Dutour arriva là-dessus.

« Oh ! oh ! me dit-elle, en me voyant dans le désordre où j'étois ; eh ! qu'est-ce que c'est que tout cela ? qu'est-ce donc ? Sainte Vierge ! comme elle est faite ! A qui en a-t-elle, Monsieur ? où a-t-elle mis sa cornette ? Je crois qu'elle est à terre, Dieu me pardonne ! Eh ! mon Dieu ! est-ce qu'on l'a battue ? »

Ce qu'elle demandoit avec plus de bruit que nous n'en avions fait.

« Non, non, dit M. de Climal, qui se hâta de répondre de peur que je n'en vinsse à une explication. Je vous dirai de quoi il est question : ce n'est qu'un malentendu de sa part qui m'a fâché, et qui ne me permet plus de rien faire pour elle ; je vous payerai pour le peu de temps qu'elle a passé ici ; mais de celui qu'elle y passera à présent, je n'en réponds plus.

— Quoi ! lui dit Mme Dutour d'un air inquiet, vous ne continuez pas la pension de cette pauvre fille ? eh ! comment voulez-vous donc que je la garde ?

— Eh ! Madame, n'en soyez point en peine, je ne serai point à votre charge ; et Dieu me préserve d'être à la sienne ! » dis-je à mon tour, d'un fauteuil où je m'étois assise sans savoir ce que je

faisois, et où je pleurois sans les regarder ni l'un
ni l'autre. Quant à lui, il s'esquivoit pendant que
je parlois ainsi, et je restai seule tête à tête avec
la Dutour, qui, toute déconfortée, se croisoit les
mains d'étonnement, et disoit : « Quel charivari ! »
Et puis, s'asseyant : « N'est-ce pas là de la belle
besogne que vous avez faite, Marianne ? Plus d'argent, plus de pension, plus d'entretien ! accommo-
de-toi, te voilà sur le pavé, n'est-ce pas ? Le beau
coup d'État ! la belle équipée ! Oui, pleurez à
cette heure, pleurez ; vous voilà bien avancée !
Quelle tête à l'envers !

— Eh ! laissez-moi, Madame, laissez-moi, lui dis-
je : vous parlez sans savoir de quoi il s'agit. — Oui,
je t'en réponds, sans savoir ! ne sais-je pas que vous
n'avez rien ? n'est-ce pas en savoir assez ? Qu'est-ce
qu'elle veut dire avec sa science ? Demandez-moi où
elle ira à présent ; c'est là ce qui me chagrine. Moi, je
parle par amitié ; et puis c'est tout : car, si j'avois
le moyen de vous nourrir, pardi ! on s'embarras-
seroit beaucoup de M. de Climal. Eh ! merci de
ma vie, je vous dirois : « Ma fille, tu n'as rien ;
« eh bien ! moi, j'ai plus qu'il ne faut : va, laisse-le
« aller, et ne t'inquiète pas ; qui en a pour quatre
« en a pour cinq. » Mais oui-da, on a beau avoir un
bon cœur, on va bien loin avec cela, n'est-ce pas ?
Le temps est mauvais, on ne vend rien, les loyers
sont chers, et c'est tout ce qu'on peut faire que de
vivre et d'attraper le bout de l'an ; encore faut-il
bien tirer pour y aller.

— Soyez tranquille, lui répondis-je en jetant un soupir : je vous assure que j'en sortirai demain, à quelque prix que ce soit ; je ne suis pas sans argent, et je vous donnerai ce que vous voudrez pour la dépense que je ferai encore chez vous.

— Quelle pitié ! me répondit-elle ; eh ! mais, Marianne, d'où est-elle donc venue cette misérable querelle ? Je vous avois tant prêché, tant recommandé de ménager cet homme !

— Ne m'en parlez plus, lui dis-je. C'est un indigne ; il vouloit que je vous quittasse, et que j'allasse loger loin d'ici chez un homme de sa connoissance, qui apparemment ne vaut pas mieux que lui, et dont la femme devoit me venir prendre demain matin. Ainsi, quand je n'aurois pas rompu avec lui, quand j'aurois fait semblant de consentir à ses sentimens, comme vous le dites, je n'en aurois pas demeuré plus longtemps chez vous, Madame Dutour.

— Ah ! ah ! s'écria-t-elle, c'étoit donc là son intention ? Vous retirer de chez moi pour vous mettre en chambre avec quelque canaille ; ah ! pardi, celle-là est bonne ! Voyez-vous ce vieux fou, ce vieux pénard avec sa mine d'apôtre ! à le voir, on le mettroit volontiers dans une niche ; et pourtant il me fourboit aussi. Mais à propos de quoi vous aller planter ailleurs ? Est-ce qu'il ne pouvoit pas vous voir ici ? Qui est-ce qui l'en empêchoit ? Il étoit le maître ; il m'avoit dit qu'il prenoit soin de vous, que c'étoit une bonne œuvre qu'il faisoit. Eh !

tant mieux, je l'avois pris au mot, moi : est-ce
qu'on trouble une bonne œuvre ? Au contraire, on
est bien aise d'y avoir part ; va-t-on éplucher si
elle est mauvaise ? Il n'y a que Dieu qui sache la
conscience des gens, et il veut qu'on pense bien
de son prochain. De quoi avoit-il peur ? Il n'avoit
qu'à venir et aller son train : dès qu'il dit qu'il est
homme de bien, lui aurois-je dit : « Tu en as
« menti ? » N'avez-vous pas votre chambre ? Y aurois-
je été voir ce qu'il vous disoit ? Que lui falloit-il
donc ? Je ne comprends pas la fantaisie qu'il a eue.
Pourquoi vous changer de lieu, dites-moi ?

— C'est, repris-je négligemment, qu'il ne
vouloit pas que M. de Valville, chez qui on m'a
portée, et à qui j'ai dit où je demeurois, vînt me
voir ici. — Ah ! nous y voilà, dit-elle ; oui, j'entends : vraiment je ne m'étonne pas ; c'est que
l'autre est son neveu, qui n'auroit pas pris la bonne
œuvre pour argent comptant, et qui lui auroit dit:
« Qu'est-ce que vous faites de cette fille ? » Mais
est-ce qu'il est venu, ce neveu ? — Il n'y a qu'un
moment qu'il vient de sortir, lui dis-je sans entrer
dans un plus grand détail ; et c'est après qu'il a
été parti que M. de Climal s'est fâché de ce que
je refusois de me retirer demain où il me disoit, et
qu'il m'a reproché ce que j'ai reçu de lui ; ce qui a
fait que j'ai voulu lui rendre le tout, même jusqu'à
la cornette que j'avois, et que j'ai ôtée.

— Quel train que tout cela ! s'écria-t-elle. Allez,
vous avez eu bien du guignon de vous laisser choir

justement auprès de la maison de ce M. de Valville.
Eh! mon Dieu! comment est-ce que le pied vous
a glissé? ne faut-il pas prendre garde où l'on marche,
Marianne! Voyez ce que c'est que d'être étourdie!
Et puis, en second lieu, pourquoi aller dire à ce
neveu où vous demeurez? Est-ce qu'une fille
donne son adresse à un homme? Et ne sauroit-on
avoir le pied foulé sans dire où on loge? Car il
n'y a que cela qui vous nuit aujourd'hui. »

Je ne faisois pas grande attention à ce qu'elle
me disoit, et ne lui répondois même que par complaisance.

« Enfin, ma fille, continua-t-elle, de remède, je
n'y en vois point; voyez, avisez-vous : car, après
ce qui est arrivé, il faut bien prendre votre parti,
et le plus tôt sera le mieux. Je ne veux point d'es-
clandre dans ma maison : ni moi ni Toinon n'en
avons que faire. Je sais bien que ce n'est pas
votre faute; mais il n'importe, on prend tout à
rebours dans ce monde, chacun juge et ne sait ce
qu'il dit; les caquets viennent : « Et qui est-il? et
« qui est-elle? et où est-ce que c'est? où est-ce que
« ce n'est pas? » Cela n'est pas agréable; sans compter que nous ne vous sommes de rien, ni vous de
rien à nous : pour une parente, pour la moindre
petite cousine, encore passe; mais vous ne l'êtes
ni de près ni de loin, ni à nous ni à personne.

— Vous m'affligez, Madame, lui repartis-je
vivement; ne vous ai-je pas dit que je m'en
irois demain? Est-ce que vous voulez que je m'en

aille aujourd'hui? Ce sera comme il vous plaira.

— Non, ma fille, non, me répondit-elle ; j'entends raison, je ne suis pas une femme si étrange ; et, si vous saviez la pitié que vous me faites, assurément vous ne vous plaindriez pas de moi. Non, vous coucherez ici ; vous y souperez : ce qu'il y aura, nous le mangerons ; de votre argent, je n'en veux point ; et, si par hasard il y a occasion de vous rendre quelque service par le moyen de mes connoissances, ne m'épargnez pas. Au surplus, je vous conseille une chose ; c'est de vous défaire de cette robe que M. de Climal vous a donnée. Vous ne pourriez plus honnêtement la porter à cette heure que vous allez être pauvre et sans ressource ; elle seroit trop belle pour vous, aussi bien que ce linge si fin, qui ne serviroit qu'à faire demander où vous l'avez pris. Croyez-moi, quand on est gentille et à votre âge, pauvreté et bravoure n'ont pas bon air ensemble : on ne sait qu'en dire. Ainsi point d'ajustement, c'est mon avis ; ne gardez que les hardes que vous aviez quand vous êtes entrée ici, et vendez le reste. Je vous l'achèterai même si vous voulez, non pas que je m'en soucie beaucoup ; mais j'avois dessein de m'habiller, et, pour vous faire plaisir, tenez, je m'accommoderai de votre robe. Je suis un peu plus grasse que vous, mais vous êtes un peu plus grande ; et, comme elle est ample, j'ajusterai cela, je tâcherai qu'elle me serve ; à l'égard du linge, ou je vous le payerai, ou je vous en donnerai d'autre.

— Non, Madame, lui dis-je froidement : je ne vendrai rien, parce que j'ai résolu, et même promis, de remettre tout à M. de Climal.

— A lui ! reprit-elle : vous êtes donc folle ? Je le lui remettrois comme je danse, pas plus à lui qu'à Jean de Vert : il n'en verroit pas seulement une rognure, ni petite ni grosse. Vous vous moquez ; n'est-ce pas une aumône qu'il vous a faite ? Et ce qu'on a remis, savez-vous bien qu'on ne l'a plus, ma fille ? »

Elle n'en seroit pas restée là sans doute, et se seroit efforcée, quoique inutilement, de me convertir là-dessus, sans une vieille femme qui arriva et qui avoit affaire à elle ; et, dès qu'elle m'eut quittée, je montai dans notre chambre : je dis la nôtre, parce que je la partageois avec Toinon.

De mes sentimens à l'égard de M. de Climal, je ne vous en parlerai plus ; je n'aurois pu tenir à lui que par la reconnoissance, il n'en méritoit plus de ma part, je le détestois ; je le regardois comme un monstre ; et ce monstre m'étoit indifférent, je n'avois point de regret que c'en fût un. Il étoit bien arrêté que je lui rendrois ses présens, que je ne le reverrois jamais ; cela me suffisoit, et je ne songeai presque plus à lui. Voyons ce que je fis dans ma chambre.

L'objet qui m'occupa d'abord, vous allez croire que ce fut la malheureuse situation où je restois : non, cette situation ne regardoit que ma vie ; et ce qui m'occupa me regardoit, moi.

Vous direz que je rêve de distinguer cela; point du tout : notre vie, pour ainsi dire, nous est moins chère que nous, que nos passions. A voir quelquefois ce qui se passe dans notre instinct là-dessus, on diroit que, pour être, il n'est pas nécessaire de vivre; que ce n'est que par accident que nous vivons, mais que c'est naturellement que nous sommes. On diroit que, lorsqu'un homme se tue, par exemple, il ne quitte la vie que pour se sauver, que pour se débarrasser d'une chose incommode; ce n'est pas de lui dont il ne veut plus, mais bien du fardeau qu'il porte.

Je n'allonge mon récit de cette réflexion que pour justifier ce que je vous disois, qui est que je pensai à un article qui m'intéressoit plus que mon état, et cet article, c'étoit Valville, autrement dit, les affaires de mon cœur.

Vous vous ressouvenez que ce neveu, en me surprenant avec M. de Climal, m'avoit dit : « Voilà qui est joli, Mademoiselle! » Et ce neveu, vous savez que je l'aimois; jugez combien ce petit discours devoit m'être sensible!

Premièrement, j'avois de la vertu; Valville ne m'en croyoit plus, et Valville étoit mon amant. Un amant, Madame, ah! qu'on le hait en pareil cas! mais qu'il est douloureux de le haïr! Et puis, sans doute qu'il ne m'aimeroit plus. Ah! l'indigne! Oui; mais avoit-il tant de tort? Ce Climal est un homme âgé, un homme riche; il le voit à genoux devant moi; je lui ai caché que je le connoissois, et je suis pauvre: à quoi cela ressemble-t-il? quelle opinion peut-il avoir de moi après cela? Qu'ai-je à lui reprocher? S'il m'aime, il est naturel qu'il me croie coupable, il a dû me dire ce qu'il m'a dit; et il est bien fâcheux pour lui d'avoir eu tant d'estime et de penchant pour une fille qu'il est obligé de mépriser. Oui; mais enfin il me méprise donc actuellement, il m'accuse de tout ce qu'il y a de plus affreux; il n'a pas hésité un instant à me condamner, pas seulement attendu qu'il m'eût parlé : et je pourrois excuser cet homme-là ! j'aurois encore le courage de le voir ! Il faudroit que je fusse bien lâche, que j'eusse bien peu de cœur. Qu'il eût des soupçons, qu'il fût en colère, qu'il fût outré, à la bonne heure ; mais du mépris, du dédain, des outrages ! mais s'en aller, voir que je le rappelle, et ne pas revenir, lui qui m'aimoit, et qui ne m'aime plus apparemment ! Ah ! j'ai bien autre chose à faire qu'à songer à un homme qui se trompe si indignement, qui me connoît si mal ! Qu'il devienne ce qu'il voudra : l'oncle est parti, laissons là le neveu ; l'un est un misérable, et l'autre croit que j'en suis une : ne sont-ce pas là des gens bien regrettables ?

« Mais, à propos, j'ai un paquet à faire, dis-je encore en moi-même en me levant d'un fauteuil où j'avois fait tout le soliloque que je viens de rapporter ; à quoi est-ce que je m'amuse, puisque je sors demain ? Il faut renvoyer ces hardes aujourd'hui, aussi bien que l'argent que, ces jours passés, m'a donné Climal. » (Lequel argent étoit resté sur la table où je l'avois jeté, et Mme Dutour me l'avoit par force remis dans ma poche.)

Là-dessus j'ouvris ma cassette pour y prendre d'abord le linge nouvellement acheté. « Oui, Monsieur de Valville, oui, disois-je en le tirant, vous apprendrez à me connoître, à penser de moi comme vous le devez » ; et cette idée me hâtoit : de sorte que, sans y songer, c'étoit plus à lui qu'à son oncle que je rendois le tout, d'autant plus que le renvoi du linge, de la robe et de l'argent, joint à un billet que j'écrirois, ne manqueroit pas de désabuser Valville et de lui faire regretter ma perte.

Il m'avoit paru avoir l'âme généreuse, et je m'applaudissois d'avance de la douleur qu'il auroit d'avoir outragé une fille aussi respectable que moi : car je me voyois confusément je ne sais combien de titres pour être respectée.

Premièrement, j'avois mon infortune, qui étoit unique ; avec cette infortune, j'avois de la vertu, et elles alloient si bien ensemble ! et puis j'étois jeune, et puis j'étois belle ; que voulez-vous de plus ? Quand je me serois faite exprès pour être attendrissante, pour faire soupirer un amant généreux de m'avoir maltraitée, je n'aurois pu y mieux réussir ; et, pourvu que j'affligeasse Valville, j'étois contente : après quoi je ne voulois plus entendre parler de lui. Mon petit plan étoit de ne le voir de ma vie ; ce que je trouvois aussi très beau à moi, et très fier : car je l'aimois, et j'étois même bien aise de l'aimer, parce qu'il s'étoit aperçu de mon amour, et que, me voyant malgré cela rompre avec lui, il en verroit mieux à quel cœur il avoit eu affaire.

Cependant le paquet s'avançoit ; et ce qui va vous réjouir, c'est qu'au milieu de ces idées si hautes et si courageuses, je ne laissois pas, chemin faisant, que de considérer ce linge en le pliant, et de dire en moi-même (mais si bas, qu'à peine m'entendois-je) : « Il est pourtant bien choisi » ; ce qui signifioit : « C'est dommage de le quitter. »

Petit regret qui déshonoroit un peu la fierté de mon dépit ; mais que voulez-vous ? Je me serois parée de ce linge que je renvoyois, et les grandes actions sont difficiles ; quelque plaisir qu'on y prenne, on se passeroit bien de les faire : il y auroit plus de douceur à les laisser là, soit dit en badinant à mon égard ; mais, en général, il faut se redresser pour être grand : il n'y a qu'à rester comme on est pour être petit. Revenons.

Il n'y avoit plus que ma cornette à plier, et, comme en entrant dans ma chambre je l'avois mise sur un siège près de la porte, je l'oubliois : une fille de mon âge qui va perdre sa parure peut avoir des distractions.

Je ne songeois donc plus qu'à ma robe, qu'il falloit empaqueter aussi ; je dis celle que m'avoit donnée M. de Climal ; et, comme je l'avois sur moi, et qu'apparemment je reculois à l'ôter : « N'y a-t-il plus rien à mettre? disois-je ; est-ce là

tout ? Non, il y a encore l'argent » ; et cet argent,
je le tirai sans aucune peine : je n'étois point
avare, je n'étois que vaine ; et voilà pourquoi le
courage ne me manquoit que sur la robe.

A la fin pourtant il ne restoit plus qu'elle;
comment ferois-je ? « Allons ! avant que d'ôter
celle-ci, commençons par détacher l'autre », ajoutai-
je, toujours pour gagner du temps sans doute ; et
cette autre, c'étoit la vieille dont je parlois, et que
je voyois accrochée à la tapisserie.

Je me levai donc pour l'aller prendre ; et, dans
le trajet, qui n'étoit que de deux pas, ce cœur si
fier s'amollit, mes yeux se mouillèrent, je ne sais
comment, et je fis un grand soupir, ou pour moi,
ou pour Valville, ou pour la belle robe ; je ne sais
pour lequel des trois.

Ce qui est de certain, c'est que je décrochai
l'ancienne, et qu'en soupirant encore je me laissai
tristement aller sur un siège, pour y dire : « Que
je suis malheureuse ! Eh ! mon Dieu ! pourquoi
m'avez-vous ôté mon père et ma mère ? »

Peut-être n'étoit-ce pas là ce que je voulois
dire, et ne parlois-je de mes parens que pour
rendre le sujet de mon affliction plus honnête : car
quelquefois on est glorieux avec soi-même, on fait
des lâchetés qu'on ne veut pas savoir, et qu'on se
déguise sous d'autres noms ; ainsi peut-être ne
pleurois-je qu'à cause de mes hardes. Quoi qu'il
en soit, après ce court monologue qui, malgré que
j'en eusse, auroit fini par me déshabiller, j'allai par

hasard jeter les yeux sur ma cornette, qui étoit à côté de moi.

« Bon ! dis-je alors, je croyois avoir tout mis dans le paquet, et la voilà encore ; je ne songe pas seulement à en tirer une de ma cassette pour me recoiffer, et je suis nu-tête : quelle peine que tout cela ! » Et puis, passant insensiblement d'une idée à une autre, mon religieux me revint dans l'esprit. « Hélas ! le pauvre homme ! me dis-je, il sera bien étonné quand il saura tout ceci. »

Et tout de suite je pensai que je devois l'aller voir ; qu'il n'y avoit point de temps à perdre ; que c'étoit le plus pressé à cause de ma situation ; que je renverrois bien le paquet le lendemain. Pardi ! je suis bien sotte de m'inquiéter tant aujourd'hui de ces vilaines hardes (je disois vilaines pour me faire accroire que je ne les aimois pas) : il vaut encore mieux les envoyer demain matin ; Valville sera chez lui alors, il n'y a pas d'apparence qu'il y soit à présent ; laissons là le paquet, je l'achèverai tantôt, quand je serai revenue de chez ce religieux : mon pied ne me fait presque plus de mal ; j'irai bien tout doucement jusqu'à son couvent, que vous remarquerez qu'il m'avoit enseigné la dernière fois qu'il étoit venu me voir.

Oui ; mais quelle cornette mettrai-je ? Quelle cornette, eh ! celle que j'avois ôtée, et qui étoit à côté de moi. C'étoit bien la peine d'aller fouiller dans ma cassette pour en tirer une autre, puisque j'avois celle-ci toute prête !

Et d'ailleurs, comme elle valoit beaucoup plus que la mienne, il étoit même à propos que je m'en servisse, afin de la montrer à ce religieux, qui jugeroit, en la voyant, que celui qui me l'avoit donnée y avoit entendu finesse, et que ce ne pouvoit pas être par charité qu'on en achetât de si belles : car j'avois dessein de conter toute mon aventure à ce bon moine, qui m'avoit paru un vrai homme de bien ; or cette cornette seroit une preuve sensible de ce que je lui dirois.

Et la robe que j'avois sur moi, eh ! vraiment, il ne falloit pas l'ôter non plus : il est nécessaire qu'il la voie, elle sera une preuve encore plus forte.

Je la gardai donc et sans scrupule, j'y étois autorisée par la raison même : l'art imperceptible de mes petits raisonnemens m'avoit conduite jusque-là, et je repris courage jusqu'à nouvel ordre.

« Allons, recoiffons-nous » : ce qui fut bientôt fait, et je descendis pour sortir.

Mme Dutour étoit en bas avec sa voisine. « Où allez-vous, Marianne ? me dit-elle. — A l'église », lui répondis-je, et je ne mentois presque pas : une église et un couvent sont à peu près la même chose. « Tant mieux, ma fille, reprit-elle, tant mieux ; recommandez-vous à la sainte volonté de Dieu. Nous parlions de vous, ma voisine et moi ; je lui disois que je ferai dire demain une messe à votre intention. »

Et, pendant qu'elle me tenoit ce discours, cette voisine, qui m'avoit déjà vue deux ou trois fois, et qui jusque-là ne m'avoit pas trop regardée, ouvroit alors les yeux sur moi, me considéroit avec une curiosité populaire, dont de temps en temps le résultat étoit de lever les épaules, et de dire : « La pauvre enfant ! cela fait compassion ; à la voir, il n'y a personne qui ne croie que c'est une fille de famille. » Façon de s'attendrir qui n'étoit ni de bon goût, ni intéressante : aussi ne l'en remerciai-je pas, et je quittai bien vite mes deux commères.

Depuis le départ de M. de Climal jusqu'à ce moment où je sortis, je n'avois, à vrai dire, pensé à rien de raisonnable. Je ne m'étois amusée qu'à mépriser M. de Climal, qu'à me plaindre de Valville, qu'à l'aimer, qu'à méditer des projets de tendresse et de fierté contre lui, et qu'à regretter mes hardes ; et, de mon état, pas un mot : il n'en avoit pas été question, je n'y avois pas pris garde.

Mais le fracas des rues écarta toutes ces idées frivoles et me fit rentrer en moi-même.

Plus je voyois de monde et de mouvement dans cette prodigieuse ville de Paris, plus j'y trouvois de silence et de solitude pour moi : une forêt m'auroit paru moins déserte ; je m'y serois sentie moins seule, moins égarée. De cette forêt, j'aurois pu m'en tirer ; mais comment sortir du désert où je me trouvois ? Tout l'univers en étoit un pour moi, puisque je n'y tenois par aucun lien à personne.

La foule de ces hommes qui m'entouroient, qui

se parloient, le bruit qu'ils faisoient, celui des
équipages, la vue même de tant de maisons habi-
tées, tout cela ne servoit qu'à me consterner
davantage.

« Rien de tout ce que je vois ici ne me concerne », me disois-je ; et un moment après :
« Que ces gens-là sont heureux ! disois-je ; chacun
d'eux a sa place et son asile. La nuit viendra, et ils
ne seront plus ici, ils seront retirés chez eux ; et
moi, je ne sais où aller, on ne m'attend nulle part,
personne ne s'apercevra que je lui manque ; je n'ai
du moins plus de retraite que pour aujourd'hui, et
je n'en aurai plus demain. »

C'étoit pourtant trop dire, puisqu'il me restoit
encore quelque argent, et qu'en attendant que le
Ciel me secourût, je pouvois me mettre dans une
chambre ; mais qui n'a de retraite que pour quelques
jours peut bien dire qu'il n'en a point.

Je vous rapporte à peu près tout ce qui me
passoit dans l'esprit en marchant.

Je ne pleurois pourtant point alors, et je n'en
étois pas mieux ; je recueillois de quoi pleurer ;
mon âme s'instruisoit de tout ce qui pouvoit l'affliger, elle se mettoit au fait de ses malheurs ; et ce
n'est pas là l'heure des larmes : on n'en verse
qu'après que la tristesse est prise, et presque
jamais pendant qu'on la prend ; aussi pleurerai-je
bientôt. Suivez-moi chez mon religieux ; j'ai le
cœur serré ; je suis aussi parée que je l'étois ce
matin ; mais je n'y songe pas, ou, si j'y songe, je

n'y prends plus de plaisir. Nombre de personnes me regardent en passant, je le remarque sans m'en applaudir; j'entends quelquefois dire à d'autres: « Voilà une belle fille »; et ce discours m'oblige sans me réjouir : je n'ai pas la force de me prêter à la douceur que j'y sens.

Quelquefois aussi je pense à Valville, mais c'est pour me dire qu'il seroit ridicule d'y penser davantage; et en effet ma situation décourage le penchant que j'ai pour lui.

C'est bien à moi à avoir de l'amour! il auroit bonne grâce, il seroit bien placé dans une aussi malheureuse créature que moi, qui erre inconnue sur la terre, où j'ai la honte de vivre pour y être l'objet ou du rebut ou de la compassion des autres!

J'arrive enfin dans un abattement que je ne saurois exprimer; je demande le religieux, et on me mène dans une salle en dehors où l'on me dit qu'il est avec une autre personne; et cette personne (Madame, admirez ce coup du hasard), c'est M. de Climal, qui rougit et pâlit tour à tour en me voyant, et sur lequel je ne jetai non plus les yeux que si je ne l'avois jamais vu.

« Ah! c'est vous, Mademoiselle, me dit le religieux; approchez, je suis bien aise que vous arriviez dans ce moment: c'est de vous dont nous nous entretenons; mettez-vous là.

— Non, mon père, reprit aussitôt M. de Climal en prenant congé du religieux; souffrez que je

vous quitte. Après ce qui est arrivé, il seroit indé-
cent que je restasse : ce n'est pas assurément que
je sois fâché contre mademoiselle; le Ciel m'en
préserve, je lui pardonne de tout mon cœur; et,
bien loin de me ressentir de ce qu'elle a pensé
de moi, je vous jure, mon père, que je lui veux
plus de bien que jamais, et que je rends grâce à
Dieu de la mortification que j'ai essuyée dans
l'exercice de ma charité pour elle; mais je crois
que la prudence et la religion même ne me permettent plus de la voir. »

Et, cela dit, mon homme salua le père, et, qui
pis est, me salua moi-même les yeux modestement
baissés, pendant que de mon côté je baissois la
tête; et il alloit se retirer quand le religieux, l'arrêtant par le bras : « Non, mon cher Monsieur,
non, lui dit-il, ne vous en allez pas, je vous conjure, écoutez-moi. Oui, vos dispositions sont très
louables, très édifiantes; vous lui pardonnez, vous
lui souhaitez du bien, voilà qui est à merveille;
mais remarquez que vous ne vous proposez plus
de lui en faire, que vous l'abandonnez malgré le
besoin qu'elle a de votre secours, malgré son offense qui rendroit ce secours si méritoire, malgré
cette charité que vous croyez encore sentir pour
elle, et que vous vous dispensez pourtant d'exer-
cer : prenez-y garde, craignez qu'elle ne soit
éteinte. Vous remerciez Dieu, dites-vous, de la
petite mortification qu'il vous a envoyée; eh bien!
voulez-vous la mériter, cette mortification qui est

en effet une faveur? voulez-vous en être digne?
redoublez vos soins pour cette pauvre enfant orpheline qui reconnoîtra sa faute, qui d'ailleurs est
jeune, sans expérience, à qui on aura peut-être dit
qu'elle avoit quelques agrémens, et qui, par vanité, par timidité, par vertu même, aura pu se
tromper à votre égard. N'est-il pas vrai, ma fille?
ne sentez-vous pas le tort que vous avez eu avec
monsieur, à qui vous devez tant, et qui, bien loin
de vous regarder autrement que selon Dieu, n'a
voulu, par les saintes affections qu'il vous a témoi-
gnées, par ses douces et pieuses invitations, que
vous engager vous-même à fuir ce qui pouvoit vous
égarer? Dieu soit béni mille fois de vous avoir
aujourd'hui conduite ici. C'est à vous à qui il la
ramène, mon cher Monsieur, vous le voyez bien.
Allons, ma fille, avouez votre faute; repentez-vous-
en dans l'abondance de votre cœur, et promettez
de la réparer à force de respect, de confiance et de
reconnoissance. Avancez, ajouta-t-il, parce que je
me tenois éloignée de M. de Climal.

— Eh! Monsieur, m'écriai-je alors en adressant
la parole à ce faux dévot, est-ce que c'est moi qui
ai tort? comment pouvez-vous me l'entendre dire?
Hélas! Dieu sait tout : qu'il nous rende justice; je
n'ai pu m'y tromper, vous le savez bien aussi. »
Et je fondis en larmes en finissant ce discours.

M. de Climal, tout intrépide tartufe qu'il étoit,
ne put le soutenir. Je vis l'embarras se peindre sur
son visage, il ne put pas même le dissimuler; et,

dans la crainte que le religieux ne le remarquât et n'en conçût quelque soupçon contre lui, il prit son parti en habile homme : ce fut de paroître naïvement embarrassé, et d'avouer qu'il l'étoit.

« Ceci me déconcerte, dit-il avec un air de confusion pudique, je ne sais que répondre. Quelle avanie! Ah! mon père, aidez-moi à supporter cette épreuve; cela va se répandre, cette pauvre enfant le dira partout; elle ne m'épargnera pas. Hélas! ma fille, vous serez pourtant bien injuste; mais Dieu le veut. Adieu, mon père; parlez-lui, tâchez de lui ôter cette idée-là, s'il est possible : il est vrai que je lui ai marqué de la tendresse, elle ne l'a pas comprise; c'étoit son âme que j'aimois, que j'aime encore, et qui mérite d'être aimée : oui, mon père, mademoiselle a de la vertu, je lui ai découvert mille qualités; et je vous la recommande, puisqu'il n'y a pas moyen de me mêler de ce qui la regarde. »

Après ces mots, il se retira, et ne salua cette fois-ci que le religieux, qui, en lui rendant son salut, avoit l'air incertain de ce qu'il devoit faire, qui le conduisit des yeux jusqu'à sa sortie de la salle, et qui, se retournant ensuite de mon côté, me dit presque la larme à l'œil : « Ma fille, vous me fâchez, je ne suis point content de vous; vous n'avez ni docilité ni reconnoissance; vous n'en croyez que votre petite tête, et voilà ce qui en arrive. Ah! l'honnête homme! quelle perte vous faites! Que me demandez-vous à présent? Il est inutile de vous adresser à moi davantage, très inutile : quel service voulez-vous que je vous rende? J'ai fait ce que j'ai pu; si vous n'en avez pas profité, ce n'est pas ma faute, ni celle de cet homme de bien que je vous avois trouvé, et qui vous a traitée comme si vous aviez été sa propre fille : car il m'a tout dit : habits, linge, argent, il vous a fournie de tout, vous payoit une pension, alloit vous la payer encore, et avoit même dessein de vous établir, à ce qu'il m'a assuré; et, parce qu'il n'approuve pas que vous voyiez son neveu, qui est un jeune homme étourdi et débauché, parce qu'il veut vous mettre à l'abri d'une connoissance qui vous est très dangereuse, et que vous avez envie d'entretenir, vous vous imaginez par dépit qu'un homme si pieux et si vertueux vous aime, et qu'il est jaloux : cela n'est-il pas bien étrange, bien épouvantable? Lui jaloux, lui vous aimer! Dieu vous punira de cette pensée-là, ma fille; vous ne l'avez prise que dans la malice de votre cœur, et Dieu vous en punira, vous dis-je. »

Je pleurois pendant qu'il parloit. « Écoutez-moi, mon père, lui repartis-je en sanglotant; de grâce, écoutez-moi.

— Eh bien! que me direz-vous? répondit-il; qu'aviez-vous affaire de ce jeune homme? pourquoi vous obstiner à le voir? Quelle conduite! Passe encore pour cette folie-là, pourtant; mais porter la mauvaise humeur et la rancune jusqu'à être ingrate et méchante envers un homme si res-

pectable, et à qui vous devez tant, que deviendrez-
vous avec de pareils défauts ? Quel malheur qu'un
esprit comme le vôtre ! Oh ! en vérité, votre procédé me scandalise. Voyez, vous voilà d'une pro-
preté admirable ; qui est-ce qui diroit que vous
n'avez point de parens ? et, quand vous en auriez
et qu'ils seroient riches, seriez-vous mieux accommodée que vous l'êtes ? peut-être pas si bien, et
tout cela vient de lui apparemment. Seigneur !
que je vous plains ! il ne vous a rien épargné...
— Eh ! mon père, vous avez raison, m'écriai-je encore
une fois ; mais ne me condamnez pas sans m'entendre : je ne connois point son neveu, je ne l'ai
vu qu'une fois par hasard, et ne me soucie point de
le revoir ; je n'y songe pas ; quelle liaison aurois-je
avec lui ? Je ne suis point folle, et M. de Climal
vous abuse ; ce n'est point à cause de cela que je
romps avec lui, ne vous prévenez point. Vous
parlez de mes hardes, elles ne sont que trop belles ;
j'en ai été étonnée, et elles vous surprennent
vous-même ; tenez, mon père, approchez, considérez la finesse de ce linge ; je ne le voulois pas
si fin au moins ; j'avois de la peine à le prendre,
surtout à cause des manières qu'il avoit eues avec
moi auparavant ; mais j'ai eu beau lui dire : « Je
n'en veux point », il s'est moqué de moi, et m'a
toujours répondu : « Allez vous regarder dans un
miroir, et voyez après si ce linge est trop beau
pour vous. » Oh ! à ma place, qu'auriez-vous
pensé de ce discours-là, mon père ? Dites la vérité :

si M. de Climal est si dévot, si vertueux, qu'a-t-il
besoin de prendre garde à mon visage ? que je l'aie
beau ou laid, de quoi s'embarrasse-t-il ? d'où vient
aussi qu'en badinant il m'a appelée friponne dans
son carrosse, en m'ajoutant à l'oreille d'avoir le
cœur plus facile, et qu'il me laissoit le sien pour
m'y encourager ? Qu'est-ce que cela signifie ?
Quand on n'est que pieux, parle-t-on du cœur
d'une fille, et lui laisse-t-on le sien ? lui donne-
t-on des baisers comme il a encore tâché de m'en
donner un dans ce carrosse ?

— Un baiser, ma fille, reprit le religieux, un
baiser ! vous n'y songez pas : comment donc ! savez-vous bien qu'il ne faut jamais dire cela, parce
que cela n'est point ? Qui est-ce qui vous croira ?
Allez, ma fille, vous vous trompez, il n'en est rien,
il n'est pas possible ; un baiser ! quelle vision ! ce
pauvre homme ! C'est qu'on est cahoté dans un
carrosse, et que quelque mouvement lui aura fait
pencher sa tête sur la vôtre ; voilà tout ce que ce
peut être, et ce que, dans votre chagrin contre
lui, vous aurez pris pour un baiser : quand on hait
les gens, on voit tout de travers à leur égard.

— Eh ! mon père, en vertu de quoi l'aurois-je
haï alors ? répondis-je : je n'avois point encore vu
son neveu, qui est, dit-il, la cause que je suis fâchée contre lui ; je ne l'avois point vu ; et puis, si
je m'étois trompée sur ce baiser que vous ne croyez
point, M. de Climal, dans la suite, ne m'auroit
pas confirmée dans ma pensée ; il n'auroit pas

recommencé chez Mme Dutour, ni tant manié,
tant loué mes cheveux dans ma chambre, où il
étoit toujours à me tenir la main qu'il approchoit
à chaque instant de sa bouche, en me faisant des
complimens dont j'étois toute honteuse.

— Mais,... mais que me venez-vous conter,
Mademoiselle? Doucement donc, doucement, me
dit-il d'un air plus surpris qu'incrédule : des cheveux qu'il touchoit, qu'il louoit ; M. de Climal, lui !
je n'y comprends rien ; à quoi rêvoit-il donc ? Il
est vrai qu'il auroit pu se passer de ces façons-là ;
ce sont de ces distractions qui ne sont pas conve-
nables, je l'avoue ; on ne touche point aux cheveux
d'une fille : il ne savoit pas ce qu'il faisoit ; mais
n'importe, c'est un geste qui ne vaut rien.

— Et ma main qu'il portoit à sa bouche, répondis-je, mon père, est-ce encore une distraction?

— Oh ! votre main, reprit-il, votre main, je ne
sais pas ce que c'est : il y a mille gens qui vous
prennent par la main quand ils vous parlent, et
c'est peut-être une habitude qu'il a aussi ; je suis
sûr qu'à moi-même il m'est arrivé mille fois d'en
faire autant.

— A la bonne heure, mon père, repris-je ; mais,
quand vous prenez la main d'une fille, vous ne la
baisez pas je ne sais combien de fois ; vous ne lui
dites pas qu'elle l'a belle, vous ne vous mettez pas
à genoux devant elle, en lui parlant d'amour.

— Ah ! mon Dieu ! s'écria-t-il, ah ! mon Dieu !
petite langue de serpent que vous êtes, taisez-

vous; ce que vous dites est horrible; c'est le démon qui vous inspire, oui, le démon; retirez-
vous, allez-vous-en, je ne vous écoute plus; je ne
crois plus rien, ni les cheveux, ni la main, ni les
discours; faussetés que tout cela! laissez-moi.
Ah! la dangereuse petite créature! elle me fait
frayeur, voyez ce que c'est! dire que M. de Climal, qui mène une vie toute pénitente, qui est un
homme tout en Dieu, s'est mis à genoux devant
elle pour lui tenir des propos d'amour! Ah! Seigneur, où en sommes-nous! »

Ce qu'il disoit joignant les mains en homme
épouvanté de mon discours, et qui éloignoit tant
qu'il pouvoit une pareille idée, dans la crainte
d'être tenté d'examiner la chose.

— En vérité, mon père, lui répondis-je tout en
larmes et excédée de sa prévention, vous me trai-
tez bien mal, et il est bien affligeant pour moi de
ne trouver que des injures où je venois chercher
de la consolation et du secours. Vous avez connu
la personne qui m'a amenée à Paris, et qui m'a
élevée; vous m'avez dit vous-même que vous l'es-
timiez beaucoup, que sa vertu vous avoit édifié:
c'est à vous qu'elle s'est confessée à sa mort;
elle ne vous aura pas parlé contre sa conscience,
et vous savez ce qu'elle vous a dit de moi; vous
pouvez vous en ressouvenir : il n'y a pas si longtemps que Dieu me l'a ôtée, et je ne crois pas,
depuis qu'elle est morte, que j'aie rien fait qui
puisse vous avoir donné une aussi mauvaise opi-

nion de moi que vous l'avez : au contraire, mon
innocence et mon peu d'expérience vous ont fait
compassion, aussi bien que l'épouvante où vous
m'avez vue ; et cependant vous voulez que tout
d'un coup je sois devenue une misérable, une scé-
lérate, et la plus indigne, la plus épouvantable fille
du monde! Vous voulez que, dans la douleur et
dans les extrémités où je suis, un homme avec qui
je n'ai été qu'une heure par accident, et que je ne
verrai jamais, m'ait rendue si amoureuse de lui et
si passionnée que j'en aie perdu tout bon sens et
toute conscience, et que j'aie le courage et même
l'esprit d'inventer des choses qui font frémir, et de
forger des impostures affreuses pour lui, contre un
autre homme qui m'aideroit à vivre, qui pourroit
me faire tant de bien, et que je serois si intéressée
à conserver, si ce n'étoit pas un libertin qui fait
semblant d'être dévot, et qui ne me donne rien
que dans l'intention de me rendre en secret une
malhonnête fille!

— Ah! juste Ciel, comme elle s'emporte! Que
dit-elle là? qui a jamais rien ouï de pareil? » cria-
t-il en baissant la tête, mais sans m'interrompre.
Et je continuai.

« Oui, mon père, il ne tâche qu'à cela : voilà
pourquoi il m'habille si bien ; qu'il vous conte ce
qu'il lui plaira, notre querelle ne roule que là-dessus;
et si j'avois consenti à sortir de l'endroit où je suis,
et à me laisser mener dans une maison qu'il devoit
meubler magnifiquement, et où il prétendoit me

mettre en pension chez un homme à lui, qui est,
dit-il, un solliciteur de procès, et à qui il auroit
fait accroire que j'étois sa parente arrivée de la
campagne : voyez ce que c'est, et la belle dévotion !...

— Hem ! comment ? reprit alors le religieux en
m'arrêtant, un solliciteur de procès, dites-vous ?
Est-il marié ?

— Oui, mon père, il l'est, répondis-je ; un solliciteur de procès qui n'est pas riche, chez qui
j'aurois appris à danser, à chanter, à jouer sur le
clavecin ; chez qui j'aurois été comme la maîtresse
par le respect qu'on m'auroit fait rendre, et dont
la femme me seroit venue prendre demain où je
demeure ; et, si j'avois voulu la suivre, et que je
n'eusse point refusé de recevoir, pas plus tard que
demain aussi, je ne sais combien de rentes, cinq
ou six cents francs, je pense, par un contrat, seulement pour commencer ; si je ne lui avois pas témoi-
gné que toutes ses propositions étoient horribles,
il ne m'auroit pas reproché, comme il a fait, et les
louis d'or qu'il m'a donnés, que je lui rendrai, et
ces hardes que je suis honteuse d'avoir sur moi, et
dont je ne veux pas profiter, Dieu m'en préserve !
Il ne vous dira pas non plus que je l'ai menacé de
venir vous apprendre son amour malhonnête et
ses desseins ; à quoi il a eu le front de me répondre
que, quand même vous les sauriez, vous regarde-
riez cela comme rien, comme une bagatelle qui
arrivoit à tout le monde, qui vous arriveroit peut-

être à vous-même au premier jour; et que vous
n'oseriez assurer que non, parce qu'il n'y avoit
pas d'homme de bien qui ne fût sujet à être amoureux, ni qui pût s'en empêcher : voyez si j'ai in-
venté ce que je vous dis là, mon père.

— Mon bon Sauveur! dit-il alors tout ému;
ah! Seigneur! voilà un furieux récit : que faut-il
que j'en pense? et qu'est-ce que nous, bonté di-
vine? Vous me tentez, ma fille : ce rapporteur de
procès m'embarrasse, il m'étonne; je ne saurois le
nier : car je le connois, je l'ai vu avec lui (dit-il
comme à part), et cette jeune enfant n'aura pas
été deviner que M. de Climal se servoit de lui, et
qu'il est marié. C'est un homme de mauvaise mine,
n'est-ce pas? ajouta-t-il.

— Eh! mon père, je n'en sais rien, lui dis-je.
M. de Climal n'a fait que m'en parler, et je ne l'ai
vu ni lui ni sa femme. — Tant mieux, reprit-il,
tant mieux. Oui, j'entends bien; vous deviez seulement aller chez eux. Le mari est un homme qui
ne m'a jamais plu. Mais, ma fille, voilà qui est
étrange; si vous dites vrai, à qui se fiera-t-on?

—Si je dis vrai, mon père! eh! pourquoi menti-
rois-je? seroit-ce à cause de ce neveu? Eh! qu'on
me mette dans un couvent, afin que je ne le voie
ni ne le rencontre jamais.

— Fort bien, dit-il alors, fort bien : cela est
bon, on ne sauroit mieux parler. — Et puis, mon
père, ajoutai-je, demandez à la marchande chez
qui M. de Climal m'a mise ce qu'elle pense de lui,

et si elle ne le regarde pas comme un fourbe et comme un hypocrite; demandez à son neveu s'il ne l'a pas surpris à genoux devant moi, tenant ma main qu'il baisoit, et que je ne pouvois pas retirer d'entre les siennes : ce qui a si fort scandalisé ce jeune homme qu'il me regarde, à cette heure, comme une fille perdue; et enfin, mon père, considérez la confusion où M. de Climal a été quand je suis entrée ici : est-ce que vous n'avez pas pris garde à sa mine?

— Oui, me dit-il, oui, il a rougi : vous avez raison, et je n'y comprends rien; seroit-il possible? J'en reviens toujours à ce solliciteur de procès, c'est un terrible article; et son embarras, je ne l'aime point non plus. Qu'est-ce que c'est aussi que ce contrat? Il est bien pressé! Qu'est-ce que c'est que ces meubles, et que ces maîtres pour des fariboles? Avec qui veut-il que vous dansiez? Plaisante charité, qui apprend aux gens à aller au bal! Un homme comme M. de Climal! Que Dieu nous soit en aide! mais on ne sait qu'en dire : hélas! la pauvre humanité, à quoi est-elle sujette! Quelle misère que l'homme! quelle misère! Ne songez plus à tout cela, ma fille; je crois que vous ne me trompez pas: non, vous n'êtes pas capable de tant de fausseté; mais n'en parlons plus; soyez discrète, la charité vous l'ordonne, entendez-vous? Ne révélez jamais cette étrange aventure à personne; gardons-nous de réjouir le monde par ce scandale, il en triompheroit, et en prendroit droit

de se moquer des vrais serviteurs de Dieu. Tâchez
même de croire que vous avez mal vu, mal entendu : ce sera une disposition d'esprit, une innocence de pensée qui sera agréable à Dieu, qui
vous attirera sa bénédiction. Allez, ma chère enfant, retournez-vous-en, et ne vous affligez pas
(ce qu'il me disoit à cause des pleurs que je répan-
dois de meilleur courage que je n'avois fait encore,
parce qu'il me plaignoit). Continuez d'être sage,
et la Providence aura soin de vous : j'ai affaire, il
faut que je vous quitte; mais dites-moi l'adresse
de cette marchande où vous logez.

— Hélas! mon père, lui répondis-je après la
lui avoir dite, je n'ai plus que le reste de cette
journée-ci à y demeurer; la pension qu'on lui
payoit pour moi finit demain, ainsi je suis obligée
de sortir de chez elle; elle s'y attend; je ne saurai
plus après où me réfugier si vous m'abandonnez,
mon père : je n'ai que vous, vous êtes ma seule
ressource.

— Moi! chère enfant, hélas! Seigneur, quelle
pitié! un pauvre religieux comme moi, je ne puis
rien; mais Dieu peut tout : nous verrons, ma fille,
nous verrons; j'y penserai. Dieu sait ma bonne
volonté; il m'inspirera peut-être, tout dépend de
lui; je le prierai de mon côté, priez-le du vôtre,
Mademoiselle. Dites-lui : « Mon Dieu, je n'es-
« père qu'en vous. » N'y manquez pas; et moi, je
serai demain sans faute, à neuf heures du matin,
chez vous; ne sortez pas avant ce temps-là. Ah

çà! il est tard, j'ai affaire; adieu, soyez tranquille;
il y a loin d'ici chez vous : que le Ciel vous con-
duise. A demain. »

Je le saluai sans pouvoir prononcer un seul mot,
et je partis pour le moins aussi triste que je l'avois
été en arrivant chez lui : les saintes et pieuses
consolations qu'il venoit de me donner me ren-
doient mon état encore plus effrayant qu'il ne me
l'avoit paru; c'est que je n'étois pas assez dévote,
et qu'une âme de dix-huit ans croit tout perdu,
tout désespéré, quand on lui dit en pareil cas qu'il
n'y a plus que Dieu qui lui reste : c'est une idée
grave et sérieuse qui effarouche sa petite confiance;
à cet âge on ne se fie guère qu'à ce qu'on voit,
on ne connoît guère que les choses de la terre.

J'étois donc profondément consternée en m'en
retournant; jamais mon accablement n'avoit été
si grand. Quelques embarras dans la rue m'arrêtèrent à la porte d'un couvent de filles; j'en vis
celle de l'église ouverte, et, moitié par un sentiment de religion qui me vint en ce moment, moitié dans la pensée d'aller soupirer à mon aise, et
de cacher mes larmes qui fixoient sur moi l'attention des passans, j'entrai dans cette église, où il
n'y avoit personne et où je me mis à genoux dans
un confessionnal.

Là, je m'abandonnai à mon affliction, et je ne
gênai ni mes gémissemens ni mes sanglots; je dis
mes gémissemens, parce que je me plaignois, parce
que je prononçois des mots, et que je disois :

« Pourquoi suis-je venue au monde, malheureuse que je suis? Que fais-je sur la terre? Mon Dieu, vous m'y avez mise, secourez-moi. » Et autres choses semblables.

J'étois dans le plus fort de mes soupirs et de mes exclamations, du moins je le crois, quand une dame que je ne vis point arriver, et que je n'aperçus que lorsqu'elle se retira, entra dans l'église.

Je sus après qu'elle arrivoit de la campagne; qu'elle avoit fait arrêter son carrosse à la porte du couvent, où elle étoit fort connue et où quelques personnes de ses amies l'avoient priée de rendre, en passant, une lettre à la prieure, et que, pendant qu'on étoit allé avertir cette prieure de venir à son parloir, elle étoit entrée dans l'église, dont elle avoit, comme moi, trouvé la porte ouverte.

A peine y fut-elle que mes tons gémissans la frappèrent; elle y entendit tout ce que je disois et m'y vit dans la posture de la personne du monde la plus désolée.

J'étois alors assise, la tête penchée, laissant aller mes bras, qui retomboient sur moi, et si absorbée dans mes pensées que j'en oubliois en quel lieu je me trouvois.

Vous savez que j'étois bien mise; et, quoiqu'elle ne me vît pas au visage, il y a je ne sais quoi d'agile et de léger qui est répandu dans une jeune et jolie figure, et qui lui fit aisément deviner mon âge. Mon affliction, qui lui parut extrême, la toucha; ma jeunesse, ma bonne façon, peut-être aussi

ma parure, l'attendrirent pour moi; quand je parle
de parure, c'est que cela n'y nuit pas.

Il est bon en pareille occasion de plaire un peu
aux yeux, ils vous recommandent au cœur. Êtes-
vous malheureux et mal vêtu, ou vous échappez
aux meilleurs cœurs du monde, ou ils ne prennent
pour vous qu'un intérêt fort tiède; vous n'avez
pas l'attrait qui gagne leur vanité, et rien ne nous
aide tant à être généreux envers les gens, rien ne
nous fait tant goûter l'honneur et le plaisir de
l'être, que de leur voir un air distingué.

La dame en question m'examina beaucoup, et
auroit même attendu, pour me voir, que j'eusse
retourné la tête, si on n'étoit pas venu l'avertir
que la prieure l'attendoit à son parloir.

Au bruit qu'elle fit en se retirant, je revins à
moi; et, comme j'entendois marcher, je voulus voir
qui c'étoit : elle s'y attendoit, et nos yeux se ren-
contrèrent.

Je rougis, en la voyant, d'avoir été surprise dans
mes lamentations; et, malgré la petite confusion
que j'en avois, je remarquai pourtant qu'elle étoit
contente de la physionomie que je lui montrois,
et que mon affliction la touchoit. Tout cela étoit
dans ses regards; ce qui fit que les miens (s'ils lui
dirent ce que je sentois) durent lui paroître aussi
reconnoissans que timides : car les âmes se ré-
pondent.

C'étoit en marchant qu'elle me regardoit; je
baissai insensiblement les yeux, et elle sortit.

Je restai bien encore un demi-quart d'heure
dans l'église tant à essuyer mes larmes qu'à rêver
à ce que je ferois le lendemain, si les soins de mon
religieux ne réussissoient pas. « Que j'envie le
sort de ces saintes filles qui sont dans ce couvent !
me dis-je ; qu'elles sont heureuses ! »

Cette pensée m'occupoit, quand une tourière
me vint dire honnêtement : « Mademoiselle, on
va fermer l'église. — Tout à l'heure je vais sortir,
Madame », lui répondis-je, n'osant la regarder
que de côté, de peur qu'elle ne s'aperçût que j'a-
vois pleuré ; mais j'oubliois de prendre garde au
ton dont je lui répondois, et ce ton me trahit.
Elle le sentit si plaintif et si triste, me vit d'ailleurs
si jeune, si joliment accommodée, si jolie moi-
même, à ce qu'elle me raconta ensuite, qu'elle ne
put s'empêcher de me dire : « Hélas ! ma chère
demoiselle, qu'avez-vous donc ? Mon bon Dieu !
quelle pitié ! auriez-vous du chagrin ? c'est bien
dommage : peut-être venez-vous parler à quelqu'une de nos dames ? à laquelle est-ce, Mademoiselle ? »

Je ne repartis rien à ce discours, mais mes yeux
recommencèrent à se mouiller. Nous autres filles,
ou nous autres femmes, nous pleurons volontiers
dès qu'on nous dit : « Vous venez de pleurer » ;
c'est une enfance, et comme une mignardise que
nous avons, et dont nous ne pouvons presque pas
nous défendre.

« Eh ! mais, Mademoiselle, dites-moi ce que

c'est ; dites, ajouta la tourière en insistant, irai-je avertir quelqu'une de nos religieuses ? » Or, je réfléchissois à ce qu'elle me répétoit là-dessus. C'est peut-être Dieu qui permet qu'elle me fasse songer à cela », me dis-je, tout attendrie de la douceur avec laquelle elle me pressoit ; et tout de suite : « Oui, Madame, lui répondis-je, je souhaiterois bien parler à madame la prieure, si elle en a le temps.

— Eh bien, ma belle demoiselle, venez, reprit-elle, suivez-moi ; je vais vous mener à son parloir, et elle s'y rendra un moment après. Allons. »

Je la suivis donc ; nous montâmes un petit escalier, elle ouvrit une porte, et le premier objet qui me frappe, c'est cette dame dont je vous ai parlé, que je n'avois vue que lorsqu'elle sortit de l'église, et qui, en sortant, m'avoit regardée d'une manière si obligeante.

Elle me parut encore charmée de me revoir, et se leva d'un air caressant pour me faire place.

Elle étoit avec la prieure du couvent, et je vous ai instruite de ce qui étoit cause de sa visite.

« Madame, dit la tourière à la religieuse, j'allois vous avertir ; c'est mademoiselle qui vous demande. »

Cette prieure étoit une petite personne courte, ronde et blanche, à double menton, et qui avoit le teint frais et reposé. Il n'y a point de ces mines-là dans le monde ; c'est un embonpoint tout différent de celui des autres, un embonpoint qui s'est formé plus à l'aise et plus méthodiquement, c'est-à-dire où il entre plus d'art, plus de façon, plus d'amour de soi-même que dans le nôtre.

D'ordinaire, c'est ou le tempérament, ou la quantité de nourriture, ou l'inaction et la mollesse qui nous acquièrent le nôtre, et cela est tout simple ; mais, pour celui dont je parle, on sent qu'il faut, pour l'avoir acquis, s'en être saintement fait une tâche : il ne peut être que l'ouvrage d'une délicate, d'une amoureuse et d'une dévote complaisance qu'on a pour le bien et pour l'aise de son corps ; il est non seulement un témoignage qu'on aime la vie, et la vie saine, mais qu'on l'aime douce, oisive et friande ; et qu'en jouissant du plaisir de se porter bien, on s'accorde encore autant de douceurs et de priviléges que si on étoit toujours convalescente.

Aussi cet embonpoint religieux n'a-t-il pas la forme du nôtre, qui a l'air plus profane ; aussi grossit-il moins un visage qu'il ne le rend grave et décent ; aussi donne-t-il à la physionomie non pas un air joyeux, mais tranquille et content.

A voir ces bonnes filles, au reste, vous leur trouvez un extérieur affable, et pourtant un intérieur indifférent. Ce n'est que leur mine, et non pas leur âme, qui s'attendrit pour vous : ce sont de belles images qui paroissent sensibles, et qui n'ont que des superficies de sentiment et de bonté. Mais laissons cela, je ne parle ici que des apparences, et ne décide point du reste. Revenons à la prieure ; j'en ferai peut-être le portrait quelque part.

« Mademoiselle, je suis votre servante, me dit-elle en se baissant pour me saluer : puis-je savoir à qui j'ai l'honneur de parler ? — C'est moi qui en ai tout l'honneur, répondis-je encore plus honteuse que modeste, et, quand je vous dirois qui je suis, je n'en serois pas plus connue de vous, Madame.

— C'est, si je ne me trompe, mademoiselle que j'ai vue dans l'église où je suis entrée un instant, dit alors la dame en question avec un souris tendre ; j'ai cru même la voir pleurer, et cela m'a fait de la peine. — Je vous rends mille grâces de votre bonté, Madame », repris-je d'une voix foible et timide ; et puis je me tus. Je ne savois comment entrer en matière : l'accueil de la prieure, tout avenant qu'il étoit, m'avoit découragée ; je n'espérois plus rien d'elle, sans que je pusse dire pourquoi : c'étoit ainsi que son abord m'avoit frappée, et cela revient à ces superficies dont je parlois, et que je ne démêlois pas alors. « Elle va me plaindre, et ne me secourra pas, me disois-je ; il n'y a rien à faire. »

Cependant ces dames, qui s'étoient levées, restoient debout, et j'en rougissois, parce que mon habit les trompoit, et que j'étois bien au-dessous de tant de façons. « Souhaitez-vous que nous soyons seules ? me dit la prieure.

— Comme il vous plaira, Madame, répondis-je ; mais je serois fâchée d'être cause que madame s'en allât, et de vous déranger ; si vous voulez, je reviendrai. »

Ce que je disois dans l'intention d'échapper à l'embarras où je m'étois mise, et de ne plus revenir.

« Non, Mademoiselle, non, me dit la dame, en me prenant par la main pour me faire avancer : vous resterez, s'il vous plaît ; ma visite est finie, et je partois ; ainsi je vais vous laisser libre : vous avez du chagrin, je m'en suis aperçue ; vous méritez qu'on s'y intéresse ; et, si vous vous en retourniez, je ne me le pardonnerois pas.

— Oui, Madame, lui dis-je, pénétrée de ce discours et tout en pleurs, il est vrai que j'ai du chagrin ; j'en ai beaucoup, il n'y a personne qui ait autant sujet d'en avoir que moi ; personne de si à plaindre, ni de si digne de compassion que je le suis ; et vous me témoignez un cœur si généreux que je ne ferai point difficulté de parler devant vous, Madame : il ne faut pas vous retirer, vous ne me gênerez point ; au contraire, c'est un bonheur pour moi que vous soyez ici : vous m'aiderez à obtenir de madame la grâce que je viens lui demander à genoux (je m'y jetai en effet), et qui est de vouloir bien me recevoir chez elle.

— Eh ! ma belle enfant, que vous me touchez ! me répondit la prieure en me tendant les bras de l'endroit où elle étoit, pendant que la dame me relevoit affectueusement ; que je me félicite du choix que vous avez fait de ma maison ! En vérité, quand je vous ai vue, j'ai eu comme un pressentiment de ce qui vous amène ; votre modestie m'a

frappée. « Ne seroit-ce pas une prédestinée qui
« me vient ? » ai-je pensé en moi-même : car il
est certain que votre vocation est écrite sur votre
visage ; n'est-il pas vrai, Madame? Ne trouvez-
vous pas comme moi ce que je vous dis là? Qu'elle
est belle ! qu'elle a l'air sage ! Ah! ma fille, que
je suis ravie ! que vous me donnez de joie! Venez,
mon ange, venez. Je gagerois qu'elle est fille
unique, et qu'on la veut marier malgré elle. Mais,
dites-moi, mon cœur, est-ce tout à l'heure que vous
voulez entrer ? Il faudra pourtant informer vos parens, n'est-ce pas? Chez qui enverrai-je ?

— Hélas ! ma mère, répondis-je, je ne puis vous
indiquer personne. » Ma confusion et mes sanglots
m'arrêtèrent là.

« Eh bien ! me dit-elle, de quoi s'agit-il ?

— Non, personne, continuai-je ; rien de ce que
vous croyez, ma mère ; je n'ai pas la consolation
d'avoir des parens : du moins ceux que j'ai, je ne
les ai jamais connus.

— Jésus, Mademoiselle ! reprit-elle avec un
refroidissement imperceptible et grave ; voilà qui
est bien fâcheux, point de parens ! Eh ! comment
cela se peut-il? qui est-ce donc qui a soin de
vous ? car apparemment que vous n'avez point de
bien non plus ? Que sont devenus votre père et
votre mère ?

— Je n'avois que deux ans, lui dis-je, quand ils ont
été assassinés par des voleurs qui arrêtèrent le carrosse de voiture où ils étoient avec moi ; leurs domes-

tiques y périrent aussi ; il n'y eut que moi à qui on
laissa la vie, et je fus portée chez un curé de village qui ne vit plus, et dont la sœur, qui étoit
une sainte personne, m'a élevée avec une bonté
infinie ; mais malheureusement elle est morte ces
jours passés à Paris, où elle étoit venue tant pour
la succession d'un parent, qu'elle n'a pas recueillie
à cause des dettes du défunt, que pour voir s'il y
auroit moyen de me mettre dans quelque état qui
me convînt. J'ai tout perdu par sa mort ; il n'y
avoit qu'elle qui m'aimoit dans le monde, et je
n'ai plus de tendresse à espérer de personne ; il ne
me reste plus que la charité des autres ; aussi
n'est-ce qu'elle et son bon cœur que je regrette,
et non pas les secours que j'en recevois ; je rachè-
terois sa vie de la mienne : elle est morte dans une
auberge où nous étions logées ; j'y suis restée
seule, et on m'y a pris une partie du peu d'argent
qu'elle me laissoit. Un religieux, son confesseur,
m'a tirée de là et m'a remise, il y a quelques jours,
entre les mains d'un homme que je ne veux pas nommer, qu'il croyoit homme de bien et charitable, et
qui nous a trompés tous deux, qui n'étoit rien de
tout cela. Il a pourtant commencé d'abord par me
mettre chez Mme Dutour, une marchande lingère ;
mais à peine y ai-je été qu'il a découvert ses
mauvais desseins par de l'argent qu'il m'a forcée
de prendre, et par des présens que je me suis bien
doutée qui n'étoient pas honnêtes, non plus que
certaines manières qu'il avoit et qui ne signifioient

rien de bon, puisqu'à la fin il n'a pas eu honte, à son âge, de me déclarer, en me prenant par les mains, qu'il étoit mon amant, qu'il entendoit que je fusse sa maîtresse, et qu'il avoit résolu de me mettre dans une maison d'un quartier éloigné, où il seroit plus libre d'être amoureux de moi sans qu'on le sût, et où il me promettoit des rentes, avec toutes sortes de maîtres et de magnificence; à quoi j'ai répondu qu'il me faisoit horreur d'être si hypocrite et si fourbe. « Eh! Monsieur, lui ai-je « dit, est-ce que vous n'avez pas de religion? Quelle « abominable pensée! » Mais j'ai eu beau dire; ce méchant homme, au lieu de se repentir et de revenir à lui, s'est emporté contre moi, m'a traitée d'ingrate, de petite créature qu'il puniroit si je parlois, et m'a reproché son argent, du linge qu'il m'avoit acheté, et cette robe que je porte, et que je mettrai ce soir dans le paquet que j'ai déjà fait du reste, pour lui renvoyer le tout dès que je serai rentrée chez Mme Dutour, qui de son côté m'a donné mon congé pour demain matin, parce qu'elle n'est payée que pour aujourd'hui; de sorte que je ne sais plus de quel côté tourner, si le père Saint-Vincent, de chez qui je viens en ce moment pour lui conter tout, et qui m'avoit bonnement menée à cet horrible homme, ne trouve pas demain à me placer en quelque endroit, comme il m'a promis d'y tâcher.

« Au sortir de chez lui, j'ai passé par ici, et je suis entrée dans votre église à cause que je pleurois le long du chemin et qu'on me regardoit; et puis Dieu m'a inspiré la pensée de me jeter à vos pieds, ma mère, et d'implorer votre aide. »

Là finit mon petit discours ou ma petite harangue, dans laquelle je ne mis point d'autre art que ma douleur, et qui fit son effet sur la dame en question. Je la vis qui s'essuyoit les yeux; cependant elle ne dit mot alors, et laissa répondre la prieure, qui avoit honoré mon récit de quelques gestes de main, de quelques mouvemens de visage, qu'elle n'auroit pu me refuser avec décence; mais il ne me parut pas que son cœur eût donné aucun signe de vie.

« Certes votre situation est fort triste, Mademoiselle (car il n'y eut plus ni de *belle enfant* ni de *mon ange*; toutes ces douceurs furent supprimées); mais tout n'est pas désespéré; il faut voir ce que ce religieux, que vous appelez le père Saint-Vincent, fera pour vous, reprit-elle d'un air de compassion posée. Ne dites-vous pas qu'il s'est chargé de vous trouver une place? Il lui est bien plus aisé de vous rendre service qu'à moi qui ne sors point, et qui ne saurois agir. Nous ne voyons, nous ne connoissons presque personne; et, à l'exception de madame et de quelques autres dames qui ont la bonté de nous aimer un peu, nous sommes des semaines entières sans recevoir une visite. D'ailleurs, notre maison n'est pas riche; nous ne subsistons que par nos pensionnaires, dont le nombre est fort diminué depuis quelque temps : aussi sommes-nous endettées, et si mal à notre aise que j'eus l'autre jour le chagrin de refuser une jeune fille, un fort bon sujet, qui se présentoit pour être converse, parce que nous n'en recevons plus, quelque besoin que nous en ayons ; et que, nous apportant peu, elles nous seroient à charge. Ainsi de tous côtés vous voyez notre impuissance, dont je suis vraiment mortifiée : car vous m'affligez, ma pauvre enfant (ma pauvre ! quelle différence de style ! auparavant elle m'avoit dit : ma belle), vous m'affligez ; mais que ne vous êtes-vous adressée au curé de votre paroisse ? Notre communauté ne peut vous aider que de ses prières, elle n'est pas en état de vous recevoir ; et tout ce que je puis faire, c'est de vous recommander à la charité de nos dames pensionnaires ; je quêterai pour vous, et je vous remettrai demain ce que j'aurai ramassé. (Quêter pour un *ange,* la belle chose à lui proposer !)

— Non, ma mère, non, répondis-je d'un ton sec et ferme, je n'ai encore rien dépensé de la petite somme d'argent que m'a laissée mon amie, et je ne venois pas demander l'aumône. Je crois que, lorsqu'on a du cœur, il n'en faut venir à cela que pour s'empêcher de mourir, et j'attendrai jusqu'à cette extrémité ; je vous remercie.

— Et moi, je ne souffrirai point qu'une fille aussi bien née y soit jamais réduite, dit en ce moment la dame qui avoit gardé le silence. Reprenez courage, Mademoiselle ; vous pouvez encore prétendre à une amie dans le monde ; je

veux vous consoler de la perte de celle que vous
regrettez, et il ne tiendra pas à moi que je ne
vous sois aussi chère qu'elle vous l'a été. Ma mère,
ajouta-t-elle en adressant la parole à la religieuse,
je payerai la pension de mademoiselle; vous pouvez la faire entrer chez vous. Cependant, comme
elle vous est absolument inconnue, et qu'il est
juste que vous sachiez quelles sont les personnes
que vous recevez, nous n'avons, pour vous ôter
tout scrupule là-dessus, et pour empêcher même
qu'on ne trouve à redire à l'inclination que je me
sens pour mademoiselle, nous n'avons, dis-je, qu'à
envoyer tout à l'heure votre tourière chez cette
dame Dutour, qui est ma marchande, et dont sans
doute le bon témoignage justifiera ma conduite et
la vôtre. »

Je compris d'abord à ce discours qu'elle étoit
bien aise elle-même de connoître un peu mieux
son sujet, et de savoir à qui elle avoit affaire;
mais observez, je vous prie, le tour honnête qu'elle
prenoit pour cela, et avec quel ménagement
pour moi, avec quelle industrie elle me cachoit
l'incertitude qui pouvoit lui rester sur ce que je
disois, et qui étoit fort raisonnable.

On ne sauroit payer ces traits de bonté-là. De
toutes les obligations qu'on peut avoir à une belle
âme, ces tendres attentions, ces secrètes politesses
de sentimens, sont les plus touchantes. Je les
appelle secrètes, parce que le cœur qui les a pour
vous ne les compte point, ne veut point en charger

votre reconnoissance ; il croit qu'il n'y a que lui qui les sait ; il vous les soustrait, il en enterre le mérite ; et cela est adorable.

Pour moi, je fus au fait, les gens qui ont eux-mêmes un peu de noblesse de cœur se connoissent en égards de cette espèce, et remarquent bien ce qu'on fait pour eux.

Je me jetai avec transport, quoique avec respect, sur la main de cette dame, que je baisai longtemps, et que je mouillai des plus tendres et des plus délicieuses larmes que j'aie versées de ma vie : c'est que notre âme est haute, et que tout ce qui a un air de respect pour sa dignité la pénètre et l'enchante ; aussi notre orgueil ne fut-il jamais ingrat.

« Madame, lui dis-je, consentez-vous que j'écrive deux mots à Mme Dutour par la tourière ? Vous verrez mon billet ; et je songe que, dans les circonstances où je suis et qu'elle n'ignore pas, elle pourroit craindre de la surprise et ne pas s'expliquer librement. — Oui-da, Mademoiselle, me répondit-elle, vous avez raison, écrivez. Ma mère, voulez-vous bien nous donner une plume et de l'encre ? — Avec plaisir », dit la prieure toute radoucie, et qui nous passa ce qu'il falloit pour le billet : il fut court ; le voici à peu près :

La personne qui vous rendra cette lettre, Madame, ne va chez vous que pour s'informer de moi ; vous aurez la bonté de lui dire naïvement et dans la

*pure vérité ce que vous en savez, tant pour ce qui
concerne mes mœurs et mon caractère que pour ce
qui a rapport à mon histoire et à la manière dont
on m'a mise chez vous. Je ne vous saurois aucun gré
de tromper les gens en ma faveur: ainsi ne faites
point difficulté de parler suivant votre conscience,
sans vous soucier de ce qui me sera avantageux ou
non. Je suis, Madame.....*

(Et *Marianne* au bas pour toute signature.)

Ensuite je présentai ce papier à ma future bienfaitrice, qui, après l'avoir lu en riant, et d'un air
qui sembloit dire : « Je n'ai que faire de cela »,
le donna à travers la grille à la prieure, et lui dit :
« Tenez, ma mère, je crois que vous serez de mon
avis ; c'est que quiconque écrit de ce ton-là ne craint
rien.

— A merveille, reprit la religieuse quand elle
en eut fait la lecture, à merveille, on ne peut
rien de mieux » ; et sur-le-champ, pendant que je
mettois le dessus de la lettre, elle sonna pour faire
venir la tourière.

Celle-ci arriva, salua fort respectueusement la
dame, qui lui dit: « A propos, j'ai vu votre sœur
à la campagne ; on est fort contente d'elle où je
l'ai mise, et j'ai quelque chose à vous en dire »,
ajouta-t-elle en la tirant un moment à quartier pour
lui parler. Je présumai encore que j'étois cette
sœur dont elle l'entretenoit, et qu'il s'agissoit de
quelques ordres qui me regardoient ; et deux ou

trois mots, comme, « oui, Madame, laissez-moi faire », prononcés tout haut par la tourière, qui me regardoit beaucoup, me le prouvèrent.

Quoi qu'il en soit, cette fille prit le billet, partit, et revint une petite demi-heure après. Ce qui fut dit entre la dame, la prieure et moi pendant cet intervalle de temps, je le passe : voici la tourière de retour ; j'oublie pourtant une circonstance, c'est qu'avant qu'elle rentrât dans le parloir, une autre fille de la maison vint avertir la dame qu'on souhaitoit lui dire un mot dans le parloir voisin. Elle y alla, et n'y resta que cinq ou six minutes ; à peine étoit-elle revenue que nous vîmes paroître la tourière, qui apparemment venoit de la quitter, et qui, avec une gaieté de bon augure et débutant par un enthousiasme d'amitié pour moi, m'adressa d'abord la parole.

« Ah ! sainte Mère de Dieu, que je viens d'entendre dire du bien de vous, Mademoiselle ! Allez, je l'aurois deviné, vous avez bien la mine de ce que vous êtes. Madame, vous ne sauriez croire tout ce qu'on m'en vient de conter : c'est qu'elle est sage, vertueuse, remplie d'esprit, de bon cœur, civile, honnête, enfin la meilleure fille du monde ; c'est un trésor, hors qu'on dit qu'elle est si malheureuse que nous en venons de pleurer, la bonne madame Dutour et moi ; il n'y a ni père ni mère, on ne sait qui elle est : voilà tout son défaut ; et, sans la la crainte de Dieu, elle n'en seroit pas plus mal, la pauvre petite ! témoin un gros richard qu'elle a congédié pour de bonnes raisons, le vilain qu'il est! Je vous conterai cela une autre fois, je vous dis seulement le principal. Au reste, Madame, j'ai fait comme vous me l'avez commandé : je n'ai pas dit votre nom à la marchande; elle ne sait pas qui est-ce qui s'enquête. »

La dame rougit à cette indiscrétion de la tourière, qui me révéloit que c'étoit de moi dont elles avoient parlé à part; et cette rougeur fut une nouvelle bonté dont je lui tins compte.

« Voilà qui est bien, ma bonne; en voilà assez, lui dit-elle. Et vous, Mademoiselle, n'entrerez-vous pas aujourd'hui? avez-vous quelques hardes à prendre chez la marchande, et faut-il que vous y alliez? — Oui, Madame, répondis-je, et je serai de retour dans une demi-heure, si vous me permettez de sortir.

— Faites, Mademoiselle; allez, reprit-elle, je vous attends. »

Je partis donc; le couvent n'étoit pas éloigné de chez Mme Dutour, et j'y arrivai en très peu de temps malgré un reste de douleur que je sentois encore à mon pied.

La lingère causoit à sa porte avec une de ses voisines; j'entrai, je la remerciai, je l'embrassai de tout mon cœur : elle le méritoit.

« Eh bien, Marianne! Dieu merci, vous avez donc trouvé fortune? eh bien! par-ci, eh bien! par-là; qui est cette dame qui a envoyé chez moi? » J'abrégeai. « Je suis extrêmement pressée, lui dis-je; je vais me déshabiller et mettre cet habit dans un paquet que j'ai commencé là-haut, qu'il faut que j'achève, et que vous aurez la bonté de faire porter aujourd'hui chez le neveu de M. de Climal. — Oui, oui, reprit-elle, chez M. de Valville; je le connois, c'est moi qui le fournis. — Chez lui-même, lui dis-je, vous me remettez son nom » ; et, en lui répondant, je montois déjà l'escalier qui menoit à la chambre.

Dès que j'y fus, et vite, et vite, j'ôte la robe que j'avois, je reprends mon ancienne, je mets l'autre dans le paquet; et le voilà fait. Il y avoit une petite écritoire et quelques feuilles de papier sur la table; j'en prends une, et voici ce que j'y mets pour Valville :

Monsieur, il n'y a que cinq ou six jours que je connois M. de Climal, votre oncle, et je ne sais pas où il loge, ni où lui adresser les hardes qui lui appartiennent, et que je vous prie de lui remettre. Il m'avoit dit qu'il me les donnoit par charité, car je suis pauvre; et je ne les avois prises que sur ce pied-là; mais, comme il ne m'a pas dit vrai et qu'il m'a trompée, elles ne sont plus à moi, et je les rends, aussi bien que quelque argent qu'il a voulu à toute force que je prisse. Je n'aurois pas recours à vous dans cette occasion, si j'avois le temps d'envoyer chez un récollet, nommé le père Saint-Vincent, qui a cru me rendre service en me faisant connoître votre oncle, et qui vous apprendra, quand vous le voudrez, à vous

reprocher *l'insulte que vous avez faite à une fille
affligée, vertueuse, et peut-être votre égale.*

Que dites-vous de ma lettre? J'en fus assez contente, et la trouvai mieux que je n'aurois moi-même
espéré de la faire, vu ma jeunesse et mon peu
d'usage ; mais on seroit bien stupide si, avec des
sentimens d'honneur, d'amour et de fierté, on ne
s'exprimoit pas un peu plus vivement qu'à son ordinaire.

Aussitôt ce billet écrit, je pris le paquet, et je
descendis en bas.

Je supprime ici un détail que vous devinerez
aisément : c'est ma petite cassette pleine de mes
hardes, que je ne pouvois pas porter moi-même, et
que j'envoyai prendre en haut par un homme qui
s'étoit dévoué au service de tout le quartier, et qui
se tenoit d'ordinaire à deux pas du logis ; ce sont
mes adieux à Mᵐᵉ Dutour, qui me promit que le
ballot et le billet pour Valville seroient remis à
leur adresse en moins d'une heure ; ce sont mille
assurances que nous nous fîmes, cette bonne femme
et moi ; ce sont presque des pleurs de sa part, car
elle ne pleura pas tout à fait, mais je croyois toujours qu'elle alloit pleurer. Pour moi, je versai
quelques larmes par tristesse : il me sembloit, en
me séparant de la Dutour et en sortant de sa maison,
que je quittois une espèce de parente, et même une
espèce de patrie, et que j'allois, à la garde de
Dieu, dans un pays étranger, sans avoir le temps

de me reconnoître. J'étois comme enlevée : il y avoit quelque chose de trop fort pour moi dans la rapidité des événemens qui me déplaçoient, qui me transportoient ; je ne savois où, ni entre les mains de qui j'allois tomber.

Et ce quartier dont je m'éloignois, le comptez-vous pour rien ? Il me mettoit dans le voisinage de Valville, de ce Valville que j'avois dit que je ne verrois plus, il est vrai ; mais il étoit bien rigou-reux de se trouver prise au mot : je m'étois promis de ne plus le voir, et non pas de ne le pouvoir plus, ce qui est bien autrement sérieux ; et le cœur ne se mène pas avec cette rudesse-là : ce qui l'aide à être ferme, dans un cas comme le mien, c'est la liberté d'être foible ; et cette liberté, je la perdois par mon changement d'état, et j'en soupirois ; mon courage en étoit abattu.

Cependant il faut partir ; allons, me voilà en chemin : j'ai dit à la Dutour que c'étoit à un cou-vent que je me rendois. Comment s'appelle-t-il ? Je l'ignore aussi bien que le nom de la rue ; mais je sais mon chemin, le crocheteur me suit ; à son retour il l'instruira, et, si par hasard elle voit Val-ville, elle pourra l'instruire aussi : ce n'est pas que je le souhaite, c'est seulement une réflexion que je fais en marchant et qui m'amuse. Eh bien ! oui, il saura le lieu de ma retraite ; que m'importe ? qu'en peut-il arriver ? Rien, à ce qu'il me semble. Est-ce qu'il tentera de me voir ou de m'écrire ? Oh ! que non, me disois-je. Oh ! que si, devois-je dire, si

je m'étois répondu sincèrement, et suivant la consolante apparence que j'y trouvois.

Mais nous approchons du couvent, et nous y
sommes; j'y revenois bien moins parée que je n'en
étois partie : ma bienfaitrice m'en demanda la
raison.

« C'est, lui dis-je, que j'ai repris mes hardes, et
que j'ai laissé chez Mme Dutour toutes celles que
vous m'avez vues, Madame, afin qu'elle les fasse
rendre à l'homme dont je vous ai parlé, et de qui
je les tenois. — Ma chère fille, vous n'y perdrez
rien », me répondit-elle en m'embrassant; après
quoi j'entrai. Je revins la remercier à travers les
grilles du parloir; elle partit, et me voilà pensionnaire.

J'aurai bien des choses à vous dire de mon couvent ; j'y connus bien des personnes ; j'y fus aimée
de quelques-unes, et dédaignée de quelques autres ;
et je vous promets l'histoire du séjour que j'y fis :
vous l'aurez dans la quatrième partie. Finissons
celle-ci par un événement qui a été la cause de mon
entrée dans le monde.

Deux ou trois jours après que je fus chez ces
religieuses, ma bienfaitrice m'y fit habiller comme
si j'avois été sa fille, et m'y pourvut, sur ce pied-
là, de toutes les hardes qui m'étoient nécessaires.
Jugez des sentimens que je pris pour elle ; je ne la
voyois jamais qu'avec des transports de joie et de
tendresse.

On remarqua que j'avois de la voix, elle voulut

que j'apprisse la musique. La prieure avoit une nièce à qui on donna un maître de clavecin; ce maître fut le mien aussi. « Il y a des talens, me dit cette aimable dame, qui servent toujours, quelque parti qu'on prenne: si vous êtes religieuse, ils vous distingueront dans votre maison; si vous êtes du monde, ce sont des grâces de plus, et des grâces innocentes. »

Elle me venoit voir tous les deux ou trois jours, et il y avoit déjà trois semaines que je vivois là dans une situation d'esprit très difficile à dire : car je tâchois d'être plus tranquille que je ne l'étois, et ne voulois point prendre garde à ce qui m'empêchoit de l'être, et qui n'étoit qu'une folie secrète qui me suivoit partout.

Valville savoit sans doute où je demeurois; je n'entendois pourtant point parler de lui, et mon cœur n'y comprenoit rien. Quand Valville auroit trouvé le moyen de me donner de ses nouvelles, il n'y auroit rien gagné; j'avois renoncé à lui, mais je n'entendois pas qu'il renonçât à moi : quelle bizarrerie de sentiment!

Un jour que je rêvois à cela, malgré que j'en eusse (et c'étoit l'après-midi), on vint me dire qu'un laquais demandoit à me parler : je crus qu'il venoit de la part de ma bienfaitrice, et je passai au parloir. A peine considérai-je ce prétendu domestique, qui ne se montroit que de côté, et qui d'une main tremblante me présenta une lettre. « De quelle part ? lui dis-je. —Voyez, Mademoiselle », me répondit-il d'un ton de voix ému, et que mon cœur reconnut avant moi, puisque j'en fus émue moi-même.

Je le regardai alors en prenant sa lettre, je lui trouvai les yeux sur moi; quels yeux, Madame! Les miens se fixèrent sur lui; nous restâmes quelque temps sans nous rien dire; et il n'y avoit encore que nos cœurs qui se parloient, quand une tourière arriva, qui me dit que ma bienfaitrice alloit monter, et que son carrosse venoit d'entrer dans la cour. Remarquez qu'elle ne la nomma pas. « C'est votre bonne maman », me dit-elle, et puis elle se retira.

« Ah! Monsieur, retirez-vous », criai-je toute troublée à Valville (car vous voyez bien que c'étoit lui), qui ne me répondit que par un soupir en sortant.

Je cachai ma lettre en attendant ma bienfaitrice, qui parut un instant après, et qui amenoit avec elle une dame que j'ai bien aimée, que vous aimerez aussi sur le portrait que je vous en ferai dans ma quatrième partie et que je joindrai à celui de cette chère dame qu'on appeloit ma mère.

QUATRIÈME PARTIE

Je ris en vous envoyant ce paquet, Madame. Les différentes parties de l'histoire de Marianne se suivent ordinairement de fort loin. J'ai coutume de vous les faire attendre très longtemps; il n'y a que deux mois que vous avez reçu la troisième, et il me semble que je vous entends dire : « Encore une troisième partie! a-t-elle oublié qu'elle me l'a envoyée? »

Non, Madame, non : c'est que c'est la quatrième; rien que cela, la quatrième. Vous voilà bien étonnée, n'est-ce pas? voyez si je ne gagne pas à avoir été paresseuse : peut-être qu'en ce moment vous me savez bon gré de ma diligence, et vous ne la remarqueriez pas si j'avois coutume d'en avoir.

A quelque chose nos défauts sont bons. On voudroit bien que nous ne les eussions pas; mais on les supporte, et on nous trouve plus aimables de nous en corriger quelquefois, que nous ne le paroîtrions avec les qualités contraires.

Vous souvenez-vous de M. de...? C'étoit un grondeur éternel et d'une physionomie à l'avenant. Avoit-il un quart d'heure de bonne humeur, on l'aimoit plus dans ce quart d'heure qu'on ne l'eût aimé pendant toute une année, s'il avoit toujours été agréable; de mémoire d'homme on n'avoit vu tant de grâces à personne.

Mais commençons cette quatrième partie; peut-être avez-vous besoin de la lire pour la croire; et, avant que de continuer mon récit, venons au por-trait de ma bienfaitrice, que je vous ai promis, avec celui de la dame qu'elle a amenée, et à qui dans les suites j'ai eu des obligations dignes d'une reconnoissance éternelle.

Quand je dis que je vais vous faire le portrait de ces deux dames, j'entends que je vous en don-nerai quelques traits. On ne sauroit rendre en en-tier ce que sont les personnes; du moins cela ne me seroit pas possible : je connois bien mieux les gens avec qui je vis que je ne les définirois; il y a des choses en eux que je ne saisis point assez pour les dire, et que je n'aperçois que pour moi, et non pas pour les autres; ou, si je les disois, je les di-rois mal : ce sont des objets de sentiment si com-pliqués et d'une netteté si délicate qu'ils se brouil-lent dès que ma réflexion s'en mêle; je ne sais plus par où les prendre pour les exprimer; de sorte qu'ils sont en moi, et non pas à moi.

N'êtes-vous pas de même? il me semble que mon âme, en mille occasions, en sait plus qu'elle n'en peut dire, et qu'elle a un esprit à part, qui est bien supérieur à l'esprit que j'ai d'ordinaire. Je crois aussi que les hommes sont bien au-dessus de tous les livres qu'ils font. Mais cette pensée me mèneroit trop loin : revenons à nos dames et à leur portrait. En voici un qui sera un peu étendu, du moins j'en ai peur; et je vous en avertis, afin que vous choisissiez, ou de le passer, ou de le lire.

Ma bienfaitrice, que je ne vous ai pas encore nommée, s'appeloit Mme de Miran; elle pouvoit avoir cinquante ans. Quoiqu'elle eût été belle femme, elle avoit quelque chose de si bon et de si raisonnable dans la physionomie que cela avoit pu nuire à ses charmes, et les empêcher d'être aussi piquans qu'ils auroient dû l'être. Quand on a l'air si bon, on en paroît moins belle : un air de franchise et de bonté si dominant est tout à fait contraire à la coquetterie; il ne fait songer qu'au bon caractère d'une femme, et non pas à ses grâces; il rend la belle personne plus estimable, mais son visage plus indifférent : de sorte qu'on est plus content d'être avec elle que curieux de la regarder.

Et voilà, je pense, comme on avoit été avec Mme de Miran; on ne prenoit pas garde qu'elle étoit belle femme, mais seulement la meilleure femme du monde. Aussi, m'a-t-on dit, n'avoit-elle guère fait d'amans, mais beaucoup d'amis, et même d'amies; ce que je n'ai pas de peine à croire, vu cette innocence d'intention qu'on voyoit en elle, vu cette mine simple, consolante et paisible qui

devoit rassurer l'amour-propre de ses compagnes,
et la faisoit plus ressembler à une confidente qu'à
une rivale.

Les femmes ont le jugement sûr là-dessus. Leur
propre envie de plaire leur apprend tout ce que
vaut un visage de femme, quel qu'il soit, beau ou
laid, il n'importe : ce qu'il a de mérite, fût-il imperceptible, elles l'y découvrent, et ne s'y fient
pas ; mais il y a des beautés entre elles qu'elles ne
craignent point ; elles sentent fort bien que ce sont
des beautés sans conséquence ; et apparemment
que c'étoit ainsi qu'elles avoient jugé de Mme de
Miran.

Or, à cette physionomie plus louable que sé-
duisante, à ces yeux qui demandoient plus d'amitié que d'amour, cette chère dame joignoit une
taille bien faite, et qui auroit été galante si Mme de
Miran l'avoit voulu, mais qui, faute de cela, n'a-
voit jamais que des mouvemens naturels et nécessaires, et tels qu'ils pouvoient partir de l'âme du
monde de la meilleure foi.

Quant à l'esprit, je crois qu'on n'avoit jamais
songé à dire qu'elle en eût, mais qu'on n'avoit
jamais dit aussi qu'elle en manquât. C'étoit de ces
esprits qui satisfont à tout sans se faire remarquer
en rien ; qui ne sont ni forts ni foibles, mais doux
et sensés ; qu'on ne critique ni qu'on ne loue, mais
qu'on écoute.

Fût-il question des choses les plus indifférentes,
Mme de Miran ne pensoit rien, ne disoit rien qui

ne se sentît de cette abondance de bonté qui faisoit le fond de son caractère.

Et n'allez pas croire que ce fût une bonté sotte, aveugle, de ces bontés d'une âme foible et pusillanime, et qui paroissent risibles même aux gens qui en profitent.

Non, la sienne étoit une vertu; c'étoit le sentiment d'un cœur excellent; c'étoit cette bonté proprement dite qui tiendroit lieu de lumière, même aux personnes qui n'auroient pas d'esprit, et qui, parce qu'elle est vraie bonté, veut avec scrupule être juste et raisonnable, et n'a plus envie de faire un bien dès qu'il en arriveroit un mal.

Je ne vous dirai pas même que Mᵐᵉ de Miran eût ce qu'on appelle de la noblesse d'âme; ce seroit aussi confondre les idées : la bonne qualité que je lui donne étoit quelque chose de plus simple, de plus aimable et de moins brillant. Souvent ces gens qui ont l'âme si noble ne sont pas les meilleurs cœurs du monde; ils s'entêtent trop de la gloire et du plaisir d'être généreux, et négligent par là bien des petits devoirs. Ils aiment à être loués, et Mᵐᵉ de Miran ne songeoit pas seulement à être louable; jamais elle ne fut généreuse à cause qu'il étoit beau de l'être, mais à cause que vous aviez besoin qu'elle le fût; son but étoit de vous mettre en repos, afin d'y être aussi sur votre compte.

Lui marquiez-vous beaucoup de reconnoissance? ce qui l'en flattoit le plus, c'est que c'étoit signe

que vous étiez content. Quand on remercie tant
d'un service, apparemment qu'on se trouve bien
de l'avoir reçu, et voilà ce qu'elle aimoit à penser
de vous : de tout ce que vous lui disiez, il n'y
avoit que votre joie qui la récompensoit.

J'oubliois une chose assez singulière, c'est que,
quoiqu'elle ne se vantât jamais des belles actions
qu'elle faisoit, vous pouviez vous vanter des vôtres
avec elle en toute sûreté, et sans craindre qu'elle y
prît garde ; le plaisir de vous entendre dire que
vous étiez bon, ou que vous l'aviez été, lui fer-
moit les yeux sur votre vanité, ou lui persuadoit
qu'elle étoit fort légitime ; aussi contribuoit-elle à
l'augmenter tant qu'elle pouvoit : oui, vous aviez
raison de vous estimer, il n'y avoit rien de plus
juste ; et à peine pouviez-vous vous trouver autant
de mérite qu'elle vous en trouvoit elle-même.

A l'égard de ceux qui s'estiment à propos de
rien, qui sont glorieux de leur rang ou de leurs
richesses, gens insupportables et qui fâchent tout
le monde, ils ne fâchoient point Mme de Miran :
elle ne les aimoit pas, voilà tout ; ou bien elle avoit
pour eux une antipathie froide, tranquille et polie.

Les médisans par babil, je veux dire ces gens à
bons mots contre les autres, à qui pourtant ils n'en
veulent point, la fatiguoient un peu davantage,
parce que leur défaut choquoit sa bonté naturelle,
au lieu que les glorieux ne choquoient que sa raison
et la simplicité de son caractère.

Elle pardonnoit aux grands parleurs, et rioit

bonnement en elle-même de l'ennui qu'ils lui donnoient, et dont ils ne se doutoient pas.

Trouvoit-elle des esprits bizarres, entêtés, qui n'entendoient pas raison ? elle prenoit patience, et n'en étoit pas moins leur amie. Eh bien ! c'étoient d'honnêtes gens qui avoient leurs petits défauts ; chacun n'avoit-il pas les siens? et voilà qui étoit fini. Tout ce qui n'étoit que faute de jugement, que petitesse d'esprit, bagatelle que cela avec elle ; son bon cœur ne l'abandonnoit pour personne, ni pour les menteurs qui lui faisoient pitié, ni pour les fripons qui la scandalisoient sans la rebuter, pas même pour les ingrats qu'elle ne comprenoit pas. Elle ne se refroidissoit que pour les âmes malignes ; elle auroit pourtant servi les personnes de cette espèce, mais à contre-cœur et sans goût ; c'étoient là ses vrais méchans, les seuls qui étoient brouillés avec elle, et contre qui elle avoit une rancune secrète et naturelle qui l'éloignoit d'eux sans retour.

Une coquette qui vouloit plaire à tous les hommes étoit plus mal dans son esprit qu'une femme qui en auroit aimé quelques-uns plus qu'il ne falloit ; c'est qu'à son gré il y avoit moins de mal à s'égarer qu'à vouloir égarer les autres ; et elle aimoit mieux qu'on manquât de sagesse que de caractère; qu'on eût le cœur foible que l'esprit impertinent et corrompu.

Mme de Miran avoit plus de vertus morales que de chrétiennes, respectoit plus les exercices de sa

religion qu'elle n'y satisfaisoit; honoroit fort les
vrais dévots, sans songer à devenir dévote; aimoit
plus Dieu qu'elle ne le craignoit, et concevoit sa
justice et sa bonté un peu à sa manière, et le tout
avec plus de simplicité que de philosophie; c'étoit
son cœur, et non pas son esprit qui philosophoit
là-dessus.

Telle étoit Mme de Miran, sur qui j'aurois
encore bien des choses à dire, mais à la fin je serois
trop longue; et, si par hasard vous trouvez déjà
que je l'aie été trop, songez que c'est ma bienfaitrice, et que je suis bien excusable de m'être un peu
oubliée dans le plaisir que j'ai eu de parler d'elle.

Il vous revient encore un portrait, celui de la
dame avec qui elle étoit; mais ne craignez rien, je
vous en fais grâce pour à présent, et en vérité je
me l'épargne à moi-même : car je soupçonne qu'il
ne sera pas court non plus, qu'il ne sera pas même
aisé, et il est bon que nous reprenions toutes deux
haleine. Je vous le dois pourtant, et vous l'aurez
pour l'acquit de mon exactitude. Je vois d'ici où
je le placerai dans cette quatrième partie; mais je
vous assure que ce ne sera que dans les dernières
pages, et peut-être ne serez-vous pas fâchée de l'y
trouver. Vous pouvez, du moins, vous attendre à
du singulier. Vous venez de voir un excellent cœur;
celui que j'ai encore à vous peindre le vaudra bien,
et sera pourtant différent. A l'égard de l'esprit, ce
sera toute la force de celui des hommes, mêlée
avec toute la délicatesse de celui des femmes.

Continuons mon récit. « Bonjour, ma fille, me dit Mme de Miran en entrant dans le parloir; voici une dame qui a voulu vous voir, parce que je lui ai dit du bien de vous; et je serai ravie aussi qu'elle vous connoisse, afin qu'elle vous aime. Eh bien! Madame, ajouta-t-elle en s'adressant à son amie, la voilà : comment la trouvez-vous? n'est-il pas vrai que ma fille est gentille ?

— Non, Madame, reprit cette amie d'un air caressant, non, elle n'est pas gentille : ce n'est pas là ce qu'il faut dire, s'il vous plaît; vous en parlez avec la modestie d'une mère. Pour moi, qui suis une étrangère, il m'est permis de dire franchement ce que j'en pense, et ce qui en est : c'est qu'elle est charmante, et qu'en vérité je ne sache point de figure plus aimable ni d'un air plus noble. »

Je baissai les yeux à un discours si flatteur, et je ne sus y répondre qu'en rougissant. On s'assit; la conversation s'engagea. « Y a-t-il rien dans la physionomie de mademoiselle qui pronostique les infortunes qu'elle a essuyées? dit Mme Dorsin (c'étoit le nom de·la dame en question). Mais il faut tôt ou tard que chacun ait ses malheurs dans ce monde; et voilà les siens passés, j'en suis sûre.

— Je le crois aussi, Madame, répondis-je modestement. Puisque j'ai rencontré madame, et qu'elle a la bonté de s'intéresser à moi, c'est un grand signe que mon bonheur commence. » C'étoit de Mme de Miran dont je parlois comme vous le voyez, et qui, avançant sa main à la grille pour me prendre la mienne dont je ne pus lui passer que trois ou quatre doigts, me dit : « Oui, Marianne, je vous aime, et vous le méritez bien ; soyez désormais sans inquiétude ; ce que j'ai fait pour vous n'est encore rien, n'en parlons point. Je vous ai appelée ma fille ; imaginez-vous que vous l'êtes, et que je vous aimerai autant que si vous l'étiez. »

Cette réponse m'attendrit, mes yeux se mouillèrent ; je tâchai de lui baiser la main, dont elle ne put à son tour m'abandonner que quelques doigts.

« L'aimable enfant ! s'écria là-dessus Mme Dorsin ; savez-vous bien que je suis un peu jalouse de vous, Madame, et qu'elle vous aime de si bonne grâce que je prétends en être aimée aussi, moi ? Faites comme il vous plaira, vous êtes sa mère ; et je veux du moins être son amie : n'y consentez-vous pas, Mademoiselle ?

— Moi, Madame ! repartis-je, le respect m'empêche de dire qu'oui, je n'ose prendre cette liberté-là ; mais, si ce que vous me dites m'arrivoit, ce seroit encore aujourd'hui un des plus heureux jours de ma vie. — Vous avez raison, ma fille, me dit Mme de Miran ; et le plus grand service qu'on puisse vous rendre, c'est de prier madame de vous tenir parole et de vous accorder son amitié. Vous la lui promettez, Madame ? » ajouta-t-elle en parlant à Mme Dorsin, qui, de l'air du monde le plus prévenant, dit sur-le-champ : « Je la lui donne ; mais à condition qu'après vous il n'y aura personne qu'elle aimera autant que moi.

— Non, non, dit Mme de Miran, vous ne vous rendez pas justice; et moi, je lui défends bien de mettre entre nous là-dessus la moindre différence, et j'ose vous répondre qu'elle m'obéira de reste. » Je baissai encore les yeux, en disant très sincèrement que j'étois confuse et charmée.

Mme de Miran regarda tout de suite à sa montre. « Il est plus tard que je ne croyois, dit-elle, et il faut que je m'en aille bientôt. Je ne vous vois aujourd'hui qu'en passant, Marianne; j'ai beaucoup de visites à faire: d'ailleurs je me sens abattue et veux rentrer de bonne heure chez moi. Je n'ai pas fermé l'œil de la nuit, j'ai eu mille choses dans l'esprit qui m'en ont empêchée.

— Mais en effet, Madame, repris-je, j'ai cru vous voir un peu triste (et cela étoit vrai), et j'en ai été inquiète; est-ce que vous auriez du chagrin?

— Oui, reprit-elle, j'ai un fils qui est fort honnête homme, dont j'ai toujours été très contente, et dont je ne le suis pas aujourd'hui. On veut le marier, il se présente un parti très avantageux pour lui. Il est question d'une fille riche, aimable, fille de condition, dont les parens paroissent souhaiter que le mariage se fasse; mon fils lui-même, il y a plus d'un mois, a consenti que des amis communs s'en mêlassent. On l'a mené chez la jeune personne, il l'a vue plus d'une fois, et depuis quelques semaines il néglige de conclure. Il semble qu'il ne s'en soucie plus; et sa conduite me désole, d'autant plus que c'est une espèce d'engagement que j'ai pris avec une famille considérable, à qui je ne sais que dire pour excuser la tiédeur choquante qu'il montre aujourd'hui.

— Elle ne durera pas, je ne saurois le croire, reprit Mme Dorsin, et je vous le répète encore, votre fils n'est point un étourdi ; c'est un jeune homme qui a de l'esprit, de la raison, de l'honneur. Vous savez sa tendresse, ses égards et son respect pour vous, et je suis persuadée qu'il n'y a rien à craindre. Il viendra demain dîner chez moi ; il m'écoute ; laissez-moi faire, je lui parlerai : car de dire que cette petite fille dont on vous a parlé, et qu'il a rencontrée en revenant de la messe, l'ait dégoûté du mariage en question, je vous l'ai déjà dit, c'est ce qui ne m'entrera jamais dans l'esprit.

— En revenant de la messe, Madame ! dis-je alors un peu étonnée à cause de la conformité que cette aventure avoit avec la mienne (vous vous souvenez que c'étoit au retour de l'église que j'avois rencontré Valville), sans compter que le mot de *petite fille* étoit assez dans le vrai.

— Oui, en revenant de la messe, me répondit Mme Dorsin ; ils en sortoient tous deux, et il n'y a pas d'apparence qu'ils se soient vus depuis.

— Eh ! que sait-on ? On la fait si jolie que cela m'alarme, repartit Mme de Miran ; et puis vous savez, quand elle fut partie, les mesures qu'il prit pour la connoître. »

Des mesures ! autre motif pour moi d'écouter.

« Eh ! mon Dieu, Madame, à quoi vous arrêtez-vous là ? s'écria Mme Dorsin. Elle est jolie, à la bonne heure ; mais y a-t-il moyen de penser qu'une grisette lui ait tourné la tête ? car il n'est question que d'une grisette, ou tout au plus de la fille de quelque petit bourgeois, qui s'étoit mise dans ses beaux atours à cause du jour de fête. »

Un jour de fête ! ah ! Seigneur, quelle date ! est-ce que ce seroit moi ? dis-je encore en moi-même toute tremblante, et n'osant plus faire de questions.

« Oh ! je vous demande, ajouta Mme Dorsin, si une fille de quelque distinction va seule dans les rues, sans laquais, sans quelqu'un avec elle, comme on a trouvé celle-ci, à ce qu'on vous a dit ; et qui plus est, c'est qu'elle se jugea elle-même, et qu'elle vit bien que votre fils ne lui convenoit pas, puisqu'elle ne voulut ni qu'on la ramenât, ni dire qui elle étoit, ni où elle demeuroit : ainsi, quand on le supposeroit si amoureux d'elle, où la retrouvera-t-il ? Il a pris des mesures, dites-vous ? ses gens rapportent qu'il fit courir un laquais après le fiacre qui l'emmenoit. (Ah ! que le cœur me bat ici !) Mais est-ce qu'on peut suivre un fiacre ? Et d'ailleurs, ce même laquais, que vous avez interrogé, vous a dit qu'il avoit eu beau courir après, et qu'il l'avoit perdue de vue. »

Bon ! tant mieux, pensois-je ici, ce n'est plus moi ; le laquais qui me suivit me vit descendre à ma porte.

« Ce garçon vous trompe, continua Mme Dorsin ; il est dans la confidence de son maître, dites-vous ? »

Aïe ! aïe ! cela se pourroit bien. C'est moi qui me le disois.

« Eh bien ! soit ; je veux qu'il ait vu arrêter le fiacre (c'est la dame qui parle), et que votre fils ait su où demeure la petite fille : qu'en concluez-vous ? qu'il s'est pris de belle passion pour elle, qu'il va lui sacrifier sa fortune et sa naissance ; qu'il va oublier ce qu'il est, ce qu'il vous doit, ce qu'il se doit à lui-même, et qu'il ne veut plus ni aimer ni épouser qu'elle ? En vérité, est-ce là votre fils ? Le connoissez-vous à de pareilles extravagances ? Eh ! c'est à peine ce qu'on pourroit craindre d'un imbécile ou d'un écervelé reconnu pour tel. Je veux croire que la fille lui a plu, mais de la façon dont lui devoit plaire une fille de cette sorte-là, à qui on ne s'attache point, et qu'un homme de son âge et de sa condition tâche de connoître par goût de fantaisie, et pour voir jusqu'où cela le mènera : c'est tout ce qu'il en peut être. Ainsi, soyez tranquille, je vous garantis que nous le marierons, si nous n'avons que les charmes de la petite aventurière à combattre. Voilà quelque chose de bien redoutable ! »

Petite aventurière ! le terme étoit encore de mauvais augure. « Je ne m'en tirerai jamais », me disois-je ; cependant, si ces dames en étoient demeurées là, je n'aurois su affirmativement ni qu'espérer ni que craindre ; mais Mme de Miran va éclaircir la chose.

« Je serois assez de votre avis, répondit-elle d'un air inquiet, si on ne disoit pas que mon fils n'est triste et de méchante humeur que depuis le jour de cette malheureuse aventure, et il est constant que je l'ai trouvé tout changé. Mon fils est naturellement gai, vous le savez ; et je ne le vois plus que sombre, que distrait, que rêveur ; ses amis mêmes s'en aperçoivent. Le chevalier, qu'il ne quittoit point, et avec qui il est si lié, le fatigue et l'importune : il lui fit dire hier qu'il n'y étoit pas. Ajoutez à cela les courses de ce même laquais dont je vous ai parlé, que mon fils dépêche quatre fois par jour, et avec qui, quand il revient, il a toujours de fort longs entretiens. Ce n'est pas là tout ; j'oubliois de vous dire une chose : c'est que j'ai été ce matin parler au chirurgien qu'on alla chercher pour visiter le pied de la petite personne. »

Oh ! pour le coup, me voici comme dans mon cadre. A l'article du pied, figurez-vous la pauvre petite orpheline anéantie ; je ne sais pas comment je pus respirer avec l'effroyable battement de cœur qui me prit.

« Ah ! c'est donc moi ! » me dis-je. Il me sembla que je sortois de l'église, que je me voyois encore dans cette rue où je tombai, avec ces maudits habits que Climal m'avoit donnés, avec toutes ces parures qui me valoient le titre de grisette en ses beaux atours des jours de fête.

Quelle situation pour moi, Madame! Et ce que j'y sentois de plus humiliant et de plus fâcheux, c'est que cet air si noble et si distingué que Mme Dorsin en entrant avoit dit que j'avois, et que Mme de Miran me trouvoit aussi, ne tenoit à rien dès qu'on me connoîtroit : m'appartenoit-il de venir rompre un mariage tel que celui dont il étoit question?

Oui, Marianne avoit l'air d'une fille de condition, pourvu qu'elle n'eût point d'autre tort que d'être infortunée, et que ses grâces n'eussent causé aucun désordre; mais Marianne aimée de Valville, Marianne coupable du chagrin qu'il donnoit à sa mère, pouvoit fort bien redevenir grisette, aventurière et petite fille, dont on ne se soucieroit plus, qui indigneroit, et qui étoit bien hardie d'oser toucher le cœur d'un honnête homme.

Mais achevons d'écouter Mme de Miran, qui continue, à qui, dans la suite de son discours, il échappera quelques traits qui me ranimeront, et qui en est au chirurgien à qui elle alla parler.

« Et qui m'a dit de bonne foi, continua-t-elle, que la jeune enfant étoit fort aimable, qu'elle avoit l'air d'une fille de très bonne famille, et que mon fils, dans toutes ses façons, avoit marqué un vrai respect pour elle; et c'est ce respect qui m'inquiète : j'ai peine, quoi que vous disiez, à le concilier avec l'idée que j'ai d'une grisette. S'il l'aime et qu'il la respecte, il l'aime donc beaucoup, il l'aime donc d'une manière qui sera dan-

gereuse, et qui peut le mener très loin. Vous
concevez bien d'ailleurs que tout cela n'annonce
pas une fille sans éducation et sans mérite ; et , si
mon fils a de certains sentimens pour elle, je le
connois, je n'en espère plus rien ; ce sera justement parce qu'il a des mœurs, de la raison et le
caractère d'un honnête homme, qu'il n'y aura
presque pas de remède à ce misérable penchant
qui l'aura surpris pour elle, s'il la croit digne de
sa tendresse et de son estime. »

Or, mettez-vous à la place de l'orpheline, et
voyez, je vous prie, que de tristes considérations
à la fois! Doucement pourtant; il s'y en joignoit
une qui étoit bien agréable.

Avez-vous pris garde à cette mélancolie où,
disoit-on, Valville étoit tombé depuis le jour de
notre connoissance? Avez-vous remarqué ce respect
que le chirurgien disoit qu'il avoit eu pour moi ?
Vraiment mon cœur, tout troublé, tout effrayé qu'il
avoit été d'abord, avoit bien recueilli ces petits
traits-là ; et ce que Mme de Miran avoit conclu de
ce respect ne lui étoit pas échappé non plus.

« S'il la respecte, il l'aime donc beaucoup »,
avoit-elle dit, et j'étois tout à fait de son avis; la
conséquence me paroissoit fort sensée et fort satisfaisante : de sorte qu'en ce moment j'avois de
la honte, de l'inquiétude et du plaisir; mais ce
plaisir étoit si doux, cette idée d'être véritablement aimée de Valville eut tant de charmes,
m'inspira des sentimens si désintéressés et si rai-

sonnables, me fit penser si noblement; enfin, le cœur est de si bonne composition quand il est content en pareil cas, que vous allez être édifiée du parti que je pris : oui, vous allez voir une action qui prouva que Valville avoit eu raison de me respecter.

Je n'étois rien, je n'avois rien qui pût me faire considérer, mais à ceux qui n'ont ni rang ni richesses qui imposent, il leur reste une âme, et c'est beaucoup ; c'est quelquefois plus que le rang et la richesse, elle peut faire face à tout. Voyons comment la mienne me tirera d'affaire.

Mme Dorsin répliqua encore quelque chose à Mme de Miran sur ce qu'elle venoit de dire.

Cette dernière se leva pour s'en aller, et dit : « Puisqu'il dîne demain chez vous, tâchez donc de le disposer à ce mariage. Pour moi, qui ne puis me rassurer sur l'aventure en question, j'ai envie, à tout hasard, de mettre quelqu'un après mon fils ou après son laquais, quelqu'un qui les suive l'un ou l'autre, et qui me découvre où ils vont : peut-être saurai-je par là quelle est la petite fille, supposé qu'il s'agisse d'elle, et il ne sera pas inutile de la connoître. Adieu, Marianne, je vous reverrai dans deux ou trois jours.

— Non, lui dis-je en laissant tomber quelques larmes, non, Madame; voilà qui est fini : il ne faut plus me voir, il faut m'abandonner à mon malheur : il me suit partout, et Dieu ne veut pas que j'aie jamais de repos.

— Quoi? que voulez-vous dire? me répondit-elle; qu'avez-vous, ma fille? D'où vient que je vous abandonnerois? »

Ici mes pleurs coulèrent avec tant d'abondance que je restai quelque temps sans pouvoir prononcer un mot.

« Tu m'inquiètes, ma chère enfant, pourquoi donc pleures-tu? » ajouta-t-elle en me présentant sa main comme elle avoit déjà fait quelques momens auparavant. Mais je n'osois plus lui donner la mienne. Je me reculois honteuse, et avec des paroles entrecoupées de sanglots : « Hélas! Madame, arrêtez, lui dis-je; vous ne savez pas à qui vous parlez, ni à qui vous témoignez tant de bontés. Je crois que c'est moi qui suis votre ennemie, que c'est moi qui vous cause le chagrin que vous avez.

—Comment! Marianne, reprit-elle étonnée, vous êtes celle que Valville a rencontrée, et qu'on porta au logis?—Oui, Madame, c'est moi-même, lui dis-je, je ne suis pas assez ingrate pour vous le cacher; ce seroit une trahison affreuse, après tous les soins que vous avez pris de moi, et que vous voyez bien que je ne mérite pas, puisque c'est un malheur pour vous que je sois au monde; et voilà pourquoi je vous dis de m'abandonner. Il n'est pas naturel que vous teniez lieu de mère à une fille orpheline que vous ne connoissez pas, pendant qu'elle vous afflige et que c'est pour l'avoir vue que votre fils refuse de vous obéir. Je me trouve bien confuse de voir que vous m'ayez tant aimée, vous qui devez me vouloir tant de mal. Hélas ! vous vous y êtes bien trompée, et je vous en demande pardon. »

Mes pleurs continuoient ; ma bienfaitrice ne me répondoit point, mais elle me regardoit d'un air attendri, et presque la larme à l'œil elle-même.

« Madame, lui dit son amie en s'essuyant les yeux, en vérité, cette enfant me touche ; ce qu'elle vient de vous dire est admirable : voilà une belle âme, un beau caractère ! »

Mme de Miran se taisoit encore et me regardoit toujours.

« Vous dirai-je à quoi je pense ? reprit tout de suite Mme Dorsin : vous êtes le meilleur cœur du monde, et le plus généreux ; mais je me mets à votre place, et, après cet événement-ci, il se pourroit fort bien que vous eussiez quelque répugnance à la voir davantage ; il faudra peut-être que vous preniez sur vous pour lui continuer vos soins. Voulez-vous me la laisser ? Je me charge d'elle en attendant que tout ceci se passe. Je ne prétends pas vous l'ôter, elle y perdroit trop ; et je vous la rendrai dès que le mariage de votre fils sera conclu, et que vous me la redemanderez. »

A ce discours, je levai les yeux sur elle d'un air humble et reconnoissant, à quoi je joignis une très humble et très légère inclination de tête ; je dis légère, parce que je compris dans mon cœur que je devois la remercier avec discrétion, et qu'il falloit bien paroître sensible à ses bontés, mais non pas faire penser qu'elles me consolassent, comme en effet elles ne me consoloient pas. J'accompagnai le tout d'un soupir; après quoi Mᵐᵉ Dorsin, reprenant la parole, dit à ma bien-faitrice : « Voyez, consultez-vous.

— De grâce, un moment, répondit Mᵐᵉ de Miran; tout à l'heure je vais vous répondre : laissez-moi auparavant m'informer d'une chose.

« Marianne, me dit-elle, n'avez-vous point eu de nouvelles de mon fils depuis que vous êtes ici?

— Hélas! Madame, répondis-je, ne m'inter-rogez point là-dessus; je suis si malheureuse que je n'aurai encore que des sujets de douleur à vous donner, et vous n'en serez que plus en colère contre moi; il est juste que vous m'ôtiez votre amitié, et que vous laissiez là une fille qui vous est si contraire; mais il ne vous servira de rien de la haïr davantage, et je voudrois pouvoir m'exempter de cela : ce n'est pas que je refuse de vous dire la vérité; je sais bien que je suis obligée de vous la dire, c'est la moindre chose que je vous doive; mais ce qui me retient, c'est la peine qu'elle vous fera, c'est la rancune que vous en prendrez contre moi, et toute l'affliction que j'en aurai moi-même.

— Non, ma fille, non, reprit Mᵐᵉ de Miran; parlez hardiment, et ne craignez rien de ma part : Valville sait-il où vous êtes? est-il venu ici? »

Ce discours redoubla mes larmes; je tirai en-suite de ma poche la lettre que j'avois reçue de

Valville, et que je n'avois pas décachetée ; et, la lui présentant d'une main tremblante :

« Je ne sais, lui dis-je à travers mes sanglots, comment il a découvert que je suis ici, mais voilà ce qu'il vient de me donner lui-même. »

Mme de Miran la prit en soupirant, l'ouvrit, la parcourut, et jeta les yeux sur son amie, qui fixa aussi les siens sur elle : elles furent toutes deux assez longtemps à se regarder sans se rien dire ; il me sembla même que je les vis pleurer un peu ; et puis Mme Dorsin, en secouant la tête : « Ah ! Madame, dit-elle, je vous demandois Marianne ; mais je ne l'aurai pas, je vois bien que vous la garderez pour vous.

— Oui, c'est ma fille plus que jamais », répondit ma bienfaitrice avec un attendrissement qui ne lui permit de dire que ce peu de mots ; et sur-le-champ elle me tendit une troisième fois la main, que je pris alors du mieux que je pus, et que je baisai mille fois à genoux, si attendrie moi-même que j'en étois comme suffoquée. Il se passa en même temps un moment de silence qui fut si touchant que je ne saurois encore y penser sans me sentir remuée jusqu'au fond de l'âme.

Ce fut Mme Dorsin qui le rompit la première. « Est-ce qu'il n'y a pas moyen que je l'embrasse ? s'écria-t-elle. Je n'ai de ma vie été si émue que je le suis ; je ne sais plus qui des deux j'aime le plus, ou de la mère ou de la fille.

— Ah çà ! Marianne, me dit Mme de Miran

quand tous nos mouvemens furent calmés, qu'il ne vous arrive donc plus, tant que je vivrai, de dire que vous êtes orpheline; entendez-vous? Venons à mon fils. C'est sans doute Mme Dutour, cette marchande chez qui vous demeuriez, qui lui aura dit où vous êtes.

— Apparemment, répondis-je; je ne le lui ai pourtant pas dit à elle-même, et je n'avois garde, puisque j'ignorois le nom du couvent quand j'y suis entrée; mais l'homme dont j'ai été obligée de me servir pour faire porter mes hardes ici est de son quartier : ce sera lui qui le lui aura appris; et puis M. de Valville, qui me fit suivre par un laquais, lorsque je sortis de chez lui en fiacre, et qui a su que j'étois descendue chez Mme Dutour, a sans doute interrogé cette bonne dame, qui n'aura pas manqué de lui apprendre tout ce qu'elle en savoit; c'est ce que j'en puis juger : car, pour moi, il n'y a point de ma faute; je n'ai contribué en rien à tout ce qui est arrivé; et une marque de cela, c'est que depuis ce temps-là je n'ai entendu parler de M. de Valville que d'aujourd'hui; il ne m'a donné sa lettre que cette après-midi, encore ne me l'a-t-il rendue que par finesse. »

Je n'eus pas plus tôt lâché ce dernier mot que j'en sentis toute la conséquence : c'étoit engager Mme de Miran à m'en demander l'explication; et le déguisement de Valville étoit un article que j'aurois peut-être pu soustraire à sa connoissance sans blesser la sincérité dont je me piquois avec elle, et j'étois indiscrète à force de candeur.

Mais enfin le mot étoit dit, et Mme de Miran n'avoit plus besoin que je l'expliquasse, elle savoit déjà ce qu'il signifioit. « Par finesse ! me répondit-elle ; je suis donc au fait, et voici comment.

« C'est qu'en sortant de carrosse dans la cour du couvent, j'ai vu par hasard un jeune homme en livrée qui descendoit de ce parloir-ci, et j'ai trouvé qu'il ressembloit tant à mon fils que j'en ai été frappée ; j'ai même pensé vous le dire, Madame. A la fin pourtant j'ai regardé cela comme une chose singulière à laquelle je n'ai plus fait d'attention ; mais à présent, Marianne, que je sais que mon fils vous aime, je ne doute pas qu'au lieu d'un homme qui lui ressembloit, ce ne soit lui-même que j'aie vu tantôt ; n'est-il pas vrai ?

— Hélas ! Madame, lui dis-je après avoir hésité un instant, à peine arrivoit-il, quand vous êtes venue ; j'ai pris sa lettre sans le regarder, et je ne l'ai reconnu qu'à un regard qu'il m'a jeté en partant : je me suis écriée de surprise ; on vous a annoncée, et il s'est retiré.

— Du caractère dont il est, dit alors Mme de Miran en parlant à son amie, il faut que Marianne ait fait une prodigieuse impression sur son cœur ; voyez à quoi il a pu se résoudre, et quelle démarche : prendre une livrée !

— Oui, reprit Mme Dorsin : cette action-là conclut qu'il l'aime beaucoup assurément, et voilà une physionomie qui le conclut encore mieux.

— Mais ce mariage qui est presque arrêté, Madame, dit ma bienfaitrice, cet engagement que j'ai pris de son propre aveu, comment s'en tirer ? Jamais Valville ne terminera; je vous dirai plus, c'est que je serois fâchée qu'il épousât cette fille, prévenu d'une aussi forte passion que celle-ci me le paroit. Oh ! comment le guérir de cette passion ?

— L'en guérir, nous aurions de la peine, repartit Mme Dorsin ; mais je crois qu'il suffira de rendre cette passion raisonnable, et nous le pourrons avec le secours de mademoiselle; c'est un bonheur que nous ayons affaire à elle : nous venons de voir un trait du caractère de son cœur qui prouve de quoi sa tendresse et sa reconnoissance la rendront capable pour une mère comme vous; or, pour déterminer votre fils à remplir vos engagemens et les siens, il ne s'agit, de la part de votre fille, que d'un procédé qui sera bien digne d'elle; c'est qu'il est seulement question qu'elle lui parle elle-même; il n'y a qu'elle qui puisse lui faire entendre raison. Il vous obéiroit pourtant si vous l'exigiez, j'en suis persuadée; il vous respecte trop pour se révolter contre vous; mais, comme vous dites fort bien, vous ne voulez pas le forcer, et vous pensez juste; vous n'en feriez qu'un homme malheureux qui le deviendroit par complaisance pour vous, qui ne se consoleroit pas de l'être devenu, parce qu'il diroit toujours: « Je pouvois ne pas l'être »; au lieu que Marianne, par mille raisons sans réplique, qu'elle saura lui dire avec douceur, qu'elle peut même

paroître lui dire avec regret, en fera un homme
bien convaincu qu'il l'aimeroit en vain, qu'elle
n'est pas en état de l'aimer, et par là lui calmera le
cœur et le consolera de la nécessité où il s'est mis
d'épouser la jeune personne qu'on lui destine ; de
sorte qu'alors ce sera lui qui se mariera, et non
pas vous qui le marierez. Voilà ce qui m'en
semble.

— C'est fort bien dit, reprit Mme de Miran,
et votre idée est très bonne ; j'y ajouterai seulement une chose.

« Ne seroit-il pas à propos, pour achever de lui
ôter toute espérance, que ma fille feignît de vouloir être religieuse, et ajoutât même qu'à cause de
sa situation elle n'a point d'autre parti à prendre ?
Ce que je dis là ne signifie rien au moins, Marianne,
me dit-elle en s'interrompant. Ne croyez pas que
ce soit pour vous insinuer de quitter le monde : j'en
suis si éloignée qu'il faudroit que je vous visse la
vocation la plus marquée et la plus invincible pour
y consentir, tant j'aurois peur que ce ne fût
simplement que votre peu de fortune ou l'inquiétude de l'avenir, ou la crainte de m'être à charge,
qui vous y engageât ; entendez-vous, ma fille ?
Ainsi ne vous y trompez pas ; je n'envisage ici que
mon fils, je ne prétends que vous indiquer le
moyen de l'amener à mes fins, et de l'aider à
surmonter un amour que vous ne méritez que trop
qu'il ait pour vous, qu'il seroit trop heureux d'avoir
pris, et dont je serois charmée moi-même, sans les

usages et les maximes du monde, qui, dans l'in-fortune où vous êtes, ne me permettent pas d'y acquiescer. Hélas! cependant que vous manque-t-il? Ce n'est ni la beauté, ni les grâces, ni la vertu, ni le bel esprit, ni l'excellent cœur; et voilà pourtant tout ce qu'il y a de plus rare, de plus précieux; voilà les vraies richesses d'une femme dans le mariage, et vous les avez à profusion. Mais vous n'avez pas vingt mille livres de rentes; on ne feroit aucune alliance en vous épousant; on ne connoît point vos parens, qui nous feroient peut-être beau-coup d'honneur; et les hommes, qui sont sots, qui pensent mal, et à qui pourtant je dois compte de mes actions là-dessus, ne pardonnent point aux disgrâces dont vous souffrez, et qu'ils appellent des défauts.

« La raison vous choisiroit, la folie des usages vous rejette.

« Tout ce détail, je vous le fais par amitié, et afin que vous ne regardiez pas les secours que je vous demande contre l'amour de Valville comme un sujet d'humiliation pour vous.

— Eh! mon Dieu, Madame, ma chère mère (puisque vous m'accordez la permission de vous appeler ainsi), que vous êtes bonne et généreuse! m'écriai-je en me jetant à ses genoux, d'avoir tant d'attention, tant de ménagement pour une pauvre fille qui n'est rien, et qu'une autre personne que vous ne pourroit plus souffrir! Eh! mon Dieu, où serois-je sans la charité que vous avez pour moi?

songez-vous que sans vous, ma mère, j'aurois actuellement la confusion de demander ma vie à tout le monde? et, malgré cela, vous avez peur de m'humilier : y a-t-il encore sur la terre un cœur comme le vôtre?

— Eh! ma fille, s'écria-t-elle à son tour, qui est-ce qui n'auroit pas le cœur bon avec toi, chère enfant? Tu m'enchantes. — Oh! elle vous enchante, à la bonne heure, dit alors Mme Dorsin; mais finissez toutes deux, car je n'y saurois tenir : vous m'attendrissez trop.

— Revenons donc à ce que nous disions, reprit ma bienfaitrice. Puisque nous décidons qu'elle parlera à Valville, attendra-t-elle qu'il revienne la voir? ou, pour aller plus vite, ne vaut-il pas mieux qu'elle lui écrive de venir?

— Sans difficulté, dit Mme Dorsin : qu'elle écrive; mais je suis d'avis auparavant que nous sachions ce qu'il lui dit dans la lettre que vous tenez, et que vous avez lue tout bas : c'est ce qui réglera ce que nous devons faire. — Oui, dis-je aussi d'un air simple et naïf, il faut voir ce qu'il pense, d'autant plus que j'ai oublié de vous dire que je lui écrivis, le jour que je vins ici, une heure avant que d'y entrer. — Eh! pourquoi, Marianne? me dit Mme de Miran.

— Hélas! par nécessité, Madame, répondis-je; c'est que je lui envoyois un paquet où il y avoit une robe que je n'ai mise qu'une fois, du linge et quelque argent; et, comme je ne voulois point garder ces vilains présens, que je ne savois point la demeure de cet homme riche qui me les avoit donnés, de cet homme de considération dont je vous ai parlé, qui avoit fait semblant de me mettre par pitié chez Mme Dutour, et qui avoit pourtant des intentions si malhonnêtes, j'écrivis à M. de Valville, qui savoit où il demeuroit, pour le prier d'avoir la bonté de lui faire tenir le paquet de ma part.

— Eh! par quel hasard, dit Mme de Miran, mon fils savoit-il donc la demeure de cet homme-là ?

— Eh! Madame, vous allez encore être étonnée, répondis-je ; il la sait, parce que c'est son oncle. — Quoi! reprit-elle, M. de Climal ? — C'est lui-même, repris-je. C'étoit à lui que ce bon religieux dont je vous ai parlé m'avoit menée, et ce fut chez vous que j'appris qu'il étoit l'oncle de M. de Valville, parce qu'il y vint une demi-heure après qu'on m'y eut portée le jour de ma chute ; et ce fut lui aussi que M. de Valville surprit l'après-midi à mes genoux, chez la marchande de linge, dans l'instant qu'il m'entretenoit de son amour pour la première fois, et qu'il vouloit, disoit-il, me loger dès le lendemain bien loin de là, afin de me voir plus en secret et de m'éloigner du voisinage de M. de Valville.

— Juste Ciel! que m'apprenez-vous? s'écria-t-elle ; quelle foiblesse dans mon frère! Madame, ajouta-t-elle à son amie, au nom de Dieu, ne dites

mot de ce que vous venez d'entendre. Si jamais
une aventure comme celle-là venoit à être sue,
jugez du tort qu'elle feroit à M. de Climal, qui
passe pour un homme plein de vertu, et qui, en
effet, en a beaucoup, mais qui s'est oublié dans
cette occasion-ci. Le pauvre homme, à quoi son-
geoit-il? Allons, laissons cela, ce n'est pas de quoi
il est question. Voyons la lettre de mon fils. »

Elle la rouvrit. « Mais, dit-elle tout de suite en
s'arrêtant, il me vient un scrupule : faisons-nous
bien de la lire devant Marianne? Peut-être aime-
t-elle Valville : il y a dans ce billet-ci beaucoup de
tendresse ; elle en sera touchée, et n'en aura que
plus de peine à nous rendre le service que nous lui
demandons. Dis-nous, ma chère enfant, n'y a-t-il
point de risque? qu'en devons-nous croire? Aimes-
tu mon fils?

— Il n'importe, Madame, répondis-je; cela
n'empêchera pas que je ne lui parle comme je le
dois.

— Il n'importe, dis-tu! tu l'aimes donc, ma fille?
reprit-elle en souriant. — Oui, Madame, lui dis-
je, c'est la vérité; j'ai pris de l'inclination pour lui
tout d'abord, sans savoir que c'étoit de l'amour. Je
n'y songeois pas : j'avois seulement du plaisir à le
voir, je le trouvois aimable; et vous savez que je
n'avois point tort, car il l'est beaucoup : c'est un
jeune homme si doux, si bien fait, qui vous ressemble
tant ! et je vous ai aimée aussi, dès que je vous ai
vue : c'est la même chose. » Mᵐᵉ Dorsin et elle se

mirent à rire là-dessus. « Je ne me lasse point de l'entendre, dit la première, et je ne pourrai plus me passer de la voir ; elle est unique.

— Oui, j'en conviens, repartit ma bienfaitrice ; mais je vais pourtant la quereller d'avoir dit à mon fils qu'elle l'aimoit, à cause que c'est un discours indiscret.

— Ah ! mon Dieu ! Madame, jamais ! m'écriai-je ; il n'en sait rien, je n'en ai pas ouvert la bouche. Est-ce qu'une fille ose dire à un homme qu'elle l'aime ? à une dame encore, passe, il n'y a pas de mal ; mais M. de Valville n'en a pas le moindre soupçon, à moins qu'il ne l'ait deviné ; et, quand il s'en douteroit, cela ne lui servira de rien, Madame ; vous le verrez, je vous le promets, ne vous embarrassez point. Eh bien ! oui, il est aimable, il faudroit être aveugle pour ne le pas voir ; mais qu'est-ce que cela fait ? c'est tout comme s'il ne l'étoit pas plus qu'un autre, je vous assure, je n'y prendrai pas garde ; et je serois bien ingrate d'en agir autrement.

— Ah ! ma chère fille, me dit Mme de Miran, il te sera bien difficile de résoudre ce cœur-là à renoncer à toi ; plus je te vois, plus je désespère que tu le puisses : essayons pourtant, et voyons ce qu'il t'écrit. »

La lettre étoit courte, et la voici, autant que je puis m'en ressouvenir :

Il y a trois semaines que je vous cherche, Mademoiselle, et que je me meurs de douleur. Je n'ai pas

30

dessein de vous parler de mon amour; il ne mérite
plus que vous l'écoutiez. Je ne veux que me jeter à
vos pieds, que vous montrer l'affliction où je suis de
vous avoir offensée; je ne veux que vous demander
pardon, non pas dans l'espérance de l'obtenir, mais
afin que vous vous vengiez en me le refusant. Vous
ne savez pas combien vous pouvez me punir; il faut
que vous le sachiez; je ne demande que la consola-
tion de vous l'apprendre.

C'étoit là à peu près ce que contenoit la lettre;
elle me pénétra, et j'avoue que mon cœur en secret n'en perdit pas un mot, je crois même que
Mᵐᵉ de Miran s'en aperçut, car elle me dit en me
regardant : «Ma fille, ce billet vous touche, n'est-ce
pas? — Je ne dirai point que non, ma mère, je
ne sais point mentir, répondis-je : ne craignez rien
pourtant, je n'en ferai pas mon devoir avec moins
de courage, au contraire.

— Mais, repartit-elle, de quelle offense parle-
t-il donc? — De la mauvaise opinion qu'il témoi-
gna avoir de moi quand il trouva M. de Climal à
mes genoux, repartis-je; et, depuis qu'il a reçu
ma lettre, où je le priois de remettre le paquet de
hardes à son oncle, il a bien vu qu'il s'étoit trompé
sur mon compte, et que j'étois innocente; et voilà
pourquoi il a mis qu'il m'a offensée.

— Sur ce pied-là, dit Mᵐᵉ Dorsin, ce qu'il lui
écrit marque bien autant de probité que d'amour.
J'aime à le voir rendre justice à la vertu de Ma-

rianne : c'est le procédé d'un honnête homme ; et plus il estime votre fille, moins elle aura de peine à l'amener à ce que la raison et la conjoncture présente exigent qu'il fasse ; comptez là-dessus.

— Vous me persuadez, répondit ma bienfaitrice ; mais il est temps de nous retirer ; finissons. Nous convenons donc que Marianne écrira à Valville. — Il ne s'agit que d'un mot, lui dis-je, et je puis tout à l'heure l'écrire devant vous, Madame : voici de l'encre et du papier dans ce parloir.

— Eh bien ! soit, ma fille ; écris, tu as raison, une ligne suffira » ; et sur-le-champ je fis ce billet-ci :

Je n'ai pu vous parler tantôt, Monsieur ; et j'aurois pourtant quelque chose à vous dire.

« Mais, ma mère, quand le prierai-je de venir ? dis-je alors à Mme de Miran en m'interrompant.

— Demain, à onze heures du matin », me répondit-elle.

Et je vous serois obligée, ajoutai-je en continuant d'écrire, *de venir ici demain, à onze heures du matin ; je vous attendrai. Je suis...*

Et toujours *Marianne* au bas.

Je mis dessus le billet l'adresse telle que ma bienfaitrice me la dicta ; elle se chargea de le cacheter, de le faire porter par quelque domestique du couvent, à qui elle parleroit en s'en retournant, et je le lui donnai.

« Je t'avertis que je me trouverai aussi au rendez-vous, ma fille, me dit-elle lorsqu'elle me quitta;
j'y arriverai seulement quelques instans après lui,
pour te laisser le temps de lui dire que je t'ai rencontrée dans ce couvent, que c'est moi qui t'y ai
mise en pension, et que dans nos entretiens le hasard t'a appris que j'étois sa mère; que je t'ai dit
qu'il me chagrinoit; que, depuis qu'il avoit vu une
jeune personne qu'on avoit portée chez moi, et
dont tu ajouteras que je t'ai conté l'histoire, il re-
fusoit de terminer un mariage qui étoit arrêté : je
me montrerai là-dessus comme si j'arrivois pour te
voir; et puis ce sera à toi, ma fille, à achever le
reste. Adieu, Marianne, jusqu'à demain.—Adieu,
ma chère enfant, me dit aussi Mme Dorsin; je suis
votre bonne amie au moins, ne l'oubliez pas; jusqu'au revoir, et ce sera bientôt : je veux qu'au
premier jour elle vienne dîner avec vous chez moi,
Madame; et, si vous ne me l'amenez pas, je vien-
drai la chercher, je vous en avertis.

— Je serai de la partie la première fois, dit
Mme de Miran, après quoi je vous la laisserai tant
qu'il vous plaira. »

Je ne répondis à tout cela que par un souris et
par une profonde révérence; elles s'en allèrent, et
je restai dans une situation d'esprit assez paisible.

Qui m'auroit vue m'auroit crue triste; et dans
le fond je ne l'étois pas, je n'avois que l'air de
l'être, et, à me bien définir, je n'étois qu'attendrie.

Je soupirois pourtant comme une personne qui

auroit eu du chagrin; peut-être même croyois-je
en avoir, à cause de la disposition des choses : car,
enfin, j'aimois un homme auquel il ne falloit plus
penser, et c'étoit là un sujet de douleur; mais,
d'un autre côté, j'en étois tendrement aimée, de
cet homme; et c'est une grande douceur : avec
cela on est du moins tranquille sur ce qu'on vaut;
on a les honneurs essentiels d'une aventure, et on
prend patience sur le reste.

D'ailleurs, je venois de m'engager à quelque
chose de si généreux; je venois de montrer tant de
raison, tant de franchise, tant de reconnoissance,
de donner une si grande idée de mon cœur, que
ces deux dames en avoient pleuré d'admiration
pour moi. Oh! voyez avec quelle complaisance je
devois regarder ma belle âme, et combien de petites vanités intérieures devoient m'amuser et me
distraire du souci que j'aurois pu prendre!

Mais venons aux suites de cet événement, et
passons au lendemain.

Sans doute que ma lettre fut exactement rendue
à Valville. C'étoit à onze heures du matin que je
l'attendois au couvent, et il ne manqua pas d'y arriver à l'heure précise.

La première fois qu'il m'y avoit vue, à ce qu'il
m'a dit depuis, il avoit cru nécessaire de se traves-
tir, par deux raisons : l'une étoit qu'après l'insulte
qu'il m'avoit faite, je refuserois de lui parler, s'il
me demandoit sous son nom; l'autre, que l'abbesse voudroit peut-être savoir ce qui l'amenoit,

et qui il étoit, avant que de me permettre de le voir; au lieu que toutes ces difficultés n'y seroient plus dès qu'il paroîtroit sous la figure d'un domestique, qui venoit même de la part de Mme de Miran : car c'étoit une précaution qu'il avoit prise.

Mais cette fois-ci il comprit bien par la teneur de mon billet, qui étoit simple, que je le dispensois de tout déguisement, et qu'il n'en étoit pas besoin.

Il m'a avoué depuis que le peu de façon que j'y faisois l'avoit inquiété; et effectivement, ce n'étoit pas trop bon signe; une pareille visite n'avoit plus l'air d'intrigue : elle étoit trop innocente pour promettre quelque chose de bien favorable.

Quoi qu'il en soit, onze heures venoient de sonner, quand l'abbesse elle-même vint m'annoncer Valville.

« Allez, Marianne, me dit-elle : c'est le fils de Mme de Miran qui vous demande; elle me dit hier, après qu'elle vous eut quittée, qu'il viendroit vous voir : il vous attend. »

Le cœur me battit dès que j'appris qu'il étoit là. « Je vous suis bien obligée, Madame, répondis-je; j'y vais. » Et je partis. Mais je marchai lentement, pour me donner le temps de me rassurer.

J'allois soutenir une terrible scène; je craignois de manquer de courage; je me craignois moi-même; j'avois peur que mon cœur ne servît lâchement ma bienfaitrice.

J'oubliois encore de vous parler d'un article qui me faisoit honneur.

C'est que j'étois restée dans mon négligé, je dis dans le négligé où je m'étois laissée en me levant : point d'autre linge que celui avec lequel je m'étois couchée, linge assez blanc, mais toujours flétri, qui ne vous pare point quand vous êtes aimable, et qui vous dépare un peu quand vous ne l'êtes point.

Joignez-y une robe à l'avenant, et qui me servoit le matin dans ma chambre. Je n'avois, en un mot, que les grâces que je n'avois pu m'ôter, c'est-à-dire celles de mon âge et de ma figure, avec lesquelles je pourrai encore me soutenir, me disois-je bien secrètement en moi-même, et si secrètement que je n'y faisois pas attention, quoique cela m'aidât à renoncer aux agrémens que je ne me donnois pas, et dont je faisois un sacrifice à Mme de Miran.

Ce n'est pas qu'elle eût songé à me dire : « Ne vous ajustez point » ; mais je suis sûre que, dès qu'elle m'auroit vue ajustée, elle auroit tout d'un coup songé que je ne devois pas l'être. Enfin je parus ; me voilà dans le parloir où je trouvai Valville.

Qu'il étoit bien mis, lui ! qu'il avoit bonne mine ! Hélas ! qu'il avoit l'air tendre et respectueux ! Que je lui sentis d'envie de me plaire, et qu'il étoit flatteur pour une fille comme Marianne de voir qu'un homme comme lui mît sa fortune à trouver grâce devant elle! Car ce que je dis là étoit écrit dans ses yeux; Valville ne sembloit respirer que ce sentiment-là.

Il tenoit une lettre à la main; c'étoit la mienne, celle où je lui avois mandé de venir.

« Je ne sais, dit-il en me montrant cette lettre qu'il baisa, si je dois me réjouir ou m'affliger de l'ordre que j'ai reçu de votre part dans ce billet; mais je n'y obéis pas sans inquiétude. »

Et il falloit voir avec quelle timidité, avec quel air de défiance sur son sort, il me tenoit ce discours.

« Monsieur, lui répondis-je, extrêmement émue de tout ce que son abord avoit de tendre et de charmant, asseyez-vous. »

Il fallut ensuite que je reprisse haleine; il s'assit.

« Oui, Monsieur, continuai-je d'une voix encore un peu tremblante, j'ai à vous parler. — Eh bien, Mademoiselle, repartit-il tout tremblant à son tour, de quoi s'agit-il? que m'annoncez-vous par ce début? Votre abbesse sait apparemment la visite que je vous rends?

— Oui, Monsieur, lui dis-je; c'est elle-même qui, en vous nommant, est venue m'avertir que vous me demandiez.

— En me nommant! s'écria-t-il; et comment cela se peut-il? Je ne la connois point, je ne l'ai jamais vue; vous lui avez donc dit qui j'étois? Vous êtes donc convenues ensemble que vous m'enverriez chercher?

— Non, Monsieur, je ne lui ai rien confié;
tout ce qu'elle savoit, c'est que vous deviez venir,
et c'est une autre que moi qui l'en a instruite;
mais, de grâce, écoutez-moi.

« Vous voulez me persuader que vous m'aimez,
et je crois que vous dites vrai; mais quel dessein
pouvez-vous avoir en m'aimant?

— Celui de n'être jamais qu'à vous, me répondit-il froidement, mais d'un ton ferme et déterminé,
celui de m'unir à vous par tous les liens de l'honneur et de la religion : s'il y en avoit de plus forts,
je les prendrois, *ils me feroient encore plus de*
plaisir; et, en vérité, ce n'étoit pas la peine de me
demander mon dessein; je ne pense pas qu'il puisse
en venir d'autre dans l'esprit d'un homme qui vous
aime, Mademoiselle : mes intentions ne sauroient
être douteuses; il ne reste plus qu'à savoir si elles
vous seront agréables, et si je pourrai obtenir de
vous ce qui fera le bonheur de ma vie. »

Quel discours, Madame ! Je sentis que les
larmes m'en venoient aux yeux; je crois même que
je soupirai, il n'y eut pas moyen de m'en empêcher; mais je soupirai le plus bas qu'il me fut
possible, et sans oser lever les yeux sur lui.

« Monsieur, lui dis-je, ne vous ai-je pas dit les
malheurs que j'ai essuyés dès mon enfance ? Je ne
sais point de qui je suis née; j'ai perdu mes parens
sans les connoître; je n'ai ni bien ni famille, et
nous ne sommes pas faits l'un pour l'autre : d'ailleurs, il y a encore des obstacles insurmontables.

— Je vous entends, me dit-il de l'air d'un homme consterné ; c'est que votre cœur se refuse au mien.

— Non, ce n'est point cela, lui dis-je sans pouvoir poursuivre.

— Ce n'est point cela, Mademoiselle, me répondit-il, et vous me parlez d'obstacles ! »

Nous en étions là de notre conversation, quand Mme de Miran entra : jugez de la surprise de Valville.

« Quoi ! c'est ma mère ! s'écria-t-il en se levant : ah ! Mademoiselle, tout est concerté. — Oui, mon fils, lui dit-elle d'un ton plein de douceur et de tendresse : nous voulions vous le cacher ; mais je vous l'avoue de bonne foi, je savois que vous deviez être ici, et nous étions convenues que je m'y rendrois. Ma chère fille, ajouta-t-elle en s'adressant à moi, Valville est-il au fait ? l'as-tu instruit ?

— Non, ma mère, lui dis-je fortifiée par sa présence, et ranimée par la façon affectueuse dont elle me parloit devant lui ; non, je n'ai pas eu le temps ; monsieur ne venoit que d'entrer, et notre entretien ne faisoit que commencer quand vous êtes arrivée ; mais je vais lui conter tout devant vous, ma mère. »

Et sur-le-champ : « Vous voyez, Monsieur, dis-je à Valville, qui ne savoit ce que nous voulions dire avec ces noms que nous nous donnions, vous voyez comment Mme de Miran me traite : ce qui vous marque bien les bontés qu'elle a pour moi, et même les obligations que je lui ai. Je lui en ai tant que cela n'est pas croyable; et vous seriez le premier à dire que je serois indigne de vivre si je ne vous conjurois pas de ne plus songer à moi. » Valville à ces mots baissa la tête et soupira.

« Attendez, Monsieur, attendez, repris-je; c'est vous-même que je prends pour juge dans cette occasion-ci.

« Il n'y a qu'à considérer qui je suis; je vous ai déjà dit que j'ai perdu mon père et ma mère. Ils ont été assassinés dans un voyage dont j'étois avec eux dès l'âge de deux ans; et depuis ce temps, voici, Monsieur, ce que je suis devenue. C'est la sœur d'un curé de campagne qui m'a élevée par compassion. Elle est venue à Paris avec moi pour une succession qu'elle n'a pas recueillie; elle y est morte, et m'y a laissée seule et sans secours dans une auberge. Son confesseur, qui est un bon religieux, m'en a tirée pour me présenter à M. de Climal, votre oncle; M. de Climal m'a mise chez une lingère, et m'y a abandonnée au bout de trois jours; je vous ai dit pourquoi, en vous priant de lui remettre ses présens. La lingère me dit qu'il falloit prendre mon parti; je sortis pour informer ce religieux de mon état, et c'est en revenant de chez lui que j'entrai dans l'église de ce couvent-ci pour cacher mes pleurs qui me suffoquoient : ma mère, qui est présente, y arriva après moi; et c'est une grâce que Dieu m'a faite. Elle me vit pleurer dans un confessionnal; je lui fis pitié, et je suis

pensionnaire ici depuis le même jour : c'est elle
qui paye ma pension, qui m'a habillée, qui m'a
fournie de tout abondamment, magnifiquement,
avec des manières, des tendresses, des caresses qui
font que je ne saurois y penser sans fondre en
larmes ; elle vient me voir, elle me parle, elle me
chérit, et en agit avec moi comme si j'étois votre
sœur ; elle m'a même défendu de songer que je
suis orpheline, et elle a bien raison ; je ne dois plus
me ressouvenir que je le suis ; cela n'est plus vrai :
il n'y a peut-être point de fille, avec la meilleure
mère du monde, qui soit si heureuse que moi. »
Ma bienfaitrice et son fils, à cet endroit de mon
discours, me parurent émus jusqu'aux larmes.

« Voilà ma situation, continuai-je, voilà où j'en
suis avec Mme de Miran. Vous qui, à ce qu'on
dit, êtes un jeune homme plein de raison et de
probité, comme il me l'a semblé aussi, parlez-moi
en conscience, Monsieur : vous m'aimez ; que me
conseillez-vous de faire de votre amour, après ce
que je viens de vous dire ? Il faut regarder que les
malheureux à qui on fait la charité ne sont pas
si pauvres que moi ; ils ont du moins des frères,
des sœurs, ou quelques autres parens ; ils ont un
pays, ils ont un nom, avec des gens qui les connoissent ; et moi, je n'ai rien de tout cela : n'est-ce pas
là être plus misérable et plus pauvre qu'eux ?

— Va, ma fille, me dit Mme de Miran, achève,
et ne t'arrête point là-dessus. — Non, ma mère,
repris-je, laissez-moi dire tout. Je ne dis rien que

de vrai, Monsieur ; et cependant vous me demandez
mon cœur pour m'épouser. Ne seroit-ce pas là un
beau présent que je vous ferois? Ne seroit-ce pas
une cruauté à moi que de vous le donner? Eh !
mon Dieu, quel cœur vous donnerois-je, sinon
celui d'une étourdie, d'une évaporée, d'une fille
sans jugement, sans considération pour vous? Il est
vrai que je vous plais ; mais vous ne vous attachez
pas à moi seulement à cause que je suis jolie, ce
ne seroit pas la peine ; et apparemment que
vous me croyez d'un bon caractère ; et, en ce cas,
comment pouvez-vous espérer que je consente à
un amour qui vous attireroit le blâme de tout le
monde, qui vous brouilleroit avec toute une famille,
avec tous vos amis, avec tous les gens qui vous
estiment, et avec moi aussi : car quel repentir
n'auriez-vous pas, quand vous ne m'aimeriez plus,
et que vous vous trouveriez le mari d'une femme
qui seroit moquée, que personne ne voudroit voir,
et qui ne vous auroit apporté que du malheur et que
de la honte? Encore n'est-ce rien que tout ce que
je dis là, ajoutai-je, avec un attendrissement qui me
fit pleurer. A présent que je suis si obligée à Mme de
Miran, quelle méchante créature ne serois-je pas,
si je vous épousois? Pourriez-vous sentir autre
chose pour moi que de l'horreur, si j'en étois
capable? Y auroit-il rien de si abominable que moi
sur la terre, surtout dans l'occurrence où je sais que
vous êtes? Car je suis informée de tout : ma mère
me vint voir hier à son ordinaire ; elle étoit triste,

je lui demandai ce qu'elle avoit, elle me dit que
son fils la chagrinoit ; je l'écoutois sans m'attendre
que je serois mêlée là dedans ; elle me dit aussi
qu'elle avoit toujours été fort contente de ce fils,
mais qu'elle ne le reconnoissoit plus depuis qu'il
avoit vu une certaine jeune fille : là-dessus, elle me
conta notre histoire, et cette jeune fille qui vous
dérange, qui fait que vous manquez à votre parole,
qui afflige aujourd'hui ma mère, qui lui a ôté le bon
cœur et la tendresse de son fils, il se trouve que
c'est moi, Monsieur, que c'est cette pensionnaire
qu'elle fait vivre et qu'elle accable de bienfaits.
Après cela, Monsieur, voyez, avec l'honneur, avec
la probité, avec le cœur estimable, tendre et généreux que vous avez coutume d'avoir, voyez si vous
souhaitez encore que je vous aime, et si vous-même
vous auriez le courage d'aimer un monstre comme
j'en serois un si j'écoutois votre amour. Non,
Monsieur, vous êtes touché de ce que je vous
apprends, vous pleurez ; mais ce n'est plus que de
tendresse pour ma mère et que de pitié pour moi.
Non, ma mère, vous ne serez plus ni triste ni
inquiète ; M. de Valville ne voudra pas que je sois
davantage le sujet de votre chagrin : c'est une
douleur qu'il ne me fera pas à moi-même. Je
suis bien sûre qu'il ne troublera plus le plaisir que
vous avez à me secourir ; il y sera sensible au
contraire, il voudra y avoir part, il m'aimera encore,
mais comme vous m'aimez ; il épousera la demoiselle en question, il l'épousera à cause de lui-même

qui le doit, à cause de vous qui lui avez procuré ce parti pour son bien, et à cause de moi qui l'en conjure comme de la seule marque qu'il peut me donner que je lui ai été véritablement chère : c'est une consolation qu'il ne refusera pas à une fille qui ne sauroit être à lui, mais qui ne sera jamais à personne, et qui de son côté ne refuse pas de lui dire que, si elle avoit été riche et son égale, elle avoit si bonne opinion de lui qu'elle l'auroit préféré à tous les hommes du monde ; c'est une consolation que je veux bien lui donner à mon tour, et je n'y ai pas de regret pourvu qu'il vous contente. »

Je m'arrêtai alors, et me mis à essuyer les pleurs que je versois. Valville, toujours la tête baissée et plongé dans une profonde rêverie, fut quelque temps sans répondre. Mme de Miran le regardoit et attendoit, la larme à l'œil, qu'il parlât ; enfin il rompit le silence, et, s'adressant à ma bienfaitrice :

« Ma mère, lui dit-il, vous voyez ce que c'est que Marianne ; mettez-vous à ma place, jugez de mon cœur par le vôtre. Ai-je eu tort de l'aimer ? me sera-t-il possible de ne l'aimer plus ? ce qu'elle vient de me dire est-il propre à me détacher d'elle ? Que de vertus, ma mère ! et il faut que je la quitte ! vous le voulez ; elle m'en prie ; et je la quitterai ; j'en épouserai une autre ; je serai malheureux, j'y consens ; mais je ne le serai pas longtemps. »

Ses pleurs coulèrent après ce peu de mots ; il ne les retint plus : elles attendrirent Mme de Miran, qui pleura comme lui et qui ne sut que dire ; nous

nous taisions tous trois, on n'entendoit que des soupirs.

«Eh! Seigneur, m'écriai-je avec amour, avec douleur, avec mille mouvemens confus que je ne saurois expliquer, eh! mon Dieu, Madame, pourquoi m'avez-vous rencontrée? je suis au désespoir d'être au monde, et je prie le Ciel de m'en retirer. — Hélas! me dit tristement Valville, de quoi vous plaignez-vous? ne vous ai-je pas dit que je vous quitte?

— Oui, vous me quittez, lui répondis-je; mais, en me le disant, vous désolez ma mère, vous la faites mourir, vous la menacez d'être malheureux, et vous voulez qu'elle se console; vous demandez de quoi nous avons à nous plaindre! Eh! qu'exigez-vous de plus que ce que je vous ai dit? Quand on est généreux, qu'on est raisonnable, n'y a-t-il pas des choses auxquelles il faut se rendre? Eh bien, vous ne m'épouserez pas; mais c'est Dieu qui ne l'a pas permis; mais je n'épouserai personne, et vous me serez toujours cher, Monsieur. Vous ne me perdez point, je ne vous perds point non plus: je serai religieuse; mais ce sera à Paris, et nous nous verrons quelquefois; nous aurons tous deux la même mère; vous serez mon frère, mon bienfaiteur, le seul ami que j'aurai sur la terre, le seul homme que j'y aurai estimé, et que je n'oublierai jamais.

— Ah! ma mère, s'écria encore Valville en tombant subitement aux genoux de Mme de Miran, je vous demande pardon des pleurs que je vous vois répandre et dont je suis cause. Faites de moi ce qu'il vous plaira, vous êtes la maîtresse; mais vous m'avez perdu; vous avez mis le comble à mon admiration pour elle en m'attirant ici : je ne sais plus où j'en suis; ayez pitié de l'état où je me trouve; tout ceci me déchire le cœur; emmenez-moi, sortons. J'aime mieux mourir que de vous affliger; mais, vous qui avez tant de tendresse pour moi, que voulez-vous que je devienne?

— Hélas! mon fils, que veux-tu que je te réponde? lui dit cette dame. Il faudra voir; je te plains, je t'excuse, vous me touchez tous deux, et je t'avoue que j'aime autant Marianne que tu l'aimes toi-même. Lève-toi, mon fils; ceci n'a pas réussi comme je le croyois : ce n'est pas sa faute; je lui pardonne l'amour que tu as pour elle; et, si tout le monde pensoit comme moi, je ne serois guère embarrassée, mon fils. »

A ces derniers mots, dont Valville comprit tout le sens favorable, il se rejeta à ses genoux, lui prit une main qu'il baisa mille fois sans parler. « Eh bien! Madame, lui dis-je, m'aimerez-vous encore? y a-t-il d'autre remède que de m'abandonner?

— Le Ciel m'en préserve, ma chère enfant! me répondit-elle; que viens-tu me dire? Va, encore une fois, sois tranquille : je suis contente de toi. Mon fils, ajouta-t-elle d'un air de bonté qui me ravit encore, je ne te presse plus de terminer le mariage en question; cela va me brouiller avec d'honnêtes gens, mais je t'aime encore mieux qu'eux.

— Vous me rendez la vie, repartit Valville ; je
suis le plus heureux de tous les fils ; mais, ma
mère, que ferez-vous de Marianne? Ne me per-
mettrez-vous pas de la voir quelquefois? — Mon
fils, lui répondit-elle, tu me demandes plus que je
ne sais : laisse-moi y rêver, nous verrons. —
Consentez du moins que je l'aime, ajouta-t-il.
— Eh ! juste Ciel ! à quoi serviroit-il que je te le
défendisse? Aime-la, mon enfant, aime-la ; il en
arrivera ce qui pourra », reprit-elle.

J'avois pourtant dit que j'allois être religieuse,
et je pensai le répéter par excès de zèle ; mais,
comme Mme de Miran l'oublioit, je m'avisai tout
d'un coup de réfléchir que je ne devois pas l'en
faire ressouvenir.

Je venois de m'épuiser en générosité, il n'y
avoit rien que je n'eusse dit pour détourner Valville de m'aimer ; mais, s'il plaisoit à Mme de
Miran de vouloir bien qu'il m'aimât, si son propre
cœur s'attendrissoit jusque-là pour son fils ou pour
moi, je n'avois qu'à me taire ; ce n'étoit pas à
moi à lui dire : « Madame, prenez garde à ce que
vous faites. » Cet excès de désintéressement de
ma part n'auroit été ni naturel ni raisonnable.

Ainsi je ne dis mot. Elle se leva. « Quelle dangereuse petite fille tu es, Marianne! me dit-elle
en se levant. Adieu! partons, mon fils. » Et le fils
ne cessoit de lui baiser la main qu'il tenoit, ce qui
n'étoit pas si mal entendu.

« Oui, oui, ajouta-t-elle, je comprends bien ce

que cela veut dire ; mais je ne déciderai rien ; je ne sais à quoi me résoudre : quelle situation ! Adieu, il est tard ; va dîner, ma fille ; je te reverrai bientôt. » Je la saluai alors sans rien répondre, et, comme je paroissois pleurer et que je m'essuyois les yeux de mon mouchoir : « Pourquoi pleures-tu ? me dit-elle : je n'ai rien à te reprocher ; je ne saurois te savoir mauvais gré d'être aimable ; va-t'en, tranquillise-toi ; donne-moi la main, Valville. »

Et sur-le-champ elle descendit l'escalier, aidée de son fils, qui, par discrétion, ne me parla que des yeux et ne prit congé de moi que par une révérence, que je lui rendis d'un air mal assuré, et comme une personne qui avoit peur de s'émanciper trop et d'abuser de l'indulgence de la mère en le saluant.

Me voilà seule, et bien plus agitée que je ne l'avois été la veille, lorsque Mme de Miran me quitta.

Aussi y avoit-il ici matière à bien d'autres mouvemens. « Aime-la, mon enfant ; il en arrivera ce qui pourra », avoit dit ma bienfaitrice à son fils, « et puis nous verrons ; je ne sais que résoudre », avoit-elle ajouté ; et, dans le fond, c'étoit m'avoir dit à moi-même : « Espérez ». Aussi espérois-je, mais en tremblant, mais en me traitant de folle d'oser espérer si mal à propos ; et, en pareil cas, on souffre beaucoup ; il vaudroit mieux ne voir aucune lueur de succès que d'en voir une si foible, qui ne vient flatter l'âme que pour la troubler.

« Est-ce que j'épouserois Valville? » me disois-je;
je ne le croyois pas possible, et je sentois pourtant
que ce seroit un malheur pour moi si je ne l'épousois pas. C'est là tout ce que mon cœur avoit
gagné aux discours incertains de Mme de Miran : n'étoit-ce pas là le sujet d'un tourment de
plus?

Je n'en dormis point la nuit suivante; j'en dormis mal deux ou trois nuits de suite : car je passai
trois jours sans entendre parler de rien, et ce ne
fut pas, s'il m'en souvient, sans un peu de mur-
mure contre ma bienfaitrice.

« Que ne se détermine-t-elle donc! disois-je
quelquefois; à quoi bon tant de longueurs? » Et là-
dessus je crois que je boudois contre elle.

Enfin le quatrième jour arriva, et elle ne paroissoit point; mais, au lieu d'elle, Valville, à trois
heures après midi, me demanda.

On vint me le dire, et c'étoit me donner la liberté d'aller lui parler; cependant je n'en usai pas.
Je l'aimois, et mille fois plus que je ne l'avois encore aimé; j'avois une extrême envie de le voir,
une extrême curiosité de savoir s'il n'avoit rien de
nouveau à m'apprendre sur notre amour, et malgré
cela je me retins; je refusai de l'aller trouver, afin
que, si Mme de Miran le savoit, elle m'en estimât
davantage : ainsi mon refus n'étoit qu'une ruse.
Je fis donc prier Valville de trouver bon que je ne
le visse point, à moins qu'il ne vînt de la part de
sa mère; ce que je ne présumois point, puisqu'elle

ne m'avoit pas avertie, comme en effet elle ignoroit sa visite.

Valville n'osa me tromper, et fut assez sage pour
se retirer. Ce trait de prudence rusée me coûta
extrêmement; je commençois à me le reprocher,
quand il me fit dire qu'il me reverroit le lendemain
avec Mme de Miran; et voici à propos de quoi il
pouvoit m'en assurer : c'est que le lendemain il
devoit y avoir une cérémonie dans notre couvent;
une jeune religieuse y faisoit sa profession, et ses
parens en avoient invité toute la famille de Valville : la mère, le fils, l'oncle et toute la parenté;
ce que j'appris après, et ce que je présumai au
moment où je les vis dans l'église.

Vous savez qu'en de pareilles fêtes les religieuses paroissent à découvert, et qu'on tire le rideau
de leur grille; observez aussi que je me mettois
ordinairement fort près de cette grille. Mme de
Miran étoit arrivée si tard, avec toute sa compagnie, qu'elle n'eut que le temps d'entrer tout
de suite dans l'église. Je vous ai dit que j'ignorois
qu'elle fût invitée, et ce fut pour moi une agréable
surprise lorsque je la vis qui traversoit pour venir
se placer près de notre grille; un cavalier d'assez
bonne mine, quoique un peu âgé, lui donnoit
la main.

Une file d'autres personnes la suivoit, à ce qu'il
me parut; je ne la quittai point des yeux, elle ne
me voyoit point encore.

Enfin elle arrive, et la voilà assise avec le cavalier à côté d'elle. Ce fut alors qu'à travers ceux qui la suivoient je démêlai M. de Climal et Valville.

« Quoi ! M. de Climal ! » dis-je en moi-même avec un étonnement où peut-être entroit-il un peu d'émotion : ce qui est de certain, c'est que j'aurois mieux aimé qu'il n'eût point été là ; je ne savois s'il devoit m'être indifférent qu'il y fût, ou si je devois en être fâchée ; mais, à tout prendre, ce n'étoit pas une agréable vision pour moi, j'avois droit de le regarder comme un méchant homme, que ma seule présence déconcerteroit.

Encore ne seroit-ce rien pour lui que l'embarras de me voir, en comparaison des circonstances qui alloient s'y joindre, et des motifs d'inquiétude et de confusion qui alloient l'accabler. Je n'attendois que l'instant de faire ma révérence à Mme de Miran, sa sœur ; et Mme de Miran ne manqueroit pas d'y répondre avec cet accueil aisé, tendre et familier, qui lui étoit ordinaire. Oh ! que penseroit-il de cette familiarité ? quelles suites fâcheuses n'en pouvoit-il pas prévoir ? Madame, concevez combien il me trouveroit redoutable pour sa gloire, et combien un méchant qui vous craint est lui-même à craindre.

Et tout ce que je vous dis là m'agitoit confusément.

Son neveu fut le premier qui m'aperçut, et qui me salua avec je ne sais quel air de gaieté et de confiance qui étoit de bon augure pour nos affaires.

M. de Climal, qui s'asseyoit en ce moment, ne le vit point me saluer. Il parloit au cavalier qui étoit auprès de Mme de Miran.

Cette dame les écoutoit et ne regardoit point encore du côté des religieuses. Enfin elle jeta les yeux sur nous, et m'aperçut.

Ce furent aussitôt de profondes révérences de ma part, qui m'attirèrent de la sienne de ces démonstrations qui se font avec la main, et qui signifioient : « Ah! bonjour, ma chère enfant; te voilà? » Son frère, qui tiroit alors de sa poche une espèce de bréviaire, remarqua ces démonstrations, les suivit de l'œil, et vit sa petite lingère, qui ne paroissoit pas avoir beaucoup perdu en le congédiant, et dont les ajustemens ne devoient pas lui faire regretter le paquet de hardes malhonnêtes qu'elle lui avoit renvoyées.

Ce pauvre homme (car l'instant approche où il méritera que j'adoucisse mes expressions sur son chapitre), ce pauvre homme, pour qui, par une espèce de fatalité, je devois toujours être un sujet d'embarras et d'alarmes, perdit toute contenance en me voyant, et n'eut pas la force de me regarder en face.

Je rougis à mon tour, mais en ennemie hardie et indignée, qui se sent l'avantage d'une bonne conscience, et qui a droit de confondre une âme coupable et au-dessous de la sienne.

Je doutois s'il me salueroit ou non, et il n'en fit rien, et je l'imitai par hauteur, par prudence,

et même par une sorte de pitié pour lui : il y avoit
de tout cela dans mon esprit.

Je m'aperçus que Mme de Miran l'observoit, et
je suis persuadée qu'elle sentit bien le désordre où
il se trouvoit, tant à cause de moi qu'à cause de
Valville, que, par bonheur pour lui encore, il
croyoit seul au fait de son indignité. Le service
commença ; il y eut un sermon qui fut fort beau ;
je ne dis pas bon : ce fut avec la vanité de prêcher
élégamment qu'on nous prêcha la vanité des choses
de ce monde, et c'est là le vice d'un grand nombre
de prédicateurs : c'est bien moins pour notre instruction qu'en faveur de leur orgueil qu'ils prê-
chent ; de sorte que c'est presque toujours le péché
qui prêche la vertu dans nos chaires.

La cérémonie finie, Mme de Miran me demanda
et vint au parloir avant que de partir ; elle n'avoit
que son fils avec elle. M. de Climal s'étoit déjà
retiré. « Bonjour, Marianne, me dit-elle ; le reste
de ma compagnie m'attend en bas, à l'exception
de mon frère, qui est parti ; et je ne suis montée
que pour te dire un mot. Voici Valville qui t'aime
toujours, qui me persécute, qui est toujours à mes
genoux pour obtenir que je consente à ses desseins : il dit que je ferois son malheur si je m'y
opposois, que c'est une inclination insurmontable ;
que sa destinée est de t'aimer, et d'être à toi. Je
me rends, je ne saurois dans le fond condamner le
choix de son cœur ; tu es estimable, et c'est assez
pour un homme qui t'aime et qui est riche. Ainsi,

mes enfans, aimez-vous, je vous le permets : toute
autre mère que moi n'en agiroit pas de même.
Suivant les maximes du monde, mon fils fait une
folie, et je ne suis pas sage de souffrir qu'il la fasse;
mais il y va, dit-il, du repos de sa vie, et il me
faudroit un autre cœur que le mien pour résister à
cette raison-là. Je songe que Valville ne blesse
point le véritable honneur, qu'il ne s'écarte que
des usages établis, qu'il ne fait tort qu'à sa fortune,
qu'il peut se passer de l'augmenter. Il assure qu'il
ne sauroit vivre sans toi; je conviens de tout le
mérite qu'il te trouve : il n'y aura, dans cette occasion-ci, que les hommes et leurs coutumes de cho-
qués. Dieu ni la raison ne le seront pas. Qu'il pour-
suive donc. Ce sont tes affaires, mon fils; tu es d'une
famille considérable, on ne connoît point celle de
Marianne; l'orgueil et l'intérêt ne veulent point
que tu l'épouses; tu ne les écoutes pas, tu n'en
crois que ton amour. Je ne suis, à mon tour, ni
assez orgueilleuse ni assez intéressée pour être
inexorable, et je n'en crois que ma bonté. Tu m'y
forces par la crainte de te rendre malheureux; je
serois réduite à être ton tyran, et je crois qu'il
vaut mieux être ta mère. Je prie le Ciel de bénir
les motifs qui font que je te cède; mais, quoi qu'il
arrive, j'aime mieux avoir à me reprocher mon indulgence qu'une inflexibilité dont tu ne profiterois
pas, et dont les suites seroient peut-être encore
plus tristes. »

Valville, à ce discours, pleurant de joie et de

reconnoissance, embrassa ses genoux. Pour moi, je fus si touchée, si pénétrée, si saisie, qu'il ne me fut pas possible d'articuler un mot; j'avois les mains tremblantes, et je n'exprimai ce que je sentois que par de courts et fréquens soupirs.

«Tu ne me dis rien, Marianne, me dit ma bienfaitrice; mais j'entends ton silence, et, je ne m'en défends point, je suis moi-même sensible à la joie que je vous donne à tous deux. Le Ciel pouvoit me réserver une belle-fille qui fût plus au gré du monde, mais non pas qui fût plus au gré de mon cœur. »

J'éclatai ici par un transport subit. « Ah! ma mère, m'écriai-je, je me meurs; je ne me possède pas de tendresse et de reconnoissance. »

Là, je m'arrêtai, hors d'état d'en dire davantage à cause de mes larmes; je m'étois jetée à genoux, et j'avois passé une moitié de ma main par la grille pour avoir celle de Mme de Miran, qui en effet approcha la sienne; et Valville, éperdu de joie et comme hors de lui, se jeta sur nos deux mains qu'il baisoit alternativement.

« Écoutez, mes enfans, dit Mme de Miran après avoir regardé quelque temps les transports de son fils : il faut user de quelque prudence en cette conjoncture-ci; tant que vous resterez dans ce couvent, ma fille, je défends à Valville de vous y venir voir sans moi; vous avez conté votre histoire à l'abbesse; elle pourroit se douter que mon fils vous aime, que peut-être j'y consens; elle en raisonneroit avec ses religieuses, qui en parleroient à d'autres, et c'est ce que je veux éviter. Il n'est pas même à propos que vous demeuriez longtemps dans cette maison, Marianne; je vous y laisserai encore trois semaines ou tout au plus un mois, pendant lequel je vous chercherai un couvent où l'on ne saura rien des accidens de votre vie, et où, sous un autre nom que le mien, je vous placerai moi-même, en attendant que j'aie pris des mesures et que j'aie vu comment je me conduirai pour préparer les esprits à votre mariage et pour empêcher qu'il n'étonne : on vient à bout de tout avec un peu de patience et d'adresse, surtout quand on a une mère comme moi pour confidente. »

Valville, là-dessus, alloit retomber dans ses remercîmens, et moi dans les témoignages de mon respect et de ma tendresse; mais elle se leva. « Tu sais qu'on m'attend, dit-elle à son fils; renferme ta joie, je te dispense de me la montrer, je la vois de reste : descendons.

— Ma mère, reprit son fils, Marianne sera encore un mois ici; vous me défendez de la voir sans vous : cela ne veut-il pas dire que je vous accompagnerai quelquefois, quand vous viendrez? — Oui, oui, dit-elle, il faudra bien ; mais une ou deux fois seulement, et pas davantage. Allons, sortons; au nom de Dieu, laisse-moi te conduire. Il y aura une difficulté à laquelle je ne songeois pas; c'est que mon frère connoît Marianne, sait qui elle est, et peut-être serons-nous obligés de vous marier se-

crètement. Tu es son héritier, mon fils; c'est à quoi
il faut prendre garde. Il est vrai qu'après son aventure avec Marianne on pourroit espérer de le gagner, de lui faire entendre raison, et nous nous
consulterons sur le parti qu'il y aura à prendre; il
m'aime, il a quelque confiance en moi, je la mettrai à profit, et tout peut s'arranger. Adieu, ma
fille. » Et sur-le-champ elle se hâta de descendre,
et me laissa plus charmée que je n'entreprendrai de
le dire.

Je vous ai conté qu'il y avoit trois ou quatre
nuits que je n'avois presque pas dormi de pure inquiétude; à présent, mettez-en pour le moins autant que je passai dans l'insomnie. Rien ne réveille
tant qu'une extrême joie ou que l'attente certaine
d'un grand bonheur; et, sur ce pied-là, jugez si je
devois avoir beaucoup de disposition à dormir..

Imaginez-vous ce que je deviens quand je pense
que j'épouserai Valville, et combien de fois mon
âme en tressaille, et si, avec tant de tressaille-
mens, j'avois le sang bien reposé.

Les deux premiers jours je fus simplement enchantée, ensuite il s'y joignit de l'impatience. Oui,
j'épouserai Valville, Mme de Miran me l'a dit, me
l'a promis; mais cet événement, quand arrivera-
t-il? Je vais demeurer encore un mois ici; on doit
me mettre après dans un autre couvent, afin de
prendre des mesures pour ce mariage; mais ces mesures seront-elles bien longues à prendre? ira-t-on
vite? On n'en sait rien; on ne fixe aucun temps,

on peut changer de sentiment. Et ces pensées al-
téroient extrêmement ma satisfaction; j'en souffrois
quelquefois presque autant que d'un vrai chagrin;
j'aurois voulu pouvoir sauter de l'instant où j'étois
à l'instant de ce mariage.

Enfin ces agitations, tant agréables que pénibles,
s'affoiblirent et se passèrent. L'âme s'accoutume à
tout, sa sensibilité s'use, et je me familiarisai avec
mes espérances et avec mes inquiétudes.

Me voilà donc tranquille. Il y avoit cinq ou six
jours que je n'avois vu ni la mère ni le fils, quand
un matin on m'apporta un billet de Mme de Miran, où elle me mandoit qu'elle me viendroit
prendre à une heure après midi avec son fils, pour
me mener dîner chez Mme Dorsin; son billet finis-
soit par ces mots:

*Et surtout rien de négligé dans ton ajustement, en-
tends-tu? je veux que tu te pares.*

Et vous serez obéie, dis-je en moi-même en
lisant sa lettre; aussi avois-je bien intention de me
parer, même avant que d'avoir lu l'ordre; mais cet
ordre mettoit encore ma vanité bien plus à son
aise; j'allois avoir de la coquetterie par obéissance.

Quand je dis de la coquetterie, c'est qu'il y en
a toujours à s'ajuster avec un peu de soin, c'est
tout ce que je veux dire : car jamais je ne me suis
écartée de la décence la plus exacte dans ma parure; j'y ai toujours cherché l'honnête, et par sa-

gesse naturelle, et par amour-propre, oui, par
amour-propre.

Je soutiens qu'une femme qui choque la pudeur
perd tout le mérite des grâces qu'elle a : on ne les
distingue plus à travers la grossièreté des moyens
qu'elle emploie pour plaire; elle ne va plus au
cœur, elle ne peut plus même se flatter de plaire ;
elle débauche, elle n'attire plus comme aimable,
mais seulement comme libertine, et par là se met
à peu près au niveau de la plus laide qui ne se mé-
nageroit pas. Il est vrai qu'avec un maintien sage
et modeste moins de gens viendront lui dire :
« Je vous aime »; mais il y en aura peut-êtie encore
plus qui le lui diroient, s'ils osoient : ainsi ce ne
seront pour elle que des déclarations de moins, et
non pas des amans; de façon qu'elle y gagnera du
respect, et n'y perdra rien du côté de l'amour.
Cette réflexion a coulé de ma plume sans que j'y
prisse garde ; heureusement elle est courte, et j'espère qu'elle ne vous ennuiera pas. Continuons.

Onze heures sont sonnées ; il est temps de m'habiller, et je vais me mettre du meilleur air qu'il
me sera possible, puisqu'on le veut ; et c'est encore
bon signe qu'on le veuille : c'est une marque
que Mme de Miran persiste à m'abandonner le
cœur de Valville ; si elle hésitoit, elle n'exposeroit
pas ce jeune homme à tous mes appas; n'est-il pas
vrai ?

C'est aussi ce que je pense en m'habillant, et
j'ai bien du plaisir à le penser; mes grâces s'en

ressentiront, j'en aurai le teint plus clair et les yeux plus vifs.

Mais me voilà prête, une heure va sonner, j'attends Mme de Miran, et, pour me désennuyer en l'attendant, je vais de temps en temps me regarder dans mon miroir, retoucher à ma coiffure qui va fort bien, et à qui pourtant, par une nécessité de geste, je refais toujours quelque chose.

On ouvre ma porte; Mme de Miran vient d'arriver, on m'en avertit, et je pars; son fils étoit à la porte du couvent, et il me donna la main jusqu'au carrosse où ma bienfaitrice étoit restée.

Je ne vous dis pas que quelques sœurs converses que je trouvai sur mon chemin en descendant de chez moi me parurent surprises de me voir si jolie. « Jésus! mignonne, que vous êtes belle! » s'écrièrent-elles avec une simplicité naïve à laquelle je pouvois me fier.

Je vis Valville prêt à s'écrier à son tour, il se retint : la tourière étoit présente, et il ne s'expliqua que par un serrement de main que j'approuvai d'un petit regard qui n'en fut que plus doux pour être timide.

« M. de Climal ne se porte pas bien, me dit-il dans le trajet; il a un peu de fièvre depuis deux jours.—Tant pis, répondis-je; je ne lui veux point de mal, et il faut espérer que ce ne sera rien. » Là-dessus nous arrivâmes au carrosse.

« Allons, monte, Marianne, me dit ma bienfaitrice; hâtons-nous, il se fait tard. » Et je montai.

« Tu es fort bien, ajouta-t-elle en m'examinant, fort bien.—Oui, dit Valville avec un souris ; grâce à sa beauté et à sa figure, elle est on ne peut pas mieux.

— Écoute, Marianne, reprit Mme de Miran, tu sais que nous allons dîner chez Mme Dorsin ; il y aura du monde, et nous sommes convenues toutes deux que je t'y mènerois comme la fille d'une de mes meilleures amies qui est morte, qui étoit en province et qui, en mourant, t'a confiée à mes soins ; souviens-toi de cela : ce que je dirai est presque vrai ; j'aurois aimé ta mère si je l'avois connue ; je la regarde comme une amie que j'ai perdue : ainsi je ne tromperai personne.

— Hélas ! Madame, répondis-je extrêmement attendrie, vos bontés pour moi vont toujours en augmentant depuis que j'ai le bonheur d'être à vous ; toutes les paroles que vous m'avez dites sont autant d'obligations que je vous ai, autant de bien-faits de votre part.

— Il est vrai, dit Valville, qu'il n'y a point de mère qui ressemble à la nôtre ; aussi ne sauroit-on dire combien on l'aime.

— Oui, reprit-elle d'un air badin, je crois que tu m'aimes beaucoup, mais que tu me cajoles un peu.

« Au reste, ma fille, je ne connois point de meilleure compagnie que celle où je te mène, ni de plus choisie ; ce sont tous gens extrêmement sensés et de beaucoup d'esprit que tu vas voir : je ne te prescris rien ; tu n'as nulle habitude du monde, mais cela ne te fera aucun tort auprès d'eux ; ils n'en jugeront pas moins sainement de ce que tu vaux, et je ne saurois te présenter nulle part où ton peu de connoissance à cet égard soit plus à l'abri de la critique ; ce sont de ces personnes qui ne trouvent ridicule que ce qui l'est réellement : ainsi ne crains rien, tu ne leur déplairas pas, je l'espère. »

Nous arrivâmes alors, et nous entrâmes chez Mme Dorsin ; il y avoit trois ou quatre personnes avec elle.

« Ah ! la voilà donc enfin, vous me l'amenez, dit-elle à Mme de Miran en me voyant. Venez, Mademoiselle, venez, que je vous embrasse, et allons nous mettre à table ; on n'attendoit que vous. » Nous dinâmes. Quelque novice et quelque ignorante que je fusse en cette occasion-ci, comme l'avoit dit Mme de Miran, j'étois née pour avoir du goût, et je sentis bien, en effet, avec quelles gens je dînois.

Ce ne fut point à force de leur trouver de l'esprit que j'appris à les distinguer ; pourtant il est certain qu'ils en avoient plus que d'autres, et que je leur entendois dire d'excellentes choses ; mais ils les disoient avec si peu d'effort, ils y cherchoient si peu de façon, c'étoit d'un ton de conversation si aisé et si uni, qu'il ne tenoit qu'à moi de croire qu'ils disoient les choses les plus communes. Ce n'étoient point eux qui y mettoient de la finesse, c'étoit de la finesse qui s'y rencontroit; ils ne sentoient pas qu'ils parloient mieux qu'on ne parle ordinairement; c'étoient seulement de meilleurs esprits que d'autres, et qui par là tenoient nécessairement de meilleurs discours qu'on n'a coutume d'en tenir ailleurs, sans qu'ils eussent besoin d'y tâcher, et je dirois volontiers sans qu'il y eût de leur faute; car on accuse quelquefois les gens d'esprit de vouloir briller : oh! il n'étoit pas question de cela ici; et, comme je l'ai déjà dit, si je n'avois pas eu un peu de goût naturel, un peu de sentiment, j'aurois pu m'y méprendre, et je ne me serois aperçue de rien.

Mais, à la fin, ce ton de conversation si excellent, si exquis, quoique si simple, me frappa.

Ils ne disoient rien que de juste et que de convenable, rien qui ne fût d'un commerce doux, facile et gai; j'avois compris le monde tout autrement que je ne le voyois là (et je n'avois pas tant de tort): je me l'étois figuré plein de petites règles frivoles et de petites finesses polies, plein de bagatelles graves et importantes, difficiles à apprendre, et qu'il falloit savoir sous peine d'être ridicule, toutes ridicules qu'elles sont elles-mêmes.

Et point du tout; il n'y avoit rien ici qui ressemblât à ce que j'avois pensé, rien qui dût embarrasser mon esprit ni ma figure, rien qui me fît craindre de parler, rien au contraire qui n'encourageât ma petite raison à oser se familiariser avec la leur; j'y sentis même une chose qui m'étoit fort commode, c'est que leur bon esprit suppléoit aux tournures obscures et maladroites du mien. Ce que je ne disois qu'imparfaitement, ils achevoient de le penser et de l'exprimer pour moi, sans qu'ils y prissent garde; et puis ils m'en donnoient tout l'honneur.

Enfin ils me mettoient à mon aise; et moi qui m'imaginois qu'il y avoit tant de mystère dans la politesse des gens du monde, et qui l'avois regardée comme une science qui m'étoit totalement inconnue et dont je n'avois nul principe, j'étois bien surprise de voir qu'il n'y avoit rien de si particulier dans la leur, rien qui me fût si étranger; mais seulement quelque chose de liant, d'obligeant et d'aimable.

Il me sembloit que cette politesse étoit celle que toute âme honnête, que tout esprit bien fait trouve qu'il a en lui dès qu'on la lui montre.

Mais nous voici chez Mme Dorsin, aussi bien qu'aux dernières pages de cette partie de ma vie; c'est ici où j'ai dit que je ferois le portrait de cette dame; j'ai dit aussi, ce me semble, qu'il seroit long, et c'est de quoi je ne réponds plus. Peut-être sera-t-il court, car je suis lasse. Tous ces portraits me coûtent : voyons celui-ci pourtant.

Mme Dorsin étoit beaucoup plus jeune que ma bienfaitrice : il n'y a guère de physionomie comme la sienne; et jamais aucun visage de femme n'a tant mérité que le sien qu'on se servît de ce terme de physionomie pour le définir et pour exprimer tout ce qu'on en pensoit en bien.

Ce que je dis là signifie un mélange avantageux de mille choses dont je ne tenterai pas le détail.

Cependant voici en gros ce que j'en puis expliquer. Mme Dorsin étoit belle, encore n'est-ce pas là dire ce qu'elle étoit ; ce n'auroit pas été la première idée qu'on eût d'elle ; en la voyant, on avoit quelque chose de plus pressé à sentir ; et voici un moyen de me faire entendre.

Personnifions la beauté, et supposons qu'elle s'ennuie d'être si sérieusement belle, qu'elle veuille essayer du seul plaisir de plaire, qu'elle tempère sa beauté sans la perdre, et qu'elle se déguise en grâces ; c'est à Mme Dorsin à qui elle voudra ressembler ; et voilà le portrait que vous devez vous faire de cette dame.

Ce n'est pas là tout ; je ne parle ici que du visage, tel que vous l'auriez pu voir dans un tableau de Mme Dorsin.

Ajoutez à présent une âme qui passe à tout moment sur cette physionomie ; qui va y peindre tout ce qu'elle sent ; qui y répand l'air de tout ce qu'elle est ; qui la rend aussi spirituelle, aussi délicate, aussi vive, aussi fière, aussi sérieuse, aussi badine, qu'elle l'est tour à tour elle-même ; et jugez par là des accidens de force, de grâce, de finesse, et de l'infinité des expressions rapides qu'on voyoit sur ce visage.

Parlons maintenant de cette âme, puisque nous y sommes. Quand quelqu'un a peu d'esprit et de sentiment, on dit d'ordinaire qu'il a les organes épais ;

et un de mes amis, à qui je demandai ce que cela signifioit, me dit gravement et en termes savans : « C'est que notre âme est plus ou moins bornée, plus ou moins embarrassée, suivant la conformation des organes auxquels elle est unie. »

Et, s'il m'a dit vrai, il falloit que la nature eût donné à Mme Dorsin des organes bien favorables : car jamais âme ne fut plus agile que la sienne, et ne souffrit moins de diminution dans sa faculté de penser. La plupart des femmes qui ont beaucoup d'esprit ont une certaine façon d'en avoir qu'elles n'ont pas naturellement, mais qu'elles se donnent.

Celle-ci s'exprime nonchalamment et d'un air distrait, afin qu'on croie qu'elle n'a presque pas besoin de prendre la peine de penser et que tout ce qu'elle dit lui échappe.

C'est d'un air froid, sérieux et décisif, que celle-là parle, et c'est pour avoir aussi un caractère d'esprit particulier.

Une autre s'adonne à ne dire que des choses fines, mais d'un ton qui est encore plus fin que tout ce qu'elle dit ; une autre se met à être vive et pétillante. Mme Dorsin ne débitoit ce qu'elle disoit dans aucune de ces petites manières de femme : c'étoit le caractère de ses pensées qui régloit bien franchement le ton dont elle parloit ; elle ne songeoit à avoir aucune sorte d'esprit ; mais elle avoit l'esprit avec lequel on en a de toutes les sortes, suivant que le hasard des matières l'exige ; et je crois que vous m'entendrez, si je vous dis qu'ordinairement son esprit n'avoit point de sexe, et qu'en même temps ce devoit être de tous les esprits de femme le plus aimable, quand Mme Dorsin vouloit.

Il n'y a point de jolie femme qui n'ait un peu trop envie de plaire ; de là naissent ces petites minauderies plus ou moins adroites par lesquelles elle vous dit : « Regardez-moi ».

Et toutes ces singeries n'étoient point à l'usage de Mme Dorsin ; elle avoit une fierté d'amour-propre qui ne lui permettoit pas de s'y abaisser, et qui la dégoûtoit des avantages qu'on en peut tirer ; ou, si dans la journée elle se relâchoit un instant là-dessus, il n'y avoit qu'elle qui le savoit ; mais, en général, elle aimoit mieux qu'on pensât bien de sa raison que de ses charmes ; elle ne se confondoit pas avec ses grâces ; c'étoit elle que vous honoriez en la trouvant raisonnable ; vous n'honoriez que sa figure en la trouvant aimable.

Voilà quelle étoit sa façon de penser ; aussi auroit-elle rougi de vous avoir plu, si dans la réflexion vous aviez pu vous dire : « Elle a tâché de me plaire » ; de sorte qu'elle vous laissoit le soin de sentir ce qu'elle valoit, sans se faire l'affront de vous y aider.

A la vérité, ce dégoût qu'elle avoit pour tous ces petits moyens de plaire, peut-être étoit-elle bien aise qu'on le remarquât ; et c'étoit là le seul reproche qu'on pouvoit hasarder contre elle, la seule espèce de coquetterie dont on pouvoit la soupçonner en la chicanant.

Et en tout cas, si c'est là une foiblesse, c'est du moins de toutes les foiblesses la plus honnête, je dis même la plus digne d'une âme raisonnable, et la seule qu'elle pourroit avouer sans conséquence : il est naturel de souhaiter qu'on nous rende justice ; la plus grande de toutes les âmes ne seroit pas insensible au plaisir d'être connue pour telle.

Mais je suis trop fatiguée pour continuer ; je m'endors : il me reste à parler du meilleur cœur du monde, en même temps du plus singulier, comme je vous l'ai déjà dit ; et c'est une besogne que je ne suis pas en état d'entreprendre à présent : je la remets à une autre fois, c'est-à-dire dans ma cinquième partie, où elle viendra fort à propos, et cette cinquième, vous l'aurez incessamment. J'avois promis dans ma troisième de vous conter quelque chose de mon couvent ; je n'ai pu le faire ici, et c'est encore partie remise. Je vous annonce même l'histoire d'une religieuse qui fera presque tout le sujet de mon cinquième livre.

Imprimé par D. Jouaust

POUR LA

BIBLIOTHÈQUE DES DAMES

NOVEMBRE 1882